弗羅里達變形記

Kevin Chen

Florida Metamorphosis

陳思宏

推薦序

地獄變的盛夏

林俊頴・作家

一開始展讀《佛羅里達變形記》，容易輕率地將之標籤為廿一世紀、台灣版的《蒼蠅王》。然而，並不很久以前流行過的一句廣告語，「幻滅是成長的開始」，今日依然成立。跨入成長的通過儀式，必要的惡之華，一如蜷川實花鏡頭裡的世界，總讓人錯覺是鮮血潑灑。這儀式是否又必然等同於啟蒙，心靈之眼被打開了，從此再也不一樣了，再也回不去童蒙的單純天真？

顯然，陳思宏不滿足重彈這樣的老調，他的企圖與野心如同一條極大的拋物線，把讀者的視野推到北美洲最南端的佛羅里達；打著暑期少年英語遊學團的豪奢名義，六位一九七六龍年出生、十六歲的三男孩三女孩集體離台赴美，一個癲狂、暴亂又各自內心寂寞欲死的熱帶暑假，在此核爆，其毀滅威力的半徑籠罩他們此後一生，即使各自逃竄到天涯海角也不能洗脫。將近三十年後，他們鬼打牆地回到巨創的原點，那浩瀚大海、萬里藍天，果真成了那最古老的「情天恨海」。

所謂核爆究竟發生了什麼事？恕不能在此洩露。但是，這一群美麗少年是一九七六龍年生的，當然並非偶然，此中有作者深埋的用意與心機，「龍的傳人」還記得嗎？不正是當下許多人唯恐不能徹底殲滅而後快的黨國餘孽？每一個有著不同的精神殘疾、或帶著不可告人的罪衍的龍子龍女，追溯其罪孽根源，不正是他們的父母？而這夥該死的父母們，禍端之首，好一個黃俊雄布袋戲中的「藏鏡人＋女暴君」的綜合體，深層布局終而創立一個祕教……

有定見的讀者，或要討厭這樣的對號入座，但我必須指明，黨國餘孽的正宗本尊是龍子龍女的父母們——以世俗標準而論，大都屬於人生勝利組——因此，歷史背景必得再往前推一步。我存有《當代雜誌》第二期，專輯標題：「革命的／理想的／激情的／反叛的六〇年代」；冒著簡化的危險，我要引用其中張北海文章〈搖滾與革命〉列出的關鍵字，「婦女解放、大麻、嬉皮、花的兒女、搖滾、禪、人民公社、性解放」。我的意思是，這本小說一再重點提示的一九七六龍年生，可不是希區考克電影的「麥高芬」（MacGuffin），而是草蛇灰線地提供了時代脈絡與解謎的鑰匙，從六〇到七〇年代，出身權貴的父母，在彼時去了美國，在一波波時代的驚濤駭浪打滾過，回到冷戰尖銳的台灣，他／她帶回了什麼香花毒草，企圖移植在這海島？

明乎此，我們便可洞悉小說家者言，盛夏的火氣裡，其中滿溢的諷刺與怒氣。然則，這諷刺與怒氣、更是小說中的那一群崩壞之人的鬱怒的標槍，投擲的目標是誰？但，若是這標槍已經找不到投擲的對象，是否回頭反噬他們自己？

書名《佛羅里達變形記》，既然活用了古老的羅馬詩人奧維德的《變形記》，我不禁要問，變形了什麼？成長有必然的幻滅，正確的說，是生滅流轉，這是生命的常與變。上天有好生之德，看似酸腐的老話，但生物繁衍，一代人老死，一代人接續，永不匱乏的是新生的眼睛，每一世代各有其哀樂與困境，然而世代之間，是遺產或負債，是罪惡轉移或典型確立，該不該清算鬥爭，要不要轉型正義，絕對是複雜而痛苦的思想與行動。此中沒有捷徑與便宜行事，否則就是開了通往地獄的道路。

從十六歲到重回佛羅里達相聚的四十四歲，他們確實為自己構築了沒有出路的「地獄變」。

回到小說、文字共和國，公領域，作者以其作品供讀者回味並檢驗。老實說，文學與通俗、類型讀物的對立，是相當令人疲乏的老問題。眼前實況是，網路大神的力量摧枯拉朽，貶值舊世界舊東西，尤其影音串流開啟的水壩閘門，是巨量的消費供給，也是攝製的巨量需求。文字小說這一門古老的手工藝，能否是影像產業的智庫，保有尊嚴與主體性？還是侍奉它？為其先導、臨摹的前置作業？此時此地，尚難定論；恐怕永遠不會有定論。在這本小說，故事的強烈戲劇化，敘述的意識流，像是正午海面上的強光跳躍，海面下魚族隨潮流疾游，必須坦承，我卻惘然感受影像的陰影咻咻地席卷而來。

《佛羅里達變形記》，我認為最有意義的變是在作者。陳思宏豐富的旅遊行跡，是否涓滴挹注、轉益其小說寫作，有待作者本人自剖。據說，今年正是《孽子》四十週年，張愛玲一百歲，不免令人想到白先勇筆下那倉皇無依的青春鳥之一，小玉，耿耿一念飛往日本尋父的傳奇；而移民美國四十年的張愛玲，遼闊的新大陸於她不過是芥子之宅，太陽下毫無新鮮事。繼《鬼地方》的波羅的海，陳思宏將小說場域拉到佛羅里達，刻意求工經營一場青春的獻祭，鬼祟其後定居他們的心眼。在海島台灣的讀者，隔著淼淼太平洋讀之思之，四面海洋環繞著我們，「浪打空城寂寞回」，世界那麼大又那麼小，自己的罪孽自己救，自己的鬼祟自己除，我想到了莎士比亞《暴風雨》的詩行，楊牧的翻譯：

「整整五噚下令尊那裡躺著，他的骨骼是珊瑚架子了；那些珍珠本是他的眼睛來的，他身上所有會消滅的都遭遇了一次海之變，已經轉為豐美，奇麗。水妖們按時為他敲喪鐘，叮咚！聽啊！我聽到了——叮咚的鐘。」

「萬物變幻，無物消逝。」——奧維德《變形記》

"Omnia mutantur; nihil interit."
— Ovid —
Metamorphoseon libri

目次

Florida
Miami
Key
Largo
Islamorada
Key West
U.S. Highway 1

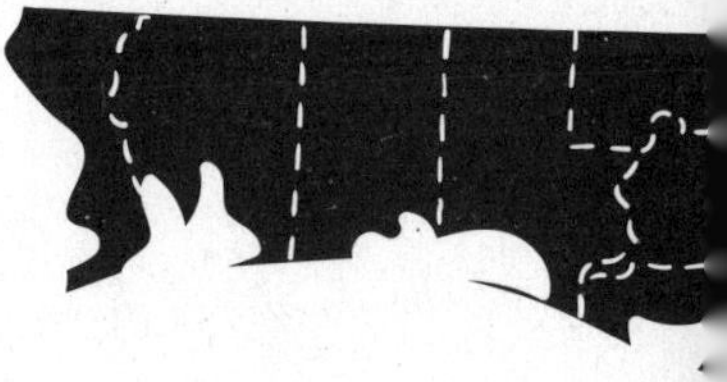

USA
Florida

00

這是一封遺書，也是邀請函

二〇二〇年

我死了。

我就要死了。真的，我等一下就要死了。

光，熱熱的光，穿越身體的光。我會逼自己張開眼睛，直視光。像是隕石碎片穿越大氣層，燒成一團高溫火球，在空中拉出一條橘色尾巴，墜地爆炸。光有形有體，伸出手，幫我脫掉這張穿爛穿舊的臉。

我想到你們。我忍不住，總是想到你們。我猜，你們一定也常常想到我吧。

你們收到我這封郵件的時候，我已經死了。

這次我真的沒有說謊，我真的死了。我真的真的真的，準備要死了。寫完這封信，我就要死了。

我知道我說過很多謊，說我的爸爸是海明威的鄰居，說傑克愛我，說我愛傑克。你們都是誠實的好孩子，是我不斷說謊，是我騙你們離開，對不起，是我害你們差點失去一切。

一切，金黃閃亮的一切。

我們都是龍年出生的孩子。被選定的孩子。

龍，有角有鱗有爪有鬚，海面上有黃橙彩霧，龍乘著雲霧現身，鱗片像是鑽石，雙瞳噴出火焰，全身閃著七彩金銀銅光澤。祥龍現身，天降下細細的雨，吹來柔柔的風，雨如紅蘋果汁，風有蜜橙香味。但是，龍是傳說啊，屬於彼岸、他界、仙境，與汙濁人間平行，人們聽聞龍的存在，卻無法觸及龍，口渴的人嚐不到蘋果滋味的雨絲，明明聽到了風聲，風卻一直不來。我們這群龍年出生的孩子活在精巧的仙境裡，遙望人間，一直無法抵達人間。

你們記不記得我們的領隊蛋頭？

你們當然記得蛋頭。

他閱讀我們的資料，發現我們這一團每個人都同一年出生，一九七六年，出生日子接近，生肖都是龍。記不記得？你們一定記得，他第一次見到我們，皺著眉頭對我們說：「你們都是龍子龍女啊，春分而登天，秋分而潛淵。」誰聽得懂他在說什麼鬼啦，他嘴巴好臭，鬼話連篇，說什麼帶我們出國壓力好大，一直說拜託拜託，拜託各位龍子龍女都乖乖的，你們都大有來頭，拜託拜託，乖乖跟著我走，不准摔倒，不准流血，不准走失。你們都是爸媽的寶，再說一次，拜託拜託，乖乖的，好不好？

說完，他對我們鞠躬。

你們都很乖。只有我不乖。你們都誠實。只有我不誠實。

我帶著你們登天，我帶著你們潛淵。我一直說謊。都是我，害大家跑掉了，害大家走失了。

但我今天沒有說謊。真的。

真的。沙是真的。海是真的。

我今天早上跳進海裡，身體幾乎沒有知覺，但手指甲周圍好痛。痛不是謊話，痛不會說謊。

昨天手還好好的啊，今天早上醒來，我的手指甲周圍冒出了一大堆肉刺，指甲溝紅腫。我把那些小小白白的肉刺用力撕掉，幹！痛，痛死了，手指甲周圍出現了好多小小的紅色河流，好美，我一直看著紅色河流，看著看著，我就掉進了紅色河流，暫時忘了傑克。我指甲好長啊，櫃子都被我開腸破肚，就是找不到指甲剪，傑克又佔據我的腦子。傑克真的不在了，要是他在，他會用低沉的嗓音跟我說，指甲剪，在浴室洗手檯下方櫃子最上面的抽屜。但他不在了。他死了。我聽不到他低沉的嗓音。我摸不到他的鬍子。我摸不到他的胸毛。我聞不到他身上的酒味。浴室洗手檯下方根本沒有櫃子。大床只剩下我。海邊的廉價汽車旅館只剩下我。佛羅里達礁島群西岸，Islamorada，墨西哥灣，Coconut Tree Motel，椰子樹汽車旅館，你們走了，傑克走了，綠色大鬣蜥走了，螞蟻走了，沒有任何遊客訂房，只剩下我。我找到一把生鏽的小剪刀，好鈍啊，用力剪指甲，剪到肉，指尖出現更多紅色河流。紅色河流滴啊滴，從指尖滴出來，流到發霉的木頭地板，河流夾帶著黑色黴菌，繼續往外流，流過椰子樹，流過沙灘，流過紅樹林，最後流到了溫熱的海。我以為是夕陽把熱帶的海染紅，仔細看，不是啊，是我指尖滴出來的河流啊。

我早上跳進海，想沉下去，沉到海的最底，再也不上來。鹹海水沖刷我指甲周圍的紅色河流，好痛，好真，海是真的，天空是真的，熱帶是真的，沙子是真的，這一切不是夢，傑克真的死了。但我沉不下去，我的腳不聽控制，一直踢水，我沉下去，馬上又浮上來，喝了好幾口海水，死不了。海水好鹹啊，你們一定記得吧？這裡的海水有多鹹，你們也喝了不少吧。我想到你們，好久好久沒有聯絡的你們。我怎麼可以這樣就沉下去呢？我還沒有跟你們說再見啊。

你們好不好？

安妮妳好不好？凱文你好不好？阿曼達妳好不好？克莉絲丁妳好不好？萊恩你好不好？

小月呢？她好不好？

我在說什麼。

小月很不好啊。你們都知道吧？你們一定都知道，你們怎麼可能不知道？小月好慘。我本來以為她很快樂。但其實她好慘。都是我害的。都因為我說謊。但她看起來好快樂啊。她在電影裡看起來好快樂啊，笑得好開心，好會哭，名氣那麼響亮，一直那麼美，得了獎，好多記者要採訪她。誰知道啊，原來她那麼慘。誰知道她把自己搞得那麼慘。沒有人逼她啊。或許是我們逼她的吧。我們一起。你們跟我。我們，一起逼瘋她。

我不知道小月在哪裡。我知道你們在哪裡，所以我確定你們都會收到這封信。只有小月，我找不到她。我真的找不到她。我試過了。她消失了。現在，輪到我了。換我消失。

你們記不記得那個夏天？

我在說什麼啦。

你們當然記得那個夏天。

一九九一年。

佛羅里達。邁阿密。盛夏。紅樹林。短吻鱷。綠色大鬣蜥。犀牛。紅鶴。貓。貓。貓。Coco。Coco。Coco。到處都是Coco。

我們當年十六歲。虛歲十六。實歲十五。

我們開車往南。大我們一歲的小月開車。小月車速好慢。一直往南。一直往南。說要去美國的盡頭。Key West。你們說沒聽過Key West。我說我從小就聽到大。我爸爸住在那裡。海明威也住那裡。海明威養了好多六趾貓。我爸住在他隔壁。我爸有一棟好大好大的房子。白色木造的房子。好美麗的房子。房子前後都有大花園。花園裡有各種鮮豔的熱帶花朵。離海灘不遠。走幾步路，就能跳入海。

我們往南，誰都找不到我們。

我以為，你們也以為，大家都進入了一個平行的時空，真的抵達盡頭了。沙灘上的霧打亂了時空的秩序，時間出現了一個缺口，為了躲避後面的追兵，我們走進了那個缺口。

缺口裡，我們遇到了傑克。

在那個平行時空裡，我們的爸媽都不見了，沒有人注意到我們是夏令營的逃兵，我們自由自在，在沙灘上升起營火，烤棉花糖，跳舞，唱歌，喝酒，吃百香果、炸雞。外面真實的世界，有人搜尋我們的蹤跡，有人要抓我們。但是在那個平行的時空裡，沒有人知道我們在哪裡，我們都不是有彩鑽鱗爪的龍女龍子，我們就跟棲息在紅樹林裡那些不起眼的小型水鳥一樣，羽毛灰樸黯淡，叫聲微弱，振翅無聲，忽然消失了，從邁阿密消失了，沒有人注意。

可惜，最後我們聞到了臭味，必須離開那個平行的時空，繼續往南。

我在電腦上寫這封信給你們，窗外的佛羅里達，依然是永恆的夏天。熱帶夏天一直沒走，時間停在我們那年的夏天。八月暑假，炎夏四處放火。十六歲的夏天。邁阿密的夏天。

佛羅里達礁島群的夏天。海明威的夏天。跟傑克相遇的夏天。跟傑克道別的夏天。

今天下午下了一場雷雨，閃電在天空刮出一道一道的抓痕，我忽然好想知道被閃電爪子刮到的感覺是什麼，我跑到沙灘上淋雨，唱歌，等落雷，雨被夏天煮熟了，我張開嘴，一滴一滴，像喝熱甜湯，煮熟的蘋果汁。落雷失約，傑克沒來。傑克永遠都不會來了。此刻驟雨退散，海灣平靜，好像光滑的絲綢，無皺無紋，無波無浪，無憂無慮。好靜，沒有傑克的鼾聲，沒有車聲，沒有雨聲。海裡的魚都死了吧？天空無星無月，天空也死了吧，月亮也死了吧。風離開了，跟著傑克一起走了。傑克死了之後，窗前的風鈴一動也不動。黑夜一直不來，白天一直不走。

這場景，適合告別。

我要死了。

我要把自己殺死了。

傑克死了。我活著幹嘛？

你們不需要傑克，但他是我的所有。

我記得好清楚，我們從台灣出發，日本轉機，在波特蘭進入美國，再轉機到紐約，終於在邁阿密降落。一路上，我們眼神都沒交集。只有凱文一直想跟大家聊天。凱文啊，你這個鄉下人，你難道都沒察覺，我們沒有人想跟你聊天？

凱文，我最恨你。我的確說了很多謊。但你說的謊，殺了傑克。是你殺了傑克。你自己去跟其他人說，你怎麼殺了傑克。凶手就是你。

當時誰知道呢？誰知道，我們這群龍年出生的孩子會離開邁阿密，往南。我們赤腳奔跑，細嫩的腳掌，沒接觸過任何粗糙表面的腳掌，十六歲的腳掌，白皙的腳掌，不識愁苦的腳掌，沒有硬繭的腳掌，踩在燒燙的沙灘上，奮力往前奔跑。安妮跑好快啊，我追不上她，她背包拉鍊沒拉好，白色藥丸跟彩色膠囊從背包逃出來，灑在滾燙的沙灘上，我們踩過那些藥丸，繼續跑，繼續跑。克莉絲丁一直笑，一直笑，一直笑。我也好想笑，真是太好笑了，克莉絲丁沒有穿褲子。我忍不住了，跟著克莉絲丁大笑。小月尖叫，快一點！跑快一點！他們快要追上來了！

我要死了。我今天要死了。

這是一封遺書，也是邀請函。

邀請你們，回來佛羅里達。

邀請你們來參加我的喪禮。

我都安排好了。

我要火化，從飛機上，把骨灰灑到海上。日子選好了，時間選好了。我要午後雷陣雨結束的那段時間，紅樹林被雨洗乾淨了，短吻鱷被雨洗乾淨了，水鳥被雨洗乾淨了，龍年出生的孩子被雨洗乾淨了，黑夜還沒來，太陽從雲端露臉，濕氣如鉛，風睡完午覺，剛醒。把我灑到空中，夕陽在天地縱火，我的骨灰迎風飛翔。飛起來，屬龍的孩子，飛起來，燒起來。一切，畫上句點。喪禮結束，你們回去你們燦爛的生活。

我會讓熱帶下雪。

我會準備很多很多的花。

你們什麼都不用做，人到就好。

我知道你們一定會來。

那個夏天的祕密，只有我們知道。

我媽不會來，放心。我寫的那本書，毀了她，也毀了創辦人。

真是奇怪。不是說都沒人看書嗎?我只是寫了一本書，沒印幾本，只印給一些人，就毀了她。我終於毀了她。

我書裡完全沒提到你們。

我不想毀了你們。

來。

回來。我們的十六歲。

再見。

夏天再見。

佛羅里達再見。

佛羅里達見。

我是小史。

01

都是美麗的孩子啊

一九九一年

八月邁阿密，毫無節制，不懂溫柔。

溽暑白日，高溫囂張，濕度跋扈，午後雷陣雨又猛又急，雷聲忽遠忽近，水鳥停止飛翔，蜥蜴不再獵蟲，蛇偽裝成樹枝，小蟲停在蛇身上，蛙在蛇旁打坐，誰都不吃誰，食物鏈休止，一起躲在紅樹林裡聽雷。

雷聲雨勢駭人，熱烈歡迎新客人到來，同時也預告毀滅。動物怕的不是雷擊，而是今天剛來的那群青少年。這個美國南方的熱帶角落無瑕完好，樹好草好水好，無憂人們住在大宅裡，酷暑時節，冷氣從不關，眼不見貧窮，打開冰箱，掀開肚腩，就走進大型美式超市。盛世富裕不衰，精巧的九〇年代剛剛起跑，不聞大疾小病，萬物整齊有序。一隻嗡嗡的熱帶肥蚊被某個孩子打死了，屍體扁平黏貼在白牆上，是這個熱帶學區近十年最嚴重的濺血慘案。只有雷聲知道，只有動物知道，說不定大海也知道，搞不好紅樹林也知道，剛來的那一群青少年，即將讓這個無缺無憾的熱帶出現裂縫。

電視新聞的氣象播報員說，今天是佛羅里達入夏後最濕最熱的一天。上午豔陽燒烤，午後雷雨準時報到，請小心防晒，提防豪雨。

孩子都在教室裡吹冷氣躲雨，夏令營的教練從圖書館隨意找了佛羅里達熱帶生態的VHS錄影帶，播給躲雨的孩子看。室內燈滅，黑板前降下白色布幕，投影機射出白亮光束，銀幕上出現了佛羅里達的原生水鳥、短吻鱷。影片的旁白是沉穩的男聲，語氣緩慢，仔細解說短吻鱷在沼澤的棲息習性。鏡頭停在短吻鱷閃閃發光的眼睛，躲雨的孩子卻眼神無光，聽著生態影片的男聲旁白，快速墜入夢境。畫面切到熱帶黑夜，水面上出現了點點紅星，與天上的星星輝映。鏡頭拉近，原來是一大群的短吻鱷，雙眼在夜色裡燒出奇異的紅色光芒。今天下午原本是騎馬課，但午後雷陣雨提早報到，戶外活動全部取消，改成室內看影片。影片裡一隻短吻鱷母親把剛出生不久的寶寶放進口中，帶到河邊去游水。黑膚健壯男孩醒著，他喜歡足球，也喜歡游泳，更喜歡短吻鱷，前一陣子家裡後院游泳池出現了一隻短吻鱷，他媽媽見鱷尖叫報警，他卻完全不怕，跳到池子裡，想與鱷共游，鱷不怕他媽的尖叫，卻怕他，快速爬出泳池，消失在樹叢裡。健壯男孩專注看著影片裡的短吻鱷寶寶，在筆記本上用鉛筆描繪短吻鱷利齒，完全沒注意到黑暗的教室裡，有個亞裔女孩一直凝視他的側臉。女孩很安靜，幾乎不說話，大家只知道她有個怪名，叫做Moon。男孩畫鱷魚，Moon看著男孩，在筆記本上用西班牙文寫詩。投影布幕出現湛藍海水，海豚嬉鬧，老鷹盤旋尋找獵物。海水湧出布幕，朝男孩拍打，他的臉染了奇異的藍色。Moon好喜歡那樣的藍色。

碰。

落雷撞擊校園的百年建築，整個面海的中學校園劇烈搖晃。校園失去電力，黑暗快速佔領教室，銀幕上的水鳥、魚、短吻鱷皆消失。夏令營的教練站走上講台宣布，剛剛有雷擊，校園暫時停電，外頭天氣惡劣，風大雨大，請耐心在室內等待；另外，今天有一團台灣學生剛抵達本校，明天他們就會加入夏令營的課程，請大家協助這些外國學生認識環境。他們跟大家都同樣年紀，差不多十六歲，請大家善待這些新來的外國朋友。

雷陣雨停，陽光立即露臉，驟雨洗去所有灰垢，美式足球場的草皮晶瑩發亮。夏令營的孩子都回家了，游泳池、足球場、體育館、校舍都空蕩蕩，只有畫短吻鱷的黑膚男孩留下來，他換上泳褲，在池邊熱身。每天夏令營的課程結束，他都會自己留下來，多游個幾趟，他的目標是代表美國參加奧運。有人跟他說，黑人沒辦法參加學校游泳隊，但他不信。他相信自己一定會一路游進美國國家代表隊，奪得金牌，拿到全額獎學金，進入學費昂貴的大學。

夜來得急，狠狠砸在海灣上，黑暗迅速吞噬夕陽。校園電力恢復了，黃色路燈照亮了路面。壁虎在路面上穿梭，勤勞捕捉蟲子。月圓滿，足球場旁的樹林裡有鳥類鳴叫，叫聲幽幽，像是母親呼喚走失的孩子。風從沼澤地吹來，濕氣飽滿，有莽莽氣勢，像過動的青少年在足球場上奔跑衝撞，呼呼嬉鬧穿過樹林，那些茂密的百年熱帶樹木是天然的濾網，頑皮的風經過沙沙樹葉的篩濾，稜角磨損，鋒芒黯淡，一出樹林抵達大西洋時，已經變成溫文的彬彬微風少年。

這樣的熱帶夜比白日仁慈，熾熱豔陽退下，濕度稍降，大西洋在月光下如明鏡，蟲兒輕唱，徐徐晚風像把梳子，在海面上梳出一道一道的波紋。海浪輕輕拂去沙灘上的人類足印，魚將眠，鳥呵欠，一條緬甸蟒從足球場旁的樹林緩緩滑溜到沙灘的礁石上，蛇身朝北，看著遠方的邁阿密市區高樓。遠方的邁阿密燈火燦爛，嘈雜聲響被距離稀釋，這個郊區濱海的中學，完全聽不到繁華大城的車聲人吼。夜柔軟，壁虎唧唧，似笑也似哭。連平常最吵的蛙群今晚都收斂許多，調降音量，平時近距法國號大喇叭，今夜像是遙遠的雙簧管。

今天白天才抵達此地的一群台灣孩子，慢慢張開眼睛，醒在溫柔的佛羅里達夜裡。

凱文，小史，安妮，阿曼達，克莉絲丁，萊恩，還有領隊蛋頭。他們從台灣出發，東京，波特蘭，目的地邁阿密，飛行時間超過廿四小時，在中午時分抵達這間位於邁阿密郊區的濱海中學。進入百年學生宿舍建築，分配房間之後，領隊蛋頭問這個暑假遊學團的所有成員，大家現在是想睡覺？還是請校方帶領大家繞一下校園，認識環境？他不建議睡覺，現在大白天，睡了就調不了時差。明天大家就要加入夏令營的課程，最好是遺忘睡意，先認識環境，吃完晚餐再上床好好睡覺。

宿舍離沙灘不遠，窗外是陌生的熱帶，草木海洋陽光皆濃烈，草皮蔥綠，大海湛藍，眼前的一切不像真的。正午悠悠晴空忽來一聲響雷，預告驟雨。

沒有人開口回答蛋頭，不知是誰先打了呵欠，呵欠病毒迅速傳染，遊學團變成呵欠合唱團，眼角擠出熱帶雨。這群十六歲的青少年完全不理會蛋頭，各自走回房，立刻陷入深沉的睡眠。時差是拳擊手，左勾拳右勾拳攻勢凶狠，防禦無效，直接倒臥稱敗。

落雷擊中這棟百年建築時，這群孩子陷入了深深的睡眠。電源瞬間切斷，冷氣停止運轉，這群十六歲的台灣青少年沒受到驚擾，繼續熟睡。

只有小史醒著。

他當時坐在窗邊抽菸，看到一道白亮的閃電割開天空，打中這棟百年建築的鐘塔。他好幾天沒睡覺了，出發前沒睡，飛機上沒睡，原本以為抵達佛羅里達之後就能好好睡一覺，但他完全睡不著。那是他第一次親眼見到雷擊，短短一瞬，在鐘樓上敲出橘紅色的火花，真美。雷擊撼動宿舍，卻沒驚擾他。他靜靜吸菸，打呵欠，吸菸，打呵欠，不管怎麼打呵欠，眼睛依然沙漠，沒擠出任何一滴淚。想睡，但就是睡不著。

那道閃亮的落雷一直停留在他視線裡，像是天空拋下一條粗粗的繩子。他想到小時候聽爸爸說的古老童話，魔豆在地底孵生，長出了通往上天的豆莖，沿著豆莖往上爬，就來到了天上世界。他想著，沿著雷電繩子爬上去，會抵達什麼地方呢？為什麼，他一直想去別的地方呢？

終於，十六歲的夏天，考完高中聯考等放榜，媽媽讓他參加佛羅里達遊學團。他終於離開台北了，來到別的地方了。但還沒到，終點還沒到。爬上那條天空拋下的雷電繩子，會不會終於抵達，他最想去的地方？

他吐出一大口煙，喃喃自語：「我來了，爸，我來了，我終於來了，我來找你了。找到你之後，我就不走了。」

邁阿密第一頓晚餐是枸杞。

遊學團所有團員都剛醒，跟著蛋頭到學校餐廳用餐。暑假晚間的中學餐廳，只剩特別加班的廚師，他聽說有來自亞洲孩子來訪，一整個月都會住在這裡參加學校的暑期日間夏令營，特地在南佛羅里達到處尋找食材，枸杞與白米乾炒，紅棗涼拌萵苣，炸魚排淋上醬油與枸杞，甜點是枸杞米布丁。

蛋頭喊著好難吃好難吃，但還是把所有的餐點都吃光。遊學團的團員皺眉，拿刀叉玩弄盤中飧，吃一口，味覺引皺眉，把餐點留給餐盤。餐廳的汽水飲料機比廚師精心調製的枸杞料理受歡迎，孩子們排隊裝飲料，連喝好幾杯可樂。

大家都很安靜，眼神盡量避開彼此。陌生是鋒利芒刃，截斷眼神伸出的探索觸鬚。學校餐廳很大，數百張不鏽鋼桌子空著，燈光慘白，肥碩的冷氣隆隆，吐出結實壯大的冷空氣，硬把熱帶切換成寒帶。加冰塊的可樂在身體裡暴風雪，強盛的冷氣在皮膚上留下抓痕，低溫擊潰大家身上的夏衫。

誰拿著叉子敲餐盤，叩叩叩。誰想開口攀談，但立即被冷淡的反應切斷，只好看著天花板的壁虎。誰雙手一直微微發抖，把眼神抛到窗外，身體在這裡，思緒在不知名的遠方。誰拿出一包藥，先吞一顆白色的藥丸，再吞一顆紅黃膠囊。誰拿著扁梳不斷整理長髮，髮及腰，在慘白燈光下光澤閃耀。誰把餐盤裡所有餐點默默吃掉，肚子發出金屬敲擊的聲響。

誰都不認識誰。接下來一個月，誰都避不了誰，必須朝夕相處。

在每個機場等候轉機，蛋頭都使勁全力帶領遊戲，讓大家介紹自己的英文名字，說說自己的故事。但是這群青少年不理他，聽隨身聽，冷眼看他，拒絕加入遊戲。只有凱文的眼神透露出想加入遊戲的訊息，但他的熾熱迅速被其他團員的冷淡澆熄。

所有孩子的姓名與來歷，蛋頭其實幾乎都會背了。

雙手微微發抖的是史丹利，外號小史，來自單親家庭，母親是蓮觀基金會的董事長。這次的「佛羅里達暑期少年英語遊學團」由蓮觀基金會舉辦，團費高昂，參加的團員能到佛羅里達知名貴族私立中學參加暑期Day Camp，跟當地美國學生一起上課，每天沉浸在道地英文的環境裡，學習獨立，培養未來領袖人格。

吞藥丸的是安妮，父母親都是醫生，爸爸是台大醫院院長，獨生女，連續三年獲得台北市國中英文演講比賽第一名。

長髮及腰的是阿曼達，台灣出生，小時候與父母移居新加坡，爸爸是船務公司董事長，媽媽是跨國企業的總經理。

拿叉子敲餐盤的是克莉絲丁，台北地產富商之女。

肚子轟隆、低頭看地板的是萊恩，克莉絲丁的同父異母弟弟，比對一下生日，出生日期只差幾天。蛋頭看過姊弟的新聞，地產大亨蓋豪宅給大老婆、小老婆住，別墅相鄰，彼此不相往來。地產大亨自己獨住另外一棟別墅，時常有年輕女性出入，面孔從不重複。

只有凱文不是台北人，他來自島嶼中部鄉下，父親從事影視產業，母親剛剛過世。

所有參加遊學團的孩子都是同一年出生，生肖皆屬龍，十六歲，剛剛考完高中聯考就隨團出國，等放榜。這是蓮觀基金會首次舉辦遊學團，以高價篩選客層，吸引富裕家長報名。但美國簽證辦理不易，幾位報名者無法取得美國簽證，最後團員只剩六名，三女孩三男孩，其中好幾位持有綠卡甚至美國護照，完全不用辦理簽證。遊學團由基金會的資深兒童心理學家蛋頭帶團，前往邁阿密體驗美式日間夏令營。與基金會合作的學校是邁阿密濱海中學，校園位於夢幻的海岸地段，硬體設備一流，學生皆來自當地上流社會，每年有無數的畢業生錄取常春藤盟校。

「大家好，我姓但，但是的但，記我名字很麻煩，剛好我的頭型很像一顆蛋，人又矮矮小小的，所以從小大家就叫我蛋頭。大家就叫我蛋頭就好啦！」初次見面，他拉扯聲調，情緒高昂，試圖拉近自己與這群十六歲孩子的距離。但這些孩子並不熱烈，與他平時在基金會裡輔導的孩子迥異。

餐盤交給廚師，所有人跟著蛋頭去宿舍的公共電話打對方付費電話Collect Call回台灣，跟家人報平安。這棟百年建築裡只有兩具公共電話，大家排隊輪流。打Collect Call必須先跟接線員用英文對話，表明這通電話由台灣的家人付費，蛋頭發現這群孩子的英文都很流暢，溝通無礙。凱文例外，他跟接線員溝通無效，花了一番力氣才接通。

他坐下來仔細觀察這些打電話回台灣報平安的孩子，都是美麗的孩子啊。他不懂時尚，但他可以猜出，這些孩子身上的服飾行頭都非廉價品，運動鞋潔白無垢，身上衣物散發出淡雅馨香，整齊有致，顏色、款式的搭配都很舒適。無論長髮或短髮，髮型都很精緻，不是今天才剛下飛機嗎？為何每個人的髮型都如此精巧。男孩或女孩臉上都沒有青春痘、疤痕、斑點，平滑如海豚表皮。果然是上流社會的孩子啊，被家長細心呵護。他去過小史家，蓮觀基金會董事長在家宴客，感謝基金會員工辛勞付出，地點在台北富裕路段的寬敞公寓，光是浴室就比他家大了，沙發柔軟如雲，餐點入口，他覺得自己一口爛牙都因咀嚼而成金。當時小史對著客人演奏小提琴，眼神堅硬，不發一語，但琴藝超齡，據說已經得過好幾個國際音樂賽事首獎了。小史媽媽說，老師們都建議她送孩子出國，維也納或者紐約，但她捨不得啊，等小史在台灣讀完高中，再讓他出國。

在飛機上，他發自傳表給孩子們填寫，想藉此更了解他們的內心世界。專長那欄，幾乎每個孩子都寫了樂器，有大提琴、小提琴、雙簧管、鋼琴、長笛。字跡不分男女皆端正娟秀，書寫能力都好，自介交代身世，清楚明朗，都是聰明的孩子。他反覆閱讀他們的資料與自傳，像是讀鍾愛的小說，也像讀情書，情緒波瀾起伏。他從沒收過情書，他猜想，讀情書就是這種感覺吧？努力猜測字裡行間隱藏的訊息，拆解那些字句，直到那些筆跡掙脫紙頁，爬上他的指尖，鑽進他的皮膚。怎麼辦？真的有點像著魔，那些端正的筆跡與美麗無暇的臉纏住他了，一想到可以跟這些孩子朝夕相處一個月，他忽然興奮，腋下湍急。他想知道更多，為什麼他們有綠卡？怎麼會有美國台灣兩本護照？家裡為什麼這麼有錢？有沒有交男朋友女朋友？睡姿如何？身上有什麼味道？

興奮雜焦慮，怎麼辦？他在蓮觀基金會專門輔導失學青少年，面對失落的孩子，他自有一套溝通的模式，慢慢瓦解孩子的心防，協助他們回到校園，找到寄養家庭。很多失學青少年語言紊亂，口語表達貧弱，甚至無法書寫。但面前這些孩子根本沒問題啊，精巧美麗，健康無憂。他們臉上無青春期賀爾蒙作亂的痕跡，反觀他自己，一趟長途飛行，沒睡好，髮怒濤，鼻子上冒出巍峨青春痘，額頭皺紋更深了，嘴唇沙漠脫皮，刷了兩次牙，口氣聞起來還是像他居住的那條台北小巷，水溝蓋日夜發出惡臭，入夜後有臭豆腐攤販，生意慘澹，他下班後時常會買來吃。臭豆腐攤位上一盞無力發光的日光燈，老闆從自己的腫臉提煉油，在自己的胯下發酵臭豆腐，炸出來的臭豆腐渙散無精神。真難吃，他依然是常客，因為老闆見到他走進巷子，總是大喊一聲：「下班啦？」彷彿有人準備了熱騰騰的宵夜，在這被繁華台北遺棄的暗巷裡等他回家。他住的小套房就一浴室一臥房，他怕床鋪沾染臭豆腐的味道，總把自己關在浴室裡，坐在馬桶上吃。有時邊吃臭豆腐邊上大號，排水孔不斷冒出臭味與小蟑螂、小老鼠，臭豆腐搭爛人生，絕配。吃完碎爛的臭豆腐，站起來看馬桶裡的排泄物，欣賞血便抽象畫。

怎麼辦？他臭，他醜，怎麼「帶領」這一群孩子，在美國「培養未來領袖人格」？絕對不能出事啊，不能有任何損傷，拉小提琴的手指不能彎折，烏黑的長髮不能斷裂，精巧的臉龐不能被佛羅里達的烈日晒傷。一個月，就一個月，他把這些孩子送回去給家長，就能賺入一筆為數不小的薪水。有了這一筆錢，他終於可以搬家了，一個沒有臭豆腐的新家。

大家打完電話，報完平安，雙手抱胸，身體冷淡，眼神迴避彼此。幸好，他眼睛小，鏡片厚又不堪磨損，面前這群美麗的孩子一定都沒注意到他的眼神。他貪看他們的皮膚、胸、小腿、髮、背、細軟的鬍子、手指、手肘、唇紋、長睫毛、毫無硬皮的腳跟。他好想摸看看。

他撕爛腦中的畫面，趕緊說：「今天外面滿月哩，反正我們現在一定都睡不著，我們去校園散步，認識一下環境吧。」

一離開百年校舍，被冷氣趕出門外的熱帶宛如相撲選手，見到他們立刻撲上來，蠻力撐開在冷氣房裡瑟縮的毛細孔。熱帶是五花肉，油脂飽滿，撞上這些清瘦的青少年身體，留下飽滿的油膩汗水。油汗潤浸衣褲，乾燥的腋下原本是寒帶荒原，走一小段路，就變成灌木叢生的沼澤地。月亮肥滿，灑下豐盈光束，在校園鋪上柔軟的銀白綢緞。微風坐在鞦韆上盪啊盪，柔軟的海潮聲是棉花棒，伸入耳朵裡繞一繞，搔一搔，挖出新鮮的耳垢。耳垢是沃土，冒著蒸騰熱氣，埋一顆種子，可培育粗壯闊葉樹木。

前方的海潮聲勾人，遊學團無人說話，隨著海潮聲走。

百年校舍前有一石碑，寫明校舍建於十九世紀末，目前已經是世紀古蹟，颶風、水災都沒摧毀大樓，是邁阿密最古老的建築之一。蛋頭朗誦石碑上銘刻的文字，數度遇到陌生單字，只好含糊帶過，他試著把銘刻翻譯成中文，發現幾個孩子都斜眼看他。

阿曼達先開口：「拜託，你不用翻了，我們都看得懂。」

安妮接著說：「怎麼會找你當領隊？英文這麼爛。」

兩個女生的話語刺進他的雙眼，他摘下深度近視眼鏡，用力揉眼睛，眼睛好痛。或許是月亮吧，佛羅里達的月光竟然如此刺眼。

孩子們不理會蛋頭，往海走去。

百年校舍前方有花園農圃，簡易的木牌寫明學生親手栽種的蔬果，番茄、百香果、紅蘿蔔。蛋頭捧起一顆藤蔓上的百香果說：「你們看，這些都是夏令營學生自己種的喔，你們在台北一定都不知道怎麼種菜吧？」

蛋頭刻意熱烈的話語被高溫稀釋，傳到這些孩子的耳中，只剩下細微嗡嗡鳴響。

濕潤熱風夾帶著海濤聲，一陣一陣不斷瞄準大家的身體撞擊。風像是吸飽熱水的濕毛巾，沉甸甸，往他們身上抽打。汗水競相掙脫皮膚，血液慢慢沸騰，高溫在孩子身體裡爆熱油，原本冷淡的臉部，開始燥灼不安。

這不是他們熟悉的台灣熱度，這裡的熱，規模似乎更大，風像鐵鎚，在皮膚上恣意敲打，敲出肥美汗粒。月亮巨碩，直視灼眼。夜空特別寬廣，不是台灣的那種天空，佛羅里達的天空更寬更廣，在仍有時差睡意的雙眼裡不斷擴張。校園裡到處都是百年老樹，枝葉繁茂，在熱帶雨水的灌溉下，每分每秒茁壯，往前走幾步，回頭看，樹幹更粗壯了，枝椏更茂盛了。沙沙草木裡有完整的生態，蛇蟲蛙鳥都屏息睜眼，等待獵物鬆懈，生物數量太多了，你吃我，我吃你，誰都不怕餓肚子。真的好熱，月光下他們肢體騷動，抓腋下，抓屁股，抓頭皮，脫鞋子，這都不是他們平常的模樣。

經過游泳池，他們都看見了，月光下的男孩。

藍色的黑膚男孩。

男孩從游泳池冒出來，像是從藍色染料裡爬出來，修長的身體在月光下閃耀著奇異的晶亮藍色。男孩拉扯服貼的泳褲，摘掉泳帽，在池邊用力甩頭。水珠掙脫他的黑色卷髮，在游泳池畔的燈下變成一顆一顆晶瑩的鑽石。熱空氣讓一切都遲滯，男孩甩髮的畫面變成慢動作，鑽石水珠慢慢在空中翻滾，緩緩落地，碎成更多閃亮的小鑽石。

那些小鑽石是一場及時雨，落在這些孩子的身體裡，稍微緩解焦灼。

藍色男孩發現一群人看著他，笑了，棕膚雪齒。他小跑步進入游泳池旁的更衣室，關掉池畔大燈，黑夜迅速重新佔領泳池。

海潮仍在召喚，他們繼續走，進入海邊的森林。森林沙地濕軟，踩上去，有小樹枝斷裂的清脆聲。總覺得有誰在觀察著他們，凝視著他們。樹有眼，草有眼，沙有眼，被樹枝篩下的月光有眼，高溫有眼，失眠的鳥有眼，躲在土裡的爬蟲類有眼，全都看著他們。

穿過樹林，終於抵達海邊。海風捎來些許涼意，大家紛紛脫了鞋，腳陷入白色細沙，涼涼的海水如舌，舔上腳掌。海邊的邁阿密，終於稍微降溫，終於些許溫柔。

沙灘上的椰子樹上有警告標示：CAUTION! CROCODILES IN AREA!

標示上一隻張嘴的鱷魚，眼神邪惡，利齒駭人。

大家看著警告標示，沒有人趕緊離開海面，反而往海多走幾步。鱷魚呢？真的有鱷魚嗎？鱷魚住在海裡嗎？會從海冒出來咬人嗎？還是住在岸邊茂盛的紅樹林裡？

那警告標示像是張邀請函，悄悄啟動了這群青少年的騷動。

安妮看著標示，往海裡多走了幾步，阿曼達尾隨在後，也多走了幾步，兩人看看前方的海，黑暗神祕，阿曼達牽起安妮的手，以笑聲壯膽。安妮好驚訝，她怎麼一點都不怕？海水已經淹到她屁股了，短褲濕了，而且有鱷魚哩，怎麼自己完全不怕？還是，平日膽小的她，根本好希望被鱷魚咬走？咬一口，整個人被鱷魚拉進海裡，海水入侵鼻孔、呼吸道，呼吸消失，自己消失。消失了，就不用再吃藥了。飯前三顆。飯後三顆。照三餐吃。

噗。

蛋頭驚慌的眼神，洩漏了一切，遮掩無用，他是屁聲來源。

幹！完了，真的忍不住。一定是那難吃得要死的枸杞晚餐，味道那麼怪，早知道就不要吃光光。枸杞在他體內變成了一顆一顆小子彈，在腸胃裡盤旋，朝他的肛門發射。

噗。

這次更大聲，海浪被這麼響亮的屁聲嚇到，忽然靜了，停止拍打海岸。海邊森林的鳥全都驚醒，朝夜空飛去。或許本來有鱷魚，一聽到屁聲，全都趕緊逃離。

「對不起，對不起啦，我真的忍不住。」

不只聲響，這幾聲響屁有濃郁的臭味，逼退熱帶海邊所有的味道，海邊紅樹林聞之，迅速萎縮，熟睡的綠鬣蜥被紅樹林吐出來，掉在海面上。

枸杞子彈在蛋頭身體裡繼續衝撞，不只屁聲，他感覺枸杞就要席捲他身體裡的所有器官，衝出他的身體。來不及了，他抓著屁股，開始大步奔跑，穿過森林，經過游泳池，奔向百年校舍。已經有好幾顆火辣的枸杞子彈衝出他的身體，他猜內褲裡沉甸甸的濕潤物是他的心臟或者肺或者肝。他嘴巴吐出的慘烈吼叫，在夜裡聽起來像是輪船發出的洪亮鳴笛。

蛋頭留下的臭味，佔領整個沙灘。那臭味有腐蝕的力道，紅花枯綠葉萎。臭味橫越海灣，迅速抵達遠方的璀璨邁阿密市區，整個邁阿密都聞到了這衝鼻的臭味，城市集體掩鼻皺眉。

忽有百香果的香氣，迅速驅趕了蛋頭留下的臭。

凱文坐在岸邊的礁石上，拿出一把銳利的刀，切開手心的百香果，開始用力舔吮。凱文吃完一顆，雙手沾滿水果汁液，熟成的百香果散發濃郁的酸甜香氣。

他從口袋拿出更多顆百香果：「我剛剛摘的，有沒有人要吃？晚餐難吃死了，我猜你們跟我一樣，還很餓對不對？」

一群青少年在岸上礁石坐下，開始分食百香果，眼神終於接觸了，開始講話了，自介，問好。說到蛋頭，溫熱礁石口沫飛濺，炸出清脆的笑聲。

當時誰知道啊。

當時誰能預料啊。

不久後，這群美麗的孩子，會偷偷離開這個夏令營。

不久後，這些未來的領袖，會往南去。

不久後，這些龍年出生的孩子，會目睹殺人事件。

不，應該說，會參與殺人事件。

殺人凶手，真正的殺人凶手，就坐在這塊礁石上，在月光下笑著吃百香果。

02

藥丸在吸塵器內部發出清脆的撞擊聲 二〇二〇年

安妮剛離開殯儀館，就在手機上收到小史的郵件。

殯儀館裡寒氣逼人，她每天都得多帶一件厚羽絨外套。殯儀館外下著大雨，她沒帶傘，就把外套罩在頭上當雨衣。殯儀館寒氣像是黏膠，還緊貼在皮膚上，屋外明明台北盛夏，她還是覺得冷。羽絨外套迅速喝飽雨水，像是尿床耍賴的孩子，在她的背上撒野。兒童重症病房裡偶有情緒失控的孩子，整個趴到她身上喊痛，哭著說要拔掉身上的插管。有一次，一個剛開始化療的孩子跳到她背上大哭，指尖在她臉上抓出血痕。同事都誇她好鎮定，靜靜等孩子的情緒平穩，眼鏡摔在地上碎裂、臉上有血，依然站得很直。

她想，難道要跟著孩子一起哭鬧嗎？

很久以前，她還有哭鬧的能力。

現在，她已經想不起來，上次哭，上次鬧，是什麼時候。

丈夫自殺，她也是靜靜的，沒哭沒鬧。

簡單的公祭，不燒任何紙錢，不印訃聞，遺體火化，樹葬，不立墓碑，喪禮之後不做任何儀式，不做七、百日，不超渡，不請法師，日後不做任何週年祭拜。戶頭裡剩下的錢，全部捐給醫療機構。丈夫的親戚抱怨，這後事太清簡，明明夫妻倆都是高收入的醫生啊，喪禮卻這麼寒酸。她以冷淡的面容面對親戚的質疑，只說這一切都是依照丈夫的遺願。

其實丈夫根本沒交代後事，丈夫死之前，他們已經很久沒說話了。

羽絨外套越來越重，雨水穿透外套，滴進她的髮。她專注讀小史的文字，忘了過馬路，沒注意到全身已經淋濕。

小史說要殺了自己。

她第一個想法是：怎麼等到現在？難道一切只為了傑克那個笨蛋？怎麼自殺？吃藥？吃什麼藥？吃幾顆？

警方通知她丈夫自殺身亡，她當時第一個反應也是：怎麼等到現在？終於，終於。都說好多次了，這次總算真的付諸行動了。

丈夫長期憂鬱，這一年來狀況特別不穩，藥物無法控制，入院住了好長一段時間，多次自殺未遂。出院後，丈夫搬出家裡，說找到了小套房，等生活穩定了，會通知她，到時再來討論，是否要離婚？還是繼續努力，看能否回到以前的生活？

什麼叫以前的生活？她不懂。丈夫搬出去之後，他們生活照常，依然在同一家大醫院工作，天天一起吃午餐，時常在電梯裡撞見，只是下班後，回不同的公寓。醫院沒人知道他們倆的分居狀態，有護士看他們天天一起吃中飯，說出了羨慕的話語。一起吃中飯有什麼好羨慕的？兩人都沒說話，坐下來，完全不看彼此，先吞飯前該吃的藥，慢慢吃中飯，一口一口慢慢咀嚼，飯後再拿出藥包，吞服飯後該吃的藥。有時兩人會討論彼此吃的藥，換藥了啊？這個副作用不小吧？睡前的藥沒忘記吃吧？

有時病房太忙，兩人沒時間吃飯也沒時間吃藥。但睡前的藥，兩人絕對都不會忘記服用。不吃，怎麼睡呢？只有靠藥物，兩人才能進入睡眠。那藥很強，像把鋒利的刀，直接把意識從現實切掉，整個人迅速進入全然黑暗的睡眠時光。無夢，無意識，只是深深的睡眠。她吃完藥，躺平，會有身處海邊的幻象：躺在海邊溫熱礁石，夜濃，有月，她手指月亮，拜託月亮來割耳朵，忽然有什麼銳利的東西割過來，或許是手術刀吧？反正就是一把銳利的刀，把她從礁石上切下，彷彿她是礁石上的多餘腫瘤，割下用力扔進海裡。吃藥入睡就是掉進海裡，一直往下掉。醒來，摸摸耳朵，月光沒割耳，小月不見了，礁石不見了，海灘不見了，大家都不見了，只剩下她。她常想，這樣的睡眠狀態，就是死亡吧。

每天早晨醒來，進入她意識的第一件事，不是咖啡，不是身旁少了丈夫，不是早餐，不是病房裡有多少孩子，不是今天要動什麼手術，而是，早餐的藥。床頭櫃上有一壺水，還有藥丸，醒來第一件事就是吃藥。帶著藥味入眠，想著藥味甦醒。嘴裡要是無藥味，她會隱隱慌張。

藥有藥的極限，這她很清楚。藥讓她情緒穩定，藥讓她入眠，藥鎮住咳嗽，藥讓孩子暫時不喊痛，但藥曾帶她去了不該去的境界。丈夫這幾年換了不少藥，都無法改善他的憂鬱。後來，最強的安眠藥也無法讓他入睡。丈夫的安眠藥劑量一直加重，有時睡前吃掉三十幾顆，還是睡不著。睡不著，也死不了，怎麼辦？住院治療，搬離家裡，一切都無效。她建議，那就學學別人，出國散心？結果出國旅遊是一場災難，在東京的狹窄飯店裡，丈夫半夜驚醒，說要開窗，但用盡各種方法，就是打不開緊閉的窗。他看著窗外的晴空塔與隅田川，喉嚨發出小小的聲音：「下去，我要下去。拜託，安妮，讓我下去。」打不開窗，他用身體力撞擊窗戶。她當時只想尿尿，從床上爬起來，對著丈夫說：「我要去尿尿。」她以為從浴室出來，會看見窗戶破一個大洞，往下看，丈夫的屍體飄在隅田川的河面上。但窗戶完好，丈夫不見了。飯店房間如鳥籠，門的內鎖依然鎖著，丈夫去哪裡了？原來丈夫爬進床底，小聲啜泣。她當時想，是因為日本窗戶品質太好嗎？還是丈夫身體太單薄？怎麼會撞不破？丈夫在床底待了兩天都沒出來，她去樓下的便利商店買了冷壽司便當、熱咖啡，推進床底，爬上床，打開電視，看著日本NHK跨年喜慶節目。啊，原來今晚是跨年喔。她對床下的丈夫說：「今晚跨年，我都忘了。我等一下去淺草寺旁邊買你喜歡吃的蕃薯點心。」

兩天後，丈夫從床底爬出來，什麼都沒說。她拿起桌上的藥，遞上一杯溫開水，冷靜地說：「你兩天沒吃藥了，兩天沒上廁所了，這樣不好。」

得知丈夫死訊那天，丈夫的主治醫生打電話來問，語氣著急。丈夫與醫生約好，每隔一段時間就會用手機回報，但已經超過約定時間了，丈夫一直沒回應。她回，其實她也不知道啊，傳了訊息過去，都沒回應。她把丈夫小套房的地址給了主治醫生。過了幾小時，警方打電話來，通知她丈夫的死訊。

她從沒去過丈夫的小套房，知道地址，但丈夫清楚跟她說過，不要找他，給他空間。第一次去，就是去收拾丈夫遺物，下班後在手機上輸入地址，跟著導航走，導航說十分鐘到達，結果走五分鐘就到了。小套房跟醫院只隔兩條街，真奇怪，在這裡上班這麼多年，從來沒聽過這條街。跟房東一起搭電梯上樓，房東一直抱怨，怎麼這樣就死了，以後房子沒人敢租啊，也一定賣不出去。門上有警方破門的痕跡，整個門把被敲爛。

裡頭很空，沒床沒椅沒沙發，地上有很多藥。房東一直問，怎麼會沒床呢？太奇怪了吧，沒床要睡哪裡？她整理地上那些藥，一盒一盒，都是她在醫院幫他裝好的，早中晚睡前，一看，就知道丈夫自殺之前，已經好幾天沒吃藥了。那當然不用床，沒吃藥根本睡不著，要床做什麼？

房東不敢進來，跟她約好三小時後樓下見。她用黑色垃圾袋裝遺物，一下子就收完了。她拿吸塵器吸地上的藥丸，藥丸在吸塵器內部發出清脆的撞擊聲，她覺得好悅耳。吸塵器吞下這麼多安眠藥，力道絲毫不減，毫無睡意，難怪丈夫生前吃了無用，最後吞下好幾瓶。

她準備要離開了，才在面向暗巷的陽台上發現許多大型紙箱。她拿刀片割開紙箱，裡面滿滿的醫療口罩。年初冠狀病毒在全世界肆虐，口罩成為珍稀奢侈品，她所屬的醫院時時擔心疫情大爆發，口罩不夠用該怎麼辦。數一數，丈夫有五大箱，私藏超過千片的口罩。她用膠帶封住所有紙箱，全數載回家。大紙箱在家裡客廳排成一張床，她躺在上面，沒吃藥，卻睡著了。這是丈夫留給她的遺產啊，所有的口罩，都是她的。她連續在口罩紙箱上睡了幾天，才把這幾箱口罩搬到醫院去。捐出所有口罩，她客廳少了紙箱，少了丈夫，空空的，她又睡不著了，乖乖回去吃藥。

捐出所有口罩，感覺像是放棄那個孩子。當年那個孩子，她花了好幾個月努力挽留的孩子，最後不得不放手，讓孩子離開。是個男孩，瘦瘦的，哭聲輕柔，皮膚白雪，眼裡裝大海，父母不詳，等待領養。男孩離開前，眼睛忽然睜開一下，看她一眼，然後緩緩閉上。她對男孩輕聲說：「你放心走，再張開眼睛，就是另外一個世界囉。乖。」病房裡遇過那麼多孩子，她最記得那個男嬰。在她懷裡離開的男嬰。為什麼特別記得他？她總是忘不了他眼裡的海。她當年好年輕，哭到吐，醒來後，男嬰不見了。後來她就不哭了，送走病房裡的孩子，健康或重病，留下或離開，她眼神一貫冷淡。她常想，如果男嬰是她生的孩子呢？能不能留住男嬰？她跟丈夫新婚初期沒避孕，卻從沒懷孕。幸好沒懷孕。壞掉的人怎麼當母親呢？一直吃藥的人怎麼當母親呢？殺過人的人怎麼當母親呢？

她在殯儀館外讀完小史的邀請函，打了一個呵欠。仰頭朝天，披在背上的羽絨外套掉在人行道上，嘴巴張大，吸氣吐氣，台北雨衝進她的嘴巴裡。八月台北雨苦苦的，溫溫的。

小史，怎麼讀完你的信，我這麼想睡？都快三十年了，我怎麼記得那麼清楚，我們坐在瓦片上淋雨，吃雨。佛羅里達的八月雨甘甜，拿來配苦藥剛剛好。

小史，你就是我的藥吧。我是沒藥無法入睡的人，怎麼一讀到你的郵件，我就好想好想睡。就躺在這裡睡，殯儀館前的人行道，躺下來，她知道自己一定可以睡滿八小時。

好。

她在雨中一直點頭，心裡一直說：好。

當年。

三十年前？

一九九一年。

也是一場熱帶雨。

雨中，小史問大家，要不要？要不要？要不要跟他一起去？

她是第一個說「好！」的人。

她記得從邁阿密飛回台北的航程，只是忘了是哪個航段，邁阿密起飛的？波特蘭起飛的？真的忘了。但她記得，空服員廣播，機上是否有醫療人員？有乘客忽然感到不適，需要醫療協助。她看看身旁的父親，好想跟空服員說，我爸爸是醫生！而且是知名大學醫院的院長，醫術超群。父親瞪她一眼，要她閉嘴。父親小聲說：「我特地飛來美國接妳回去，妳知道臨時請假有多麻煩嗎？要是別人知道妳在佛羅里達給我搞這一齣，我會有多丟臉嗎？我是院長，結果連自己的女兒都管不住。妳給我惹的麻煩還不夠多？」

空服員繼續廣播，她好想好想舉手說，我背包裡有好多好多藥。有這麼多藥，一定可以找到那個生病的人需要的藥！一定有！

但她什麼都沒說。後來飛機迫降在某個她已經忘了的機場，她看見一位身形碩大的先生，躺在擔架上，快速被推出機艙。

好。

小史，好。

我跟你去。

我接受你的邀請。

好。
我去。
我飛。
我來佛羅里達。

03

從一朵蓮花說起

一九九一年

一九九一年八月佛羅里達的夏天，得從一朵蓮花說起。

一朵盛開的蓮花，花瓣粉紅，背景是翠綠荷葉，襯托花身，視覺焦點就是那朵蓮花。花永不凋謝，久視，似有溫風，風驚蓮，花在視線裡搖曳，深吸一口氣，淡雅馨香拂鼻。

蓮花並不立體，平面彩色印刷，剪裁成矩形彩照，印在純白T恤上。蓮花入水洗滌，加入洗衣劑，洗衣機裡翻攪，脫水後丟入烘衣機裡乾烤，反覆幾次，粉紅花瓣、翠綠荷葉稍有褪色，但依然嬌豔動人。蓮花照片上方有一行黑色粗體中文標語：「打造世間淨土」。

穿上蓮花T恤，胸前養一朵蓮，步步生蓮花，閉眼聞花香，冥想入花蕊。

為了籌措台北郊區大型禪修中心，蓮觀基金會的創辦人發起「打造世間淨土」活動，到處募款，一件T恤叫價上萬，穿上此衣，便是在心田種上蓮花，進入塵囂之外的人間清淨寶地。創辦人有個小佛堂，位於台北市區的獨棟日式房舍裡，短短幾年內吸引了可觀信徒，如今創辦人另覓山坡淨土，請來歐洲知名建築師，打造台北最美的心靈桃花源。信徒捐錢協助創辦人興建禪修中心，齊心齊力在台北喧鬧穢土留下一方人間淨土。

幫子女報名遊學團的家長，全都是創辦人的信徒。他們積極參與拍賣會、法會、募款餐會，自己慷慨捐出大筆善款，也四處奔走，鼓勵身邊所有人捐款。一個拉一個，共同打造亂世淨土。

遊學團的每個成員，都收到好幾件白色蓮花T恤。出發至佛羅里達前，基金會安排遊學團的孩子與創辦人用餐。創辦人鼓勵孩子們在美國把握每個學習英文的機會，也交代孩子們要時常穿上這件「打造世間淨土」衣服，最好每天都穿，展現團結氣象。家長用力點頭，叮囑孩子們要多穿這件衣服。

但這群孩子，沒有人看到創辦人。

他們只看到一朵蓮花。

他們只看到蓮花上淡淡的影子。

小佛堂無正式名稱，但信徒私下都稱之為「垂蓮小佛堂」。小佛堂創辦人從不現身，就在竹簾後方講道說佛，簾上印有蓮花圖像，有微弱燈光打在簾子後方，似有人影映照在簾子上方。「蓮」與「簾」諧音，垂「簾」，垂「蓮」，成為信徒之間的祕密代號。

無人知曉，創辦人是男是女？創辦人對著麥克風說話，透過擴音機傳遞訊息。麥克風似有變聲裝置，創辦人的聲音非男非女，無法清楚指認性別。那聲音堅定，說詞無贅字，說佛的語氣清脆，像是微風擊風鈴，聽了有睡意。

是悅耳聲響，許多信徒聽了就想躺下來，創辦人也鼓勵大家想躺想臥想坐皆無妨，舒適聽佛，人就能近佛禮佛成佛。信徒側躺著聽創辦人在簾子後說話，像是有人研磨著胡椒，或者鹽巴，或者香料，或者藥草，磨至顆粒細緻，灑進耳朵，飄進眼鼻，滑入喉嚨。一句一句，殷切卻不急促，去除心中屏蔽，恐懼離身。

經商者聽，致富。求學者聽，金榜。從政者聽，高票。心碎者聽，解憂。求子者，受孕。孤單者，得伴。久病者，痊癒。名聲傳開後，信徒要進入「垂蓮小佛堂」，得繳交高昂費用。緊接著成立蓮觀基金會，由小史的母親擔任董事長。小史的母親原本是樸素的大學教授，學歷驚人，為了佛堂放棄教職，如今全身香奈兒，在台北各大慈善募款場合穿梭。

那悅耳的叮囑，進入了這些遊學團孩子的身體。加入邁阿密濱海中學暑期日間夏令營的第一週，他們每天都穿著這件白色蓮花T恤。

校方安排讓六個孩子進入六個不同的團隊。校方的用意是，把孩子分散，他們就更有機會學習獨立，融入美國孩子的學習領域，增加開口說英文的機率。

胸前養蓮，心中有蓮，這群青少年一腳踏入了未知的熱帶。

安妮不會游泳。

她是個瘦高的女孩，她的父親常說女孩子長這麼高，以後怎麼嫁人。她喜歡在人群裡當隱形人，最好沒有人注意到她。但她從國小五年級就開始長高，身體一路往上攀升，一直都是學校最高的女孩。她學業成績突出，總是明星國小、明星國中的全校第一名。她其實一點都不想當第一名，但是如果沒有第一名，父親看到成績單會說：「這樣以後怎麼考醫學院？丟不丟臉啊，這種成績妳敢給我看？妳別忘了，妳爸是院長，妳丟自己的臉就算了，拜託不要丟我的臉。」其實她根本不用說，大家都知道，她的父親是知名大學醫院的院長，同學知道，老師知道，校長知道，全世界都知道她是院長千金，她怎麼可能有辦法隱形？校長好幾次在公開場合直接以「院長千金」稱呼她，一說到「院長」，平時陰沉的校長臉上忽然有旭日。她其實不懂，為何「院長」這個稱呼如此響亮，像是個通往神祕空間的密語，不斷喊醫生「院長」，語調甜蜜，晉升福地，滿身珠寶。一直喊「院長」的校長，不久後果然獲得晉升福地的機會，他必須開刀，透過她父親，順利找到了權威名醫，完全不用苦等，隔天就進手術房。手術完滿，喊「院長」聲音更洪亮。

她以駝背對付突兀的身高，走路習慣低頭，下巴貼胸。她試圖在班級中隱形。安靜少話，同學說她好有氣質，有千金風範。當然，也有同學說她傲慢，院長千金目中無人。但她其實想跟大家一樣，她根本不想當院長女兒，她自覺沒有千金氣質，有時的確貌似高傲，斜視看人，但那都是刻意的，是演戲。她喜歡演戲，對著自己演戲，在房間裡演給自己看，看美國奧斯卡典禮，想像自己哭著上台領獎，感謝院長爸爸，感謝院長夫人，栽培她長大。但不可能啊，父親怎麼可能讓她去演戲？除了醫學院，她日後別無選擇。

在學校，她扮演寡言的院長千金角色，一離開學校，確定周遭沒有同校的同學，她慢慢抬起頭、挺出胸，大步走路。她的胸部小小的，但她不介意，她喜歡自己的胸部，總是要求母親買昂貴的法國進口胸罩。她厭惡自己的身體，太高，太瘦，近視太深，屁股太塌，全身上下只喜歡自己的胸部。洗完澡，她會在鏡子前面欣賞自己的小巧乳房，以手指在其上畫圈撫摸。在人群中焦慮來襲，她會一直低頭想著制服底下的法國胸罩，巴黎進口，絲質柔軟，穩穩托著她的小乳房。前年跟父母去巴黎旅遊，特地去了當地的內衣店買了許多內衣。她對巴黎的印象很好，但不是因為那張艾菲爾鐵塔的全家合照，也不是因為那些甜食，而是因為許多巴黎女孩。她在巴黎看到許多跟她年紀一樣的女孩，走路好輕快，身形精緻不駝背，燦笑裡都燒著熱烈的太陽。有天早上她趁爸媽不注意，溜出飯店，胡亂走，不看路標走，想把自己搞丟。走著走著，看到一棟古老的房子，屋外有許多跟她年紀差不多的青少年，她猜應該是所中學。她看到中學校門口旁有一群抽菸的女孩，一個小小的打火機傳來傳去，幫彼此點菸。她們抽菸的姿態很舒坦，讓她非常震驚。原來，可以這樣活著。原來，可以在街頭抽菸。她喜歡巴黎，心裡想長大後要來巴黎。在巴黎，她不是院長女兒。她不用刻意，不需駝背，就是個平凡的女孩，說不定，也可以在街頭拿出打火機點菸。

她離開飯店是想把自己搞丟，根本沒帶地圖也不記路標，卻完全記得來時路。回到飯店，父母正在激烈吵架，根本沒注意到她消失了幾個小時。

那張艾菲爾鐵塔前的全家合照，放大裱框掛在父親的院長辦公室裡。任何人走進辦公室，都會立即看到那張照片。照片裡，父親穿著新買的西裝，母親拎著等了一年的名牌手提包，她的小洋裝下，是新買的胸罩。照片是同團醫生幫忙拍的，盛夏陽光正好，雲朵掛在鐵塔頂端，三人的笑容剛剛好，露齒，優雅，相機快門抓住了這幸福的全家出遊時光。院長，院長夫人，院長千金，令人羨慕的家庭。

誰知道呢？她猜想，就算簾子後面的創辦人，也猜不到吧。從巴黎回來之後，父親把這張照片放大裱框，帶去給佛堂給創辦人。照片被佛堂的工作人員收起，帶到簾子後，請創辦人祈福，確保一家三口健康幸福，女兒順利考上北一女。創辦人在簾子後看了照片，發出了爽朗的笑聲：「這照片拍得真好，真好。院長，您不用我祈福，您已經財富滿盈，令嬡一定會考上第一志願，尊夫人健康美麗。只是……來年夏天，似有一小災，您得收起脾氣，靜心觀心中蓮花，就能迎刃而解。」

收起脾氣?她當時在佛堂聽了，覺得創辦人是否看出了什麼?不可能吧，再厲害，也不可能從那張照片裡看出什麼端倪吧。拍照之前，父母親大吵了一架，在塞納河畔，父親打了母親一巴掌。母親哭著說要跳河，死在巴黎。忽然同旅行團的醫生、護士也出現在河畔，看到他們，父母立即露出燦爛的笑容，瞬間變形成恩愛夫妻，不甩巴掌了，不跳河了，不哭了，不叫了，巴黎夏天陽光立刻擦乾母親臉上的淚。父母在河畔摟摟抱抱，說要在鐵塔前拍一張全家福，請同團醫生幫忙拍照。

她當時想，要是母親跳下去，一定死。母親跟她一樣，都不會游泳。父親也不可能跳下去救人。她並不清楚父親是否會游泳，但她知道，父親當天穿的西裝是新買的，他絕對不肯讓河水弄髒西裝。父親打母親一巴掌，只是因為母親買了冰淇淋，不小心沾到了父親的西裝。

她就讀的國中有游泳課，但她從來不下水，每次都說不舒服，不想下水，老師從來不逼迫她，院長千金是全校第一名，代表學校參加各種英文作文比賽，一定也是全台北第一名，千金說不舒服，沒有老師敢有意見。她總是在池邊做著數學題目，背英文單字，看著其他女生在池裡踢水。

加入邁阿密濱海中學日間夏令營第一天，她所屬的那個團隊，第一堂課就是游泳。游泳教練在池邊介紹台灣來的新成員，她的名字是Annie，會在邁阿密待一個月，跟大家一起度過夏天。池邊的熱烈歡迎掌聲催化她的焦慮，大家都穿泳裝，她該怎麼辦?有好幾個女生穿著比基尼，皮膚黝黑晶亮。但她根本沒帶泳衣來美國，她只想穿著這件寬鬆的「打造世間淨土」T恤，坐在池邊背課文。但高中聯考結束了，她此刻沒有課文要背，手上沒有課本，不斷有美國青少年過來跟她打招呼。她駝背跟教練說，忽然不舒服，今天不想下水。教練是個滿臉微笑的金髮女士，把她帶到一旁，一臉憂慮，問她哪裡不舒服？需要醫療協助嗎？謊言有重量，壓在安妮身上，讓她的背更駝。她的支支吾吾引來更多的關切，語言溝通擱淺，有許多小女生圍上來，持續表示關心。這些關心話語都是標槍鐵餅，瞄準她的背而來，她屈身彎腰，慢慢蹲下，呼吸困難。許多手搭上她的背，牽起她的手。佛羅里達八月的太陽也加入關切陣容，穿透她身上的蓮花T恤，在她的背上燒烙問號。How are you? Are you ok? What's wrong? Should someone get a doctor? Do you need help?

她在學校、補習班學的那些英文問句，全都在佛羅里達陽光下烤成一個又一個火紅的問號，往她耳朵裡塞。那些在她身體上下游移的手，都是黏膩汗濕的手，她好想大叫「不要摸我！」但是英文卡住，她完全想不起來這句英文該怎麼說。況且她一直都是心裡想什麼，嘴巴卻不說什麼的人。

她想吃藥。背包裡有藥，吃下去就好了。早上的藥，有吃了吧？飯前飯後的藥，她都吃了。真的嗎？還是忘了？昨晚根本睡不著，吃了父親開的安眠藥才睡著。今天早上頭很重，頭好昏，萬一自己根本忘記吃藥呢？

她整個人跪在地上，澎湃的汗水從她背上冒出。

她只想隱形啊。怎麼辦，佛羅里達陽光好強烈，天空無雲，陽光照亮濱海中學的所有角落，一切都無所遁形，她根本沒地方躲。怎麼辦。怎麼辦。你們這些美國人拜託，不要理我可不可以？

啊。

她聽到不遠處的熱帶海洋，潮汐翻湧。

不。潮汐在更近的地方。

在她身體裡。

來了。來了。

潮汐從她的下部傾洩而出。

怎麼提早來了？

第一天來，量總是很驚人啊。

忽然有微笑女生遞上棉條。那微笑在她眼裡變成一把彎刀，刺進她身體。

一條大海灘浴巾，蓋上她的身體，幫她遮掩。她睜開眼睛，為什麼？為什麼？有那麼多浴巾，為什麼偏偏給她紅色的？

為了搭配白色上衣，她今天選了寬鬆的純白短褲。她知道，紅色潮汐太明顯，染紅白褲，大家一定都看到了。

她聽到游泳池傳來踢水聲。她聽到男生的驚呼聲。還有刻意悶住的笑聲。

她趴跪在地上，好想好想大聲喊叫，好想好想把身旁這些關心的人都推進游泳池。她全身發熱，想呼喊救命，好燙好燙啊。天上的那顆佛羅里達太陽，掉到她身上了。

揹著太陽，她什麼都沒說。

她閉上眼睛，想像下部流出的紅色熱流，慢慢染紅白色褲子，快速擴散到白色上衣，連她的巴黎白色絲質內衣也染紅了。在這陌生的熱帶，氣溫攝氏三十八度，她身上的蓮花染血，花瓣更鮮豔。

一直在她離開佛羅里達之前，那個夏天，在這高濕度的熱帶，潮汐失控，天天都漲潮。

凱文是遊學團唯一有熱帶模樣的青少年。

他在島嶼中部鄉下長大，一遇熱天，父親就會放下手邊的ＶＨＳ錄影帶，帶他去山上釣魚、游泳。車開進中央山脈蜿蜒山路，高溫稍降，平地無風悶熱，原來涼風都躲到山上來避暑了。父親知曉深山無人溪澗，溪水冰涼，徹底驅逐溽暑，他不知道什麼是自由式、蛙式，他有一套自己的游水姿態，看似混亂，但自有怪異節奏。父親架設釣竿，隨意就會釣到肥美的魚，帶回家蒸煮。山谷無人，只有飛鳥、小魚與鳳蝶，父子皆褪去衣物，裸身入河。他無需蛙鏡就能潛入水中，拿魚網抓魚。父親游幾趟，躺在岸邊大石上睡覺。他游累了，也會爬到石頭上，看裸體父親打呼的臉，幾隻小蟲飛進父親下體的濃密陰毛，掙扎迷路，爬不出來。時常有黃色小粉蝶在父親身上停駐，一起午睡。陽光烤石也烤他們的皮膚，一覺醒來，黃蝶消失，對面的山頭吃掉太陽，小黑蚊出沒，在他身上德古拉的後裔，手臂被咬出許多紅腫小山丘。他看自己發癢的手臂，對照一下天空，皮膚與黑夜同色。看一下身邊的父親，他可能近視了，或者腦子被太陽燒壞了，河邊石頭上多了一個父親。用力閉眼再睜眼，一個，兩個。石頭上兩個父親。

他知道自己跟其他遊學團成員很不同，他在心中偷偷列表：大家皮膚白皙，他全身黑夜；大家英文都好，他只會幾個單字；大家身上有日本電子錶、Nike球鞋，他身上的衣物都是夜市貨，腳上的Nike是假貨；大家都出過國，只有他從沒離開過台灣；大家都是在冷氣房裡長大的，他鄉下老家在田中央，悶熱的鐵皮違章建築，VHS錄影帶工廠，悶熱夏夜，他把床拉到屋外，搭蚊帳，在月光下睡，就算後來工廠旁邊蓋了一大棟房子，他還是常常把床拉到屋外，數星星數到睡著；大家都是首都台北人，他來自無人聽過的島嶼中部小地方。還有，大家都只有一個父親，他有兩個父親。

昨晚，他刻意殿後，摘了一大堆熟成百香果，在海邊拿出小刀與大家分享。其他人睜大眼，見他刀工俐落，百香果在手心裡對半再對半，用嘴巴吸吮。他沒跟其他人說，他的上衣口袋裡，還藏有一隻剛剛抓的壁虎。他覺得佛羅里達的壁虎跟台灣的壁虎長相差好多，褐色身體，黑色小斑點，好可愛。在他的家鄉，他常會抓壁虎來玩，餵牠們吃小蟲，摸摸牠們熟潤的皮膚，然後放牠們走。他猜，要是他這個野孩子把壁虎從口袋拿出來，大家應該會尖叫散開。

夜深，時差爬進他的床，他毫無睡意。他溜到百年校舍外，釋放壁虎。壁虎抖抖身體，似乎回看了他一眼，迅速爬上椰子樹，捕蟲去。

日間夏令營第一天，他被分派到的小隊練習海邊救生技巧。海中有漂浮人工島嶼，教練哨音一下，大家全部都跳進海裡，往海中島嶼游去。他跟著奮力游，很快抵達島嶼。他爬上漂浮島嶼，發現自己第一個抵達。緊接著，昨晚在游泳池畔的藍色男孩，也爬上島嶼。

藍色男孩在日光下，一點都不藍，皮膚好黑，牙齒如雪，卷髮如漩渦，笑著跟他擊掌。許多英文字詞從那雪白的牙齒掉出來，砸到他身上，都是陌生的字詞。他聽到幾個單字，fast，good，此外全然陌生。

藍色男孩指指他的胸前，繼續說。

他才發現剛剛忘了脫掉蓮花T恤，急忙跳進海。蓮花過海，緊貼著他的皮膚。他把蓮花脫下，鋪在漂浮人工島嶼上，飢渴烈日趕緊來吸乾T恤水份。父親跟他說過，要不是「垂蓮小佛堂」，你另外一個爸爸就不會活下來，你媽媽就會死得更慘，所以要感恩，將來長大賺了錢，必定奉獻佛堂。

藍色男孩和他一起坐在島嶼的邊緣踢水、聊天，他幾乎都聽不懂，傻笑回應，偶而說聲Yes敷衍，藍色男孩笑了。他們跳進海裡，一起往下潛，溫暖海水包圍他們，他們在水中擊掌。浮出水面，藍色男孩繼續說話。他心想，怎麼這麼多話啊？難道對方不知道，他這個鄉下來的，根本聽不懂英文啊。父親說，送他來美國度暑假，就是讓他學英文，以後就可以幫他挑片選片。有不少忠實客戶老是在問，可不可以上中文字幕，要是他學會了英文，就可以幫忙翻譯片子的對話。父親常來美國帶片子回台灣，父親總是說看不懂啊，片子目錄亂寫，憑畫面亂猜，亂挑亂買。

海裡的藍色男孩一直笑，一直說，一堆字詞塞進他耳朵，啊，聽懂了，聽懂了一個字。形容詞，他會拼。

Yellow。

阿曼達靠說謊，騎上馬背。

夏令營騎馬教練問她，以前有沒有騎馬經驗？她用力點點頭。

馬有什麼好怕的？她現在什麼都不怕。以前，她根本不可能有機會騎馬。現在不彈琴了，什麼都可以。

彈琴的時候，老師和父母都嚴禁她參加任何體能活動，怕傷手指。她六歲開始學鋼琴，當時老師幫她報名了比賽，她竟然打敗了許多年紀比她大的孩子，得到冠軍。後來，媽媽透過介紹找到了德籍老師，繼續學琴。德籍老師長臉長髮長身，眼睛眨啊眨，長長的睫毛像箭，瞄準她小小的身體。德籍老師很挑學生，鐘點費高昂，但教出的學生都順利錄取紐約、倫敦、維也納音樂學院。德籍老師不要她彈琴，反而要她先自我介紹。她一點都不想跟這個長臉淡髮的老師學鋼琴，皺眉，對老師眼睛眨啊眨，以憤怒的眼神回報那些銳利的箭。她拿起裝琴譜的小背包，牽起媽媽的手，往外走去。媽媽拉住她，但她執意離去。

德籍老師卻因此收了她。

這小女孩沒哭，遇到生人毫無畏懼，眼神裡有強烈的自我意識。大部分的孩子都會鞠躬，身體遲鈍，態度順服，撞上他的眼神，嚇到大哭。但她一點都不怕他，面對他刻意嚴厲的眼神與語氣，身體依然從容，忽略他的質問，跟媽媽說外面好熱，新加坡好熱，想吃冰淇淋。

她開始彈琴，音感、音色、技法都驚人，超齡完熟。一離開鋼琴，是開心歡笑的八歲女孩，身體一靠近鋼琴，立即靜下來，耐心看譜，手指一上鍵盤就通電。對，他第一次看她彈琴，就覺得是「通電」，電流刷進手指，愜意自在，指關節長翅膀，在鍵盤上撒野。她也能靜，彈慢版曲目，手指有情，速度節制，小小一段舒曼，他聽了快掉淚。

德籍老師跟阿曼達母親說，先別急著參賽，阿曼達天分驚人，日後一定會成為傑出的演奏者，千萬別急著出去比賽，路要走得遠，就別搶著當什麼「音樂神童」。

每個禮拜三、禮拜六晚間七點，連續幾年，從無間斷，德籍老師會準時出現在阿曼達的家。父親為了阿曼達，買了一台史坦威平台鋼琴，擺在客廳中央。阿曼達一家不住新加坡鬧區高樓，而是有庭院的獨棟大宅，花園裡有幾棵大樹，樹葉茂盛，擋住熱帶烈日。打掃花園的阿姨教她認樹，The Yellow Flame，黃色火焰。黃焰樹開花時節，樹冠黃花炸開，像是沾惹熱帶烈日，整棵樹燒起來，火苗竄上天空，日夜靜靜地燒。午後一陣大雨，稍滅黃色火焰威風，黃色小花摔落在庭院的草皮上，草皮著火。

稍微涼爽的夜，德籍老師看看窗外的黃焰樹，說別彈了，我們去樹下坐坐。樹下有微風，冰茶，甜點，榴槤，鳳梨，蛇皮果，抬頭看，月正圓。他坐在籐椅上，開始說樂曲的故事，羅伯特．舒曼寫樂曲給鋼琴家妻子克拉拉，一頁一頁琴譜就是情書。離開鋼琴，樹下的阿曼達靜不下來，在草皮上滾來滾去，白色洋裝沾染黃色火焰。德籍老師驚覺，樹下的阿曼達胸部隆起，臀部堅挺，身體著火，不再是那拒絕自我介紹的八歲小女生了。有音符來撞擊他的腦，他拿起筆，看著樹下的阿曼達，在樹下快速寫了一首曲子。他已經很多年沒有作曲了，他四處教課，當音樂比賽評審，在音樂雜誌寫樂評，就是為了讓老婆、孩子能有安穩的生活。那晚在樹下，阿曼達是他的克拉拉。

曲子的手稿留給阿曼達，德籍老師請辭，介紹其他老師，擔任阿曼達的鋼琴老師。新的英籍老師，帶著阿曼達征戰國際鋼琴比賽，短短幾年，在青少年組不斷獲勝。阿曼達忘了德籍老師，如常上學、彈琴。

都是熱帶雪的錯。

她和幾個同學上街買新衣，她怕熱怕晒，只想在冷氣轟隆的商場裡閒逛。她從百貨公司往外望，看到了白雪紛紛。烏節路上有閃亮聖誕燈飾，百貨公司在熱帶街道製造人造雪，她沒看過雪，決定和同學到街上追逐熱帶雪。人造雪其實是機器灑出的白色泡沫，熱帶飄雪，泡沫溫熱。她用手抓泡沫雪，貼近鼻子，雪香香的，伸出舌頭，甜甜的，像砂糖。忽然雷鳴雨急，看雪的人群急忙躲雨，她在雨中一時找不到同學，乾脆就站在聖誕樹旁淋雨。她發現淋雨很好玩，雨滴暖熱，打在她的身上，有一種天然的音樂韻律。雨勢猛烈，太陽依然照耀，又熱又濕。她發現自己並不怕晒啊，任憑熱雨打在身上，開心笑了。原來自己不怕熱也不怕晒，住在新加坡卻用盡力氣躲避太陽，這並非她的意志，而是母親的指令。雨中，她有一種全新的自由感受，她母親怎麼可能會允許她淋雨呢？母親不允許她在學校參加任何體育運動，怕她手指有任何損傷，她也不能單獨跟同學出遊，或參加任何需要過夜的校外活動，除非母親跟在旁邊。

今天母親必須出席父親公司的活動，她趁母親不在溜出門跟同學逛街。母親是她的影子，總是在她身邊，每天早上親自帶她上學，她放學走出校門，會馬上看到母親的臉。母親背包裡總是有護手霜，隨時拿出來幫女兒擦。她乖乖伸出手，讓母親在她手上塗上一層厚厚的護手霜，按摩手心與指關節，順便檢查指甲長度。若是在戶外，母親幫她塗完護手霜之後，會要求她戴上手套，說新加坡陽光很毒，戴著就不會晒傷。每一場鋼琴比賽，不管是在新加坡還是國外，母親一定都坐在明顯的位置，以攝影機全程拍攝她參賽、領獎的過程。她想不起來，生命中有任何一天，沒有母親的存在。

在聖誕樹旁淋雨，她察覺有人看著她。

她先聽到那首曲子。黃焰樹下的那首曲子。明明只有雨聲澎湃，她就是聽到了那首曲子。

她轉身尋找樂音，看到了德籍老師。

他滿臉大鬍子，站在幾公尺外，傘掉在地上，淋著雨，看著她，哭了。他想，雨可掩飾淚水，不會有人察覺。但她聽到了他的哭聲，來自喉間與鼻腔深處，細微，壓抑，但她分明聽見了。他喉間深處也下了一場雨，雨聲有琴音，仔細聽，是那首黃焰樹下寫給她的曲子。

她往他走去，忽然被用力拉開。等她回過神來，已經在車內了。是她的影子，每天都在她身邊的影子。母親把她拉進車，對司機大喊：「開車！」母親拿絲巾擦她的濕髮，從手提包拿出護手霜，要司機開快一點。她想回頭看烏節路，母親的手輕輕在她臉上甩了一下。

一回到家，她就病倒了，高燒不退，父親請了醫療團隊來家裡照顧她。身體燒了幾天，夢雜亂，都是火，鋼琴燒起來，樹燒起來，游泳池燒起來，這間屋子燒起來，母親燒起來，自己燒起來。一直燒，好痛好痛，卻成不了灰燼，無法消失，鋼琴還在，黃焰樹還在，樹下的那首曲子還在。德籍老師手寫的琴譜早就被母親燒了，但她看過一遍就牢牢記住，在莫札特與蕭邦之間偷偷彈這首，無人察覺。

病了好幾天，夜深，她在夢中狂奔，跑了好久，終於逃出惡夢。她張開眼睛，摸摸額頭，高溫退散。床邊有護士在打呼，她雙腿剛從夢境溜出來，汗濕騷動，還想跑，還沒跑完。她悄悄走出臥室，走下樓，經過鋼琴，打開門，走進庭院，爬上那棵黃焰樹。

原來她這麼會爬樹，原來她的手不只會彈鋼琴，還能抓緊樹幹、樹枝。粗糙樹枝割到她的細嫩雙手，小小擦傷。她笑了，原來，擦傷是這種感覺，媽媽騙人，根本不痛啊。她繼續往上爬，直到無法前進，她趴在樹枝上，往下看，往上看，往屋子看。樹上視線無礙，她終於看清楚一切。德籍老師在樹下看著她寫曲的那晚，她在下面草地滾來滾去，再把視線移到屋子，樓上是父母親的臥室。那晚，母親一定在陽台上俯瞰著樹下的兩人。

不只那晚，這晚，睡不著的母親，也從房間看到了樹上的她。母親覺得自己一定是看錯了，不可能，樹上怎麼有人，再看一次，開窗再看，是阿曼達。母親嘴巴失控，喊出駭人的聲響。

一群人把她從樹上搬下來之後，她拒絕彈琴，不肯上學，不說話，不洗澡，大吃大喝。

她一年足不出戶，亂髮及臀，體重飆升，增了二十公斤。

他們找來各種醫生，都無法阻止她大吃。不給她吃，她大吼大叫，叫聲淒慘，引來警方上門關切。父母決定帶她回台灣一趟，他們說台北有個小佛堂，他們以前常去，說不定能幫上忙，治好她的怪病。

小佛堂裡蓮花簾子上的影子說：「父母親先回去，留女兒在這裡過夜。日出時刻來接她，一切必穩當。」

佛堂工作人員為她鋪了床，端上清淡素菜，她不拿筷，直接以手抓清蒸豆腐。

簾子後面的那個聲音說：「我答應，讓妳走，好不好？」

隔天清晨，她坐在佛堂前的階梯等父母，終於開口說話，說要參加佛堂基金會的佛羅里達遊學團，六個月後從台灣出發。只要讓她參加遊學團，她就不再亂吃，她會回去學校，她會開始說話。

回到新加坡，她開始運動，飲食極為節制，六個月內快速瘦回原來的樣子。

但她再也不碰鋼琴。所有大小獎座，都丟進垃圾桶，毫不留戀。

穿上馬靴，戴上安全帽，她走上階梯，爬上馬背。馬的身形不高，夏令營騎馬教練說，這是冰島馬，長相可愛，性情溫和。

她騎的這隻冰島馬叫做Daisy，白色母馬，有褐色斑點。Daisy胖胖矮矮的，就像六個月前的她。她摸著Daisy，在馬背上看天空。她說不上來，這裡的天空，跟新加坡的天空，或者台灣的天空，有什麼差別？

Daisy往前走，她沒拉韁繩，身體往後傾，失去平衡。從馬背上摔下來的那一刻，她一直看著天空。佛羅里達的天空特別遼闊，就像是她小時候有一次在學校盪鞦韆，一直盪一直盪，用盡全身力氣盪，直到最高點，她縱身跳離鞦韆，身體在空中飛翔，當時眼中看到的天空，就像此刻看到的天空。

她從馬背上滾下來，手著地。

手好痛。一定擦傷了。

圍上來的都是陌生的美國人臉孔，還有Daisy，馬鼻在她身上嗅聞。她摸摸Daisy，看著自己的手，有血，火燒的灼熱感。她想，真好，真好，真好，她好喜歡佛羅里達的天空。這裡沒有媽媽，真好。

克莉絲丁長年過敏淤塞的鼻子，來佛羅里達忽然通了。

像是開啟密封多年的罐子，她一走出邁阿密機場，鼻腔暢通，聞到了熱帶的體味。在這陌生的熱帶，一切聞起來都是新的。海甜甜的，風鹹鹹的。她不知道怎麼形容樹的味道，也不知道怎麼形容花的味道，只知道這裡的氣味很寬闊，從鼻腔刷進來身體，刺激嗅神經，傳導到腦中，聞花身體裡就開滿花，聞樹身體裡就種出一片熱帶雨林。她不敢聞牆上的壁虎，她怕身體裡爬滿小壁虎。

她也聞到自己，指甲縫裡有昨晚在海灘吃的百香果香氣，手心有早餐哈密瓜的香氣，頭髮還有蛋頭的屁味，用力洗好幾次頭，依然無法甩掉那臭味。

她喜歡身邊這些美國青少年身上的味道。他們圍坐在樹下喝冰飲，跟著服裝指導老師學手工縫製嘉年華服裝。老師說，兩週後有嘉年華活動，所有夏令營的學員都要穿著自己手工製作的服裝，一起在海邊派對。身邊的美國青少年正在茁壯，許多男生的身高已經逼近校園裡的那些熱帶樹。她聞到他們的體味，早晨出門前的沐浴乳、髮膠，腋下有細軟毛髮摩拳擦掌，腋毛散發的酸澀青春，被止汗劑快速活埋。往下聞，下部私處躍躍蠕動，男孩清晨以手掌摩擦堅硬的青春，手心跟褲頭拉鍊都留有精液的味道。精液原來是這味道啊，她在弟弟萊恩的床上看過乾掉的分泌物，但當時鼻子堵塞，什麼都聞不到，只好伸出舌尖，舔了一下床墊，微苦。是床墊苦，還是精液苦？她不確定。

今早賴床，她把手指伸進下部，然後用鼻子仔細嗅聞指尖。原來自己聞起來是這味道啊，這味道嶄新，她想不到字詞形容，但聞了之後，身體裡有溫暖的浪與柔細的沙，像是昨晚月光下的沙灘。

樹下一個美國女孩稱讚她身上的蓮花T恤，說好酷，問哪裡買？

她馬上把身上的蓮花脫下來，送給對方，反正行李箱裡還有好幾件。美國女孩好驚喜，擁抱她，立即穿上，在教室裡到處飛舞。失去蓮花，她剩下一件白色緊身小背心。今早在餐廳用餐，一臉蒼白的蛋頭規定大家要穿上白色蓮花T恤，說這樣才有團體形象，說完又奔回廁所。她根本一點都不想穿這件衣服，她媽最近幾乎天天都穿這件到處去募款，說募到的善款，絕對比隔壁那個賤人多。父親勤跑佛堂之後，母親跟隔壁那個賤人也時常拜訪佛堂。

卸下蓮花送美國女孩之後，教室裡的男孩，眼神伸出釣竿，魚鉤拋進她身體的海面。樹下的熱帶勾出汗水，滴滴汗水在她肌膚表面形成淺海，水面下藻類搖曳，鮮紅熱帶魚在珊瑚礁裡捉迷藏。她笑著，身體波浪起伏，更多的魚鉤拋過來。她身體裡的熱帶紅魚都出來覓食了，百隻千隻萬隻，集成水底一團紅火。魚鉤以為自己是獵人，真傻，她才是主動追捕男孩的狩獵者。在台灣，母親逼她穿寬鬆的衣服，制服大兩號，裙子特別長，交代學校導師，不准讓她跟男孩說話，男孩打電話來家裡，一律被母親攔截掛斷。母親不在身邊，蓮花不在胸前，背心緊緊擁抱她的身體。身體海潮微微震動，天空的星月彩虹雲朵都愛上了海，拋棄天空墜海。海面下光彩熠熠，即將掀起滔天惡濤。

她該回應哪個魚鉤？那個金髮男孩？那個拉丁男孩？那個壯碩男孩？那個胖胖的男孩？還是那個不知道自己已經勃起的亞裔黑髮男孩？昨晚那個池畔藍色男孩去哪裡了？好多好多魚鉤，可以全部都上鉤嗎？慢慢挑，仔細挑，她挑著挑著，卻發現了萊恩的魚鉤。

Shit。

她聞到了萊恩。

萊恩就在不遠處。

鼻子暢通了之後，她終於聞到了弟弟萊恩。

弟弟是她台北的鄰居，兩個人的臥室就隔一道牆。他們國小、國中都上同一所學校，剛剛考完高中聯考，以後，終於可以不用同校了。

父親說，姊弟感情要好，以後繼承家裡的事業，才能把版圖做大。父親規定他們一起做功課，一起讀書。台北山區一排連棟豪華別墅，父親買下三棟，父親一棟，隔壁那個賤人跟萊恩一棟，她和母親一棟。

父親也規定姊弟假日要一起到佛堂當義工，打掃，讀經，聽簾子上的影子講佛說道。但姊弟倆幾乎不說話，萊恩總是以怨恨的眼神看著姊姊，她完全不理會。

萊恩的味道讓她皺眉，身體裡的波浪忽然海嘯，幾乎衝出喉嚨，把晚餐早餐都吐出來。弟弟好臭，丟過來的魚餉也是臭的。這裡的海聞起來甜甜的，忽然死了一條魚。隔壁那個賤人生的弟弟就是死魚，臭死了。

小史覺得自己跟父親，越來越近了。

他稱病，夏令營第一天的課程，全部蹺掉。

他一夜無眠，開窗抽菸，手抖腳抖，手上一張佛羅里達地圖，尋找方位，這裡是邁阿密濱海中學，前方是大西洋，這裡是沼澤地，那麼，到底哪裡是南方？

受不了了，天還沒亮，他現在就想啟程。窗外一棵熱帶大樹，風來，樹葉摩挲窗玻璃，發出邀請的聲響：「來嘛，出來嘛。」他爬出窗戶，坐在窗外屋簷的磚紅瓦片上，前方的海好靜，或許睡著了。抬頭，坐在瓦片上看天空，他找不到星星月亮雲朵，不是滿月嗎？月亮跑哪去了？天空也睡著了吧。天地都睡著了，只有風陪他熬夜。百年校舍的瓦片吸收了一世紀的熱帶陽光，在深夜裡靜靜發熱，在他的屁股鐵板燒。瓦片對準他屁股散發更多的熱度，催促他離開。走吧，現在就走，不要回頭。他站起來，拍掉屁股上的熾熱，抓住樹枝，像猿輕巧上樹，下樹。

離開台灣前量身高，他已經長到一百八十公分。母親好驕傲啊，佛堂的人都稱讚，董事長好會養，兒子這麼高這麼帥，會彈鋼琴、拉小提琴，功課超群，可以當偶像明星了。他知道這根本不是母親的功勞，這是父親的遺傳。他記得父親也是這麼高，腿好長啊，小時候父親在沙發上睡著了，他想跟父親一起睡，爬上父親的身體，從腳開始爬，爬了好久好久才爬到膝蓋，好累好累，乾脆在腰間小睡一下，睡醒繼續爬，終於爬到胸膛，父親醒了，親了他一下。這麼多年後，他終於長到父親的高度了。他對父親的記憶很破碎，只記得父親像高山，下巴有鬍子，胸部有毛，常常親他的頭。睡不著的夜，他打開相簿，整個人摔進老相片。照片裡的父親年輕俊美，他想要變成照片裡的父親，穿著緊緊的牛仔褲，腳上一雙牛仔靴，或者只穿紅色小泳褲，在海灘晒胸毛，離開，拋棄，不回頭，去很遠很遠的地方，從世界各地寄明信片回台灣。

他想要跟父親一樣瀟灑，說走就走，背包裡有護照、地圖、美金、旅行支票、信用卡、巧克力、水，一個人，好自由，隨時可以走。

他蹲在樹叢裡，靜靜抽著菸，腦中模擬逃跑的路線。搭長程巴士？佛羅里達有火車嗎？搭計程車太貴了吧？還是像電影那樣，在路邊拿著標語，一路搭便車往南？怎樣才能不留下任何的足跡？怎樣才能成功跑掉？怎樣才能找到父親？

有動靜。

這靜靜的熱帶深夜，他並非一個人。

他看到凱文爬出窗戶，踩過屋簷瓦片，抓著牆面上的磚塊、水管，快速抵達地面，從口袋抓出了一隻壁虎。

凱文爬回房間，關上窗戶，拉上窗簾。小史從樹叢冒出，走到那棵椰子樹，剛剛獲得自由的壁虎還在樹上。他快速抓住壁虎，想像自己是個棒球投手，用力把壁虎往遠處的森林扔。

丟完壁虎，他想像壁虎落地碎裂，身體悄悄沸騰。百年瓦片在他的屁股留下的熱度開始傳導至他身上其他部位，深夜的熱帶風讓他身體裡的火更旺盛，他覺得自己再不出發，很快就會原地燒焦。

他開始大步走，明明已經好幾天沒睡覺了，步伐亢奮，走著走著，步出校園，他開始跑步。

他跑進一座森林，沒有路燈，視線昏暗，熟睡的森林被他驚醒，熱帶樹木舞動枝椏，被他雙腳踩斷的樹枝吼出憤怒。森林明顯並不歡迎他，他得加快腳步，跑出這邪惡的森林。

跑啊跑，踩進了及膝的水池，被樹枝惡意絆倒，整個人摔進泥濘的地面。他覺得有什麼力量抓著他的雙腿，用力踢腿，趕緊爬起來，繼續往森林盡頭奔去。

不行了，真的跑不動了。爸，我要跑去找你，但這片森林太大了，我真的跑不動了，而且我現在全身都是爛泥巴。

他終於看到街道，趕緊衝上去。

他發現自己站在街道中央，黃色路燈照亮柏油路面，路上無人無車，只有他自己。路燈染黃路面，路面以外的世界一片黑暗。那黑暗一定會吃人，越過街道的邊境，就會被黑暗吞噬，被世界遺忘。他在台灣從沒見過這麼寬敞的街道，往前看，沒有盡頭，往後看，一片黑暗。剛剛差點吃掉他的那座森林呢？好像消失了。路的兩旁毫無住家，什麼都是空的，天空是空的，路面是空的，路旁是空的，他自己也是空的。月亮呢？他還是找不到月亮。他低頭看時間，手腕是空的，忘了戴錶，現在到底幾點了？時間也是空的。這麼空的地方，有東西南北嗎？他到底要怎麼往南？

他在書裡讀過「美國很大」，這個熱帶夜晚，他深刻體會了這四個字。路好大，天空好大，樹木好大。他以為自己很高大，站在這寬敞的路面上，他發現自己好矮小。怎麼辦，他自己這樣一直跑，怎麼可能跑得到南方的盡頭？怎麼可能找得到突變的六趾貓？

他跌坐在路中央，忽然覺得跟父親，越來越遠了。

前方路的盡頭，出現光束。是海邊的燈塔嗎？這裡離海不遠，一定有燈塔。燈塔探照燈射出光束，引領迷途船隻，找到南方。父親住的南方島嶼，有燈塔嗎？光束快速移動，他感覺地面開始震動。他站起來，聽到了引擎轟隆，再看一次，一輛載貨大卡車朝他急駛過來。大卡車的車前燈急速逼近，刺進他的雙眼，接著以洪亮的喇叭聲驅趕路中央的他。他瞇眼，沒移動身體。用力睜開眼，大卡車剛好經過他身邊，他看見車上兩位男性，對著他比中指，嘴巴奔出髒話口沫。他沒聽見男人的髒話字眼，喇叭還在他耳朵裡擊鼓。車身貼近他的身體，他若是往前一小步，身體往前傾，就會捲入那肥大的車輪胎。

大卡車走了，沒帶走他，留他一人。他坐在路面上，忽然好想睡。不行，怎麼可以就這樣放棄？當初他聽到夏令營確定在邁阿密，竟然真的是邁阿密，一切如他計畫，馬上就決定參加。現在他人在這裡，怎麼會跑不動了？他繼續往前跑了一段，一切還是空的，沒有人家，沒有人煙，一切平坦，路面以外的遠方似乎有幾棵樹木。繼續跑，他終於在路的盡頭，找到碩大圓滿的月亮，他從沒有看過這麼大的月亮。空曠熱帶裡，月亮圓滿成一顆肥碩的金橙橘子，滴出金黃色的汁液，流至路面上，整條筆直的馬路變成一條金色的河流，在夜裡無聲潺潺。

他在金色的路面上狂跑，面朝月亮，直到雙膝跪地。不行了，沒力氣了，朝月亮跑，就是往南嗎？萬一是反方向，根本是朝北？算了，放棄，他真的好累，他想回去百年校舍好好睡一覺。他慢慢往回走，天色開始泛白，真的好累，靠金色河水的推進，走回了來時路。走進剛剛那座邪惡的森林，夜晚準備離去，森林的樣貌逐漸清晰，原來，是社區公園，有大樹，有孩子的遊樂場，有公園椅，有仍未甦醒的噴水池。他在公園椅上躺下，椅子好大啊，可以容納他整個身體。他一躺下，立即睡著。清晨的森林原諒他昨晚的誤闖，招來一陣暖霧，靜靜包覆他。

睡了兩小時，他驚醒在金光燦燦的陌生境地。他低頭看自己的身體，昨晚的泥濘在皮膚上乾掉，朝陽在森林裡潑灑金漆，泥巴染金，彷彿有人在他皮膚上貼滿了金箔。他伸懶腰，嘴巴呼出熱帶沼澤的氣味。才熟睡了兩小時，他卻有沉睡百年的舒暢感。再看一眼森林，再看一眼天空，真的不在台北，他在佛羅里達。佛羅里達沒有母親，佛羅里達沒有佛堂。他抓了背包，快步跑回校園。

經過游泳池，他看見了藍色男孩。朝陽下的藍色男孩已經褪去藍色，一身緊實亮黑，獨自一人，跳進水裡快速前進。

他對蛋頭說自己不舒服，今天請假，明天再加入夏令營。

一整天，他沒穿上蓮花T恤，在校園裡游盪，四處找角落偷抽菸。

他看見遠遠的海面上，有漂浮人工島嶼，凱文跟藍色男孩坐在島上聊天。他想找回昨晚那隻壁虎，往凱文丟過去。他覺得凱文好煩好髒，手指跟指甲縫一直黑黑的。他看見游泳池邊，一群人圍著安妮。

他看見阿曼達從那隻短腿馬上摔下來。拜託，腿那麼短的馬，怎麼騎啊？

他看見萊恩與一群男孩走去體育館，克莉絲丁在樹下跟一群男生打鬧，似乎有槍聲。邁阿密濱海校園沒有槍枝，是萊恩。

萊恩的雙眼上膛，圓眼瞇成窄縫，瞄準克莉絲丁。

萊恩去學射擊。

體育館冷氣壞了，昨天雷擊之後，冷氣一直無法運作。窗戶都打開了，但高溫、濕氣佔領體育館，青少年進進出出，賀爾蒙馳騁，汗味暢旺，抱怨聲像是不斷上下跳動的籃球，撞擊聽覺。

領護目鏡的時候，有人推了他一把。那力道刻意，針對他。他低頭，沒反應。他猜，不是故意的吧？他頭更低，想到柯鬚卡。

領空氣槍的時候，有人問他：「Hey, new kid, do you speak English?」他低頭，沒回答。有笑聲。非友善。是譏笑。現在台北幾點？媽媽會不會忘了給柯鬚卡準備晚餐？

教練在籃球場鋪上塑膠軟墊，示範趴在軟墊上，舉槍，瞄準，射擊。

一組四人，輪到他了。他這一組是四個男孩，其他三個男孩都比他高，對他說了幾句話，他依然不知道怎麼回答。對方擲過來的，是問句？是肯定句？他都聽得懂，並非語言的藩籬。在台灣，他一向都是低頭，不回話。他羨慕柯鬚卡，面對所有問話，從來不理不睬。走向墊子，有一隻腳伸過來，他失去平衡，與槍枝一起重重摔在墊子上，胸前的蓮花被槍枝壓扁。盛夏佔領的體育館裡，塑膠軟墊就像是剛剛烤熱的土司麵包，他就是花生醬，摔在土司麵包上，融化成一灘深棕色的油。今天早餐有花生醬，他覺得美國花生醬好大罐，好好吃。現在，他變成了花生醬。身後的青少年大笑。他還是沒抬頭。那些殘酷笑聲就是銳利牙齒，一口一口吃掉他這攤花生醬。

痛。胸膛、肚子都撞到了槍身，他握緊拳頭。

柯鬚卡，妳有沒有好好吃晚餐？我在佛羅里達，妳知道嗎？我下個月就回去了，妳會想我嗎？

他沒說話，沒抬頭，沒喊疼，頭埋在塑膠軟墊裡。

教練看到了，一定看到了，那伸出來讓他跌倒的腳。教練沒說話。

他聽教練的指令，趴著開始射擊。

第一槍，正中紅心。

完成射擊，起身。同組的男孩，對他笑咪咪，恭喜他，要擊掌，彷彿，剛剛什麼都沒發生。

痛覺依然在他的胸膛燃燒，但他終於高舉手掌，與高高的蒼白男孩擊掌。高男孩戴著牙套，一臉純真，笑容無邪，鬆軟的金髮藏陽光，眾人口中的好男孩。金髮男孩手臂長滿金色毛髮，像是種滿金色稻禾的豐饒田地。

萊恩很清楚。他看到了。絆倒他的人，是個好男孩。

他緊緊抓著槍不放，盯著男孩手臂與雙腿上的金色稻禾。他知道，一百公尺外，他依然能瞄準那些汗濕稻禾。一根一根，全都不放過。

04

柯鬍卡

二〇二〇年

飛機開始下降，機長廣播，邁阿密天氣晴，八月炎夏，華氏一百度，攝氏三十八度。

台北，舊金山，邁阿密，整個航程超過一天，萊恩睡得很沉。他懼怕機艙的乾燥空氣，在台北家中、舊金山機場的貴賓室洗了澡，全身塗上嬰兒油才登機。他頭皮容易乾燥發癢，一癢起來，他一定會用指甲用力刮抓，像貓在沙發上粗野磨爪。嬰兒油在他手心形成湖泊，巴掌潰堤，油溢出手心，沖刷他的皮膚。一登機他就跟空服員說自己不用餐，飛機起飛之後立即把商務艙座椅打平，眼罩、耳塞、兩顆安眠藥，剛好飛機遇亂流，他身體在座位上飛起又掉落，迅速摔進深深的睡眠。嬰兒油在他皮膚形成一層薄膜，他覺得自己像一條塗滿橄欖油的魚，溜進機艙，游進夢境，醒來，抵達烤箱佛羅里達。窗外烤箱已經完成預熱，熱烈歡迎鮮魚抵達。空服員幫他把身旁的窗戶往上拉，烈日立即闖進乾燥冰冷的機艙，在他的手臂上點火。關於佛羅里達，很多事情他記不清楚，但他清楚記得佛羅里達陽光的強悍，皮膚失火，紅腫焦土。他記得頭皮晒傷，痛且癢，幾天後脫落一層皮。那張頭皮他還留著，跟緬甸蟒脫落的皮一起鎖在抽屜深處，貓抓不到的地方。他記得日出後的海灘，沙子餓了一夜，終於等到朝陽，貪婪吸食陽光的熱度，整片沙灘在正午變成煎鍋，赤足踏上，腳底燙出水泡。盤腿看腳，腳掌成腐葉，水泡如露珠。

他看著陽光在手臂上燒烤，問自己，為什麼回來。怎麼可能，不可能，他竟然回來佛羅里達。到底為什麼。摸摸自己的臉，聞聞自己的手指，似有芝麻香。那年夏天，一九九一年的夏天，佛羅里達在他兩頰、額頭、背上灑下了許多黑芝麻。長大後，他去皮膚科雷射打痣打斑，雷射咻咻，幾顆黑芝麻淡成白芝麻。但一到夏天，白轉黑，鐮刀在臉上霍霍，歡慶大豐收，可煮一碗香濃的黑芝麻粥。

小史那封郵件，像是家裡清晨準時跳上床的那幾隻貓，在他心裡留下抓痕，讀了一直甩不掉。

小史啊小史，你記得那年夏天的貓嗎？我以為我忘了，讀了你的信，我想起來了，那隻喜歡追趕綠鬣蜥的貓。

台北家裡那幾隻貓，小灰、大虎、斑斑、伊莉莎白，清晨五點準時輪流跳上他的床，貓掌拍他的手臂，貓齒咬他的腳趾，貓鬚刷過他的臉。不用鬧鐘，四貓放肆，喵喵要早餐。每天早上他睜開眼，先看到貓臉，接著看到Carole King。

牆上掛著Carole King的專輯《Tapestry》的唱片封面海報，正對床鋪。封面上Carole King穿著牛仔褲坐在窗邊，卷曲的髮瀑落在肩膀上，直視鏡頭，微笑稀淡，姿態閑懶，手中抓著織錦毯子。窗台上一隻虎斑貓，坐在方枕上，看著鏡頭。

他十二歲那年在母親化妝台上看到這張唱片，黑膠，紙質封面已經有點破損。後來他在隔壁小媽的桌上，也看到一模一樣的黑膠唱片。父親買東西，必定買兩份，一份給這個老婆，一份給那個老婆。父親說，老婆沒有大小之分，都是一家人。力求公平，他房子買兩棟，沙發買兩組，香奈兒包包買兩個，今晚在這裡睡，明晚去隔壁睡，寒假跟這個老婆去日本，暑假帶那個老婆去美國，她有Carole King，她也有Carole King。孩子各生一個，剛好一男一女，公平圓滿。

「公平」？這一排台北山中別墅，父親買下三棟。他與母親住在中間這棟，右邊住父親，左邊住小媽跟克莉絲丁。到底什麼是「公平」？字典上解釋：平允、公正、不偏私。公平是不偏，所以是均衡。那為什麼他總是覺得這三棟房子是失衡的翹翹板？為什麼父親不住中間這棟，隔開兩個老婆？他長大後，所有人都離開了，所有的聲音都離開了，所有的戰爭都離開了，只剩下他一人住在這三棟房子裡，他就懂了。父親一開始就選擇住在最右邊那一棟，就是不想處在翹翹板的中心點。父親住最右邊那一棟，隨時都可離開，任翹翹板徹底失衡，中間的老婆，與左邊那端的老婆摔成一團。

他當時努力學英文，唱片上印著許多他看不懂的神祕符號。他拿字典拆解密碼，查詢歌名與歌詞。一九七一年？那是哪一年？當時他出生了嗎？Tapestry，織錦，掛畫，什麼？不懂。他把黑膠唱片放進唱片機裡播放，聽著專輯第一首歌〈I Feel the Earth Move〉，盯著黑膠圓周旋轉，再看著《Tapestry》的唱片封面，英文歌詞聽不懂，鼓聲聽不懂，琴音聽不懂，卻跌進了一九七一年。

他趁母親不在，才敢放這張唱片。音量節制，怕母親聽到，怕右邊的父親聽到，也怕左邊的克莉絲丁聽到。他總是盯著唱片封面聽，唱片轉到A面第四首〈Home Again〉，封面上的Carole King開始動嘴唱歌，貓動，舔身體，抓方枕，看著他。貓看著他，視線從來沒有離開，從來沒有人那樣專注看著他。偷偷聽，小聲聽，因為這三棟房子已經塞滿太多戰爭聲響了，飽和了，他怕多塞一點聲音，牆壁裡的鋼筋會承受不了，牆垮屋傾。

母親終究發現他一直聽這張專輯，問他最喜歡哪一首？他低頭不答，在字典裡把歌詞裡的單字都查清楚了，依然都聽不懂。

母親說她最喜歡〈Smackwater Jack〉這首歌，以前，很久很久以前，當時根本還沒想過要生小孩，時常跟最好的朋友一起聽這張專輯，一聽到這首就會開始搖擺。母親拉起唱針，依照唱片上面的紋路，尋找這首歌的軌道，唱針放回去，音量調到最大。她拉著他跳上床，扭動臀部，身體如水族箱裡的水草。他沒看過母親如此姿態，手臂揮動，在床墊上下跳動，大聲跟著Carole King唱You can't talk to a man with a shotgun in his hand，髮亂人狂，笑聲穿牆。

是笑聲，這房子竟然出現了笑聲。不是咒罵聲。

母親朝左邊的牆笑，再朝右邊的牆笑，笑聲炮聲隆隆，殺死Carole King的歌聲，炸爛左右兩面牆。

歌結束，一段空白，唱針滑進入下一首。

母親不笑了。

她哭了。

Carole King的歌聲塞滿臥室。

笑聲炸牆，哭聲卻悶死在床墊裡。母親抓著床墊哭，淚水洗床單，嘴巴張很大，卻一點聲音都沒有。

他把唱針往上拉，Carole King立即離開臥室。他坐在床上，低頭看著母親哭，等她睡著。總是這樣，哭累了，她就會睡著。所以他不太擔心母親哭，哭了就能睡。不哭的話，母親怎麼睡呢？

幾天後，母親買了一隻小母貓，說是俄羅斯品種的名貴貓。取什麼名字呢？母親說以前在大學學過一點俄文，母貓的俄文是кошка，「柯鬚卡」。柯，鬚，卡，柯，鬚，卡。小貓在他胸前睡著了，聽到他喃喃重複柯鬚卡，喵了一聲。柯鬚卡毛色無紋路，不像Carole King的貓。抱著柯鬚卡，聽著Carole King，身旁的戰爭爆發，烽火瀰漫遮去視線，他不哭了，沒有蹲下來抱頭無聲尖叫。

當年他十二歲，時值龍年，母親說這年是他的本命年，犯太歲。柯鬚卡剛出生不久，貓跟他一樣，也是龍年的孩子。

父親帶著全家去「垂蓮小佛堂」參拜，父親要克莉絲丁跟他跪在簾子前，請示簾後的佛堂創辦人，兩個龍年生的孩子，如何安穩度過犯太歲這一年？

創辦人對著麥克風說：「請兩位孩子別跪了，跪姿對身體不好，起來好不好？」

克莉絲丁和萊恩站起來，伸展痠麻的雙腿。克莉絲丁一直偷偷看手錶，萊恩知道，但是其他人都不知道，待會她跟男生有約。他猜，簾子後面的那位創辦人，或許知道吧？

他回頭，看到自己的母親與小媽都還跪著，不敢起身。父親坐在椅子上，眼睛看著佛堂簾子上的蓮花，表情虔誠，但焦距其實不在蓮花上。父親的視覺焦距跳過兩個老婆、兩個孩子，穿透蓮花簾子，繞過那個拿著麥克風說話的佛堂創辦人，穿過牆壁，翻出圍牆，抵達了很遠的地方。他不知道那個很遠的地方在哪裡，他只知道，父親凝視的那個地方，沒有他母親，沒有隔壁的小媽，沒有他，也沒有克莉絲丁。

「兩位龍子龍女都喜氣滿盈，生下來就是享富貴的，請家長切莫擔心，本命年、犯太歲都是小事，待會跟佛堂的人領取一份壽金，誠心拜佛即可消災。」

壽金是一疊佛堂專賣的金紙，與一般市面上的金紙不同，分有白色與粉紅兩款，上面印有繁複的蓮花紋路。龍子領一疊白色金紙，龍女領一疊粉紅金紙，一疊要價高昂，現金結帳。小史的母親在紅紙上寫下龍子龍女的中文大名、生辰年月日，龍子先行，抱著白色金紙對著簾子跪拜三次，接著龍女重複同樣儀式。佛堂外兩盆火，分別燒白色金紙與粉紅金紙，最後燒掉紅紙，對天祭拜，儀式完成。火熊熊，萊恩感覺惋惜，那些紙張在手裡好輕好軟，紙質上等，浮水印非常精緻，蓮花花蕊中央貼有金箔。跪下拜佛時，他心裡一直念著柯鬚卡，龍年出生的小貓，也需要儀式避災祈福。

小史的母親對萊恩的父親說：「儀式順利完成了，父母可寬心。其實啊，我也有個屬龍的寶貝兒子。」

回家的路上，車上爆發戰爭。兩個老婆在車上打起來，她們用力扯彼此的髮，叫聲在車窗上刮出裂痕。干戈起於柯鬚卡，隔壁的小媽聽到他們養貓了，開始尖叫：「妳故意的，對不對？妳明明知道我對貓嚴重過敏，妳就是要我死，對不對？」指甲一直不肯剪短，就是養兵，決勝時刻，指甲抓破敵人嘴角，刮花臉頰。父親繼續穩穩開車，表情鎮靜，視線依然放在很遠的地方。車離開台北市區，進入郊區的別墅，兩個老婆還在扭打。根本不需要貓，還沒等到過敏，小媽的臉就腫起來了。克莉絲丁一直看著手錶，謊稱尿急，要父親開快一點。萊恩腦子裡播放著Carole King，手在褲子口袋裡揉搓。他剛剛偷偷抓了幾張白色金紙放進口袋，指尖在口袋裡摩擦紙，讓他覺得舒坦一些。他打算等戰爭平息，要幫柯鬚卡舉行燒太歲儀式。抵達山中別墅，大家下車，兩個母親繼續打，父親把車開走，好幾天沒回來。

後來，只要家裡有戰爭，他就會走上樓，把Carole King從唱片封套拿出來，大聲播放《Tapestry》。音量調最大，他抱著柯鬚卡，Carole King把戰爭從耳朵趕走。

那個夏天，他在佛羅里達，每天都想著柯鬚卡，擔心母親忙著戰事，忙著用眼淚洗床單，會忘了換貓砂。

飛機安穩降落邁阿密國際機場。窗外豔陽，跟記憶中的熱帶景色重疊。飛機穿越了時空，帶他回到了一九九一年的佛羅里達。

怎麼可能啊。他怎麼可能回來了。

他怎麼可能會接受小史的邀請。

他怎麼可能會來參加小史的喪禮。

當年，他沒有逃走啊。

他是遊學團最乖的那個，他是唯一的乖小孩，乖乖留在夏令營。

他記得蛋頭在他面前跪下，哭著求他：「拜託拜託，你跟我說，他們去哪裡了？你一定知道，我求你了！」

蛋頭跪下的樣子，像是在拜佛。

他原本低頭不語，忽然想到鱷魚，抬頭看著蛋頭。他跟父親一樣，都有凝視著前方某個點，焦距卻在遠方的能力。他當時看著蛋頭，蛋頭卻在視線裡消失。他的焦距跳過蛋頭，爬上窗外的瓦片，離開這棟百年校舍，溜出邁阿密濱海中學，抵達校外的社區公園。他擔心台北的柯鬍卡沒人餵，也擔心邁阿密的柯鬍卡沒人餵。

或許是時差，或許是想貓，夜裡他睡不安穩，抓著棉被坐在窗台上看海，姿態就像是Carole King，只缺一隻貓。那張唱片是他對美國的想像，歌聲好自由，鋼琴好奔放，坦白說愛，不迂迴不繞路，思念就唱思念，傷心就唱傷心，歌頌友情好大方。他以為來到美國就能變成那張唱片，進入一九七一年。他想要變成Carole King，有朋友，有人愛，彈鋼琴，有貓。

無眠，坐在窗台上，他看到凱文跳到瓦片上，他也看到小史跳到瓦片上。夏令營的老師說，這棟建築是西班牙殖民風格，那些橙紅瓦片已經超過百年了，非常堅固，連颶風都沒吹走。

幾天後，清晨破曉，他也推開窗戶，跳上瓦片。

他離開校園，走進校外的社區公園。這公園佔地廣大，熱帶樹粗壯，茂密樹葉把清晨的太陽篩成柔細的金色光點。噴水池還睡著，潺潺小溪卻醒了。是天然溪水？還是人工運河？

溪流上有小橋，他走上去，看到了橋下的柯鬚卡。

當然不是柯鬚卡。

並不是貓。

是一隻鱷魚。

長度大約等同他的手臂。

鱷魚在溪水裡，靜止，被陽光染成金色的，看著橋上的他。

他決定叫這隻鱷魚柯鬚卡。他每天都從餐廳偷拿培根、荷包蛋，跑到那座橋上，餵柯鬚卡。

柯鬚卡張開嘴巴。柯鬚卡喜歡培根。

那個夏天，其他人都跑了，只有他最乖，沒有跑。他留下來餵柯鬚卡。

現在他竟然回來了。那個夏天，他跟自己說，以後絕對不回來。

那個夏天，他離開佛羅里達，回到了台北，柯鬚卡卻不見了。問母親，貓呢？貓呢？貓呢？

母親說，什麼貓？哪裡來的貓？萊恩你在美國腦子燒壞了啊？我們沒有養貓啊。

貓砂不見了。貓飼料不見了。沙發上的貓毛不見了。Carole King不見了。

騙人。母親是個騙子。跑去隔壁問小媽，她說：「貓？什麼貓啦，我對貓過敏喔。要不要吃這個？你姊在美國買的巧克力，好好吃。」

騙人的。大家都是騙子。出生在騙子家庭，他當然也是個騙子。

騙人的。他什麼都沒忘。一九九一年的夏天，他沒忘。

騙人的。台北、舊金山、邁阿密，整個航程他都睡不著，安眠藥失效。

騙人的。他最不乖了。

騙人的。他臥室牆上掛的Carole King是假的。是為了遮掩。把Carole King取下，是梵谷的畫。有一次雜誌來家裡拍攝他跟貓，主題是「企業家第二代花大錢拯救台北流浪貓」，當時他收養了將近幾百隻貓，分住在三棟別墅裡。他把三棟別墅的牆面打通，請設計師打造各種台階、甬道、繩索、跳台，讓貓群能自在穿梭三棟別墅。攝影師看到牆上的Carole King，他說了自己開始養貓的故事。他指著Carole King說，小時候看這張專輯的封面，就想養貓了，所以把專輯封面放大裱框，就放在臥室。攝影師要他坐在窗邊，模仿Carole King那張專輯的封面，跟貓拍照。攝影師努力逗弄，貓一直不肯看鏡頭。他不擔心貓看不看鏡頭，只是一直想，會不會有人發現梵谷。一定得遮住梵谷。看到梵谷，他會想到佛羅里達。想到佛羅里達，他會變成另外一個人。他自己也不認識的那個人。一九九一年夏天的那個人。

騙人的。他一直想回佛羅里達。一九九一年夏天的那個人，一直住在他身體裡。他早就想回去了。

騙人的。他一收到小史的遺書，立即就訂了飛往佛羅里達的機票。
騙人的。他不乖。乖個屁。他是殺人凶手。當年在佛羅里達，他殺了人。

05

伊莉莎白月亮

一九九一年

蛋頭知道，外面的星空、熱風、海潮、月亮，都在引誘著遊學團的青少年。星星眨眼，熱風敲窗，海潮號召，鮮花勾引，肆無忌憚發出邀請。最過分的是月亮，不論圓缺都夜夜明朗清晰，射出飽滿的光線，灑在百年校舍前的老樹上，枝葉的影子闖進窗子，像極了招搖勾人的手臂。房間裡的孩子來回踱步，想回應外頭的熱帶引誘，輕輕嘆了一口氣，身體裡的忐忑隨著嘆息排出，房間裡焦慮濃度太高，排擠氧氣，再不跳窗就要窒息了。勾住扶疏樹影，開窗，踩上瓦片，縱身，奔跑。真不知道要跑去哪裡，那就去海邊吧。

海邊紅樹林旁，有木造碼頭，幾艘小船停泊。跳上船，擺渡到彼岸，航向遠方。遠方的海有什麼暈開了，天空光影散逃，深淺漸層，微紅慢慢濃成鮮紅，橙黃鎏麗，似有雨，似有雲，似有歌。不知名的花盛開，花香沸騰。

日間夏令營下午三點結束，許多美國青少年自己開車，一到下午三點就奔向停車場，引擎低吼，火速離開校園。校園原本塞滿青春的嬉鬧，下午三點過後，人聲消散，只剩慵懶的熱風躺在美式足球場上睡午覺。六個來自台灣的青少年住在校園，夏令營下課，他們只能留在原地，進入百年宿舍，吹冷氣，玩撲克牌，聊天，不斷抱怨無聊。

克莉絲丁的抱怨最洪亮，手指遠方的璀璨邁阿密市區說：「好無聊啊！蛋頭你去派校車啦，我們要出去玩。每天在這個鳥不生蛋的鬼地方，無聊死了。拜託啦，我們在美國哩，怎麼可以一直待在這裡？」

「週末有安排文化參訪，妳看一下行程，有博物館、音樂會、邁阿密觀光……」

「我不想去博物館！」克莉絲丁的語氣是下命令，君對臣，主對僕，上對下。蛋頭知道她很想在下午三點搭上美國男孩的車，男孩車鑰匙入孔，賀爾蒙跟引擎同時發動。她說有幾個男生邀她去游泳池烤肉派對，拜託可不可以讓她去參加？有男生邀她去家裡縫製嘉年華服裝，可不可以去？有女生邀她去邁阿密城裡逛街，可不可以去？

蛋頭不斷搖頭，她母親行前一直交代：「領隊先生，你有我家電話，有任何事，大事小事，不管什麼事，你也不用管美國跟台灣有什麼時差，反正一定都要打電話跟我通報，不用管什麼國際通話費，我通通都付。我就這一個寶貝女兒，要是出了事，我找你負責。」

來佛羅里達將近一週了，他還在拉肚子。吃什麼拉什麼，什麼都不吃，禁食兩天，依然繼續拉。他從台灣帶來了一些救急成藥，但根本沒效果。應該不是因為學校餐廳不潔，他跟遊學團一起吃一樣的東西，就只有他肚子腸胃天天演鬧劇。跟學校的行政人員聊天，響屁不顧他的隱忍，逕自破門而出，姿態昂揚，像是來校視察的長官，嗓門大，官威大，且體味重。屁預告腹瀉，他趕緊衝回百年校舍的房間，在馬桶上舉辦一個人的夏令營。他其實很想加入那些課程，話劇表演、騎馬射箭、海中救生訓練、籌辦海邊嘉年華，但腸胃把他囚在房間的廁所。他的廁所無窗，臭味無法排出，濃度不斷增加。夏令營的課程都很有趣啊，全都是他沒嘗試過的活動，這些富家子弟太難伺候，問他們活動好不好玩，不是說無聊、還好、不知道、沒感覺，就是聳肩、低頭不回答。

遊學團分配到的房間在二樓，全部面海，是校園裡設備最好的住宿設施。每間房間都有獨立衛浴，每天都有清潔人員進入房間打掃、換毛巾，如同飯店。只有蛋頭的房間無海景，窗戶正下方是幾個大型垃圾桶，廚房排出的油煙無家可歸，直闖他的房間。這些孩子吃好的住好的，還抱怨伙食太差，喊著想離開校園去吃麥當勞。遊學團的家長交代，學校餐廳的餐點必須提供各類蔬果與新鮮肉類，不能給這些孩子吃垃圾食品。

晚間七點準時供餐，孩子們在他的催促下，一個一個從房間走出，慢慢下樓，拿餐盤領晚餐。學校餐廳非常巨大，六個孩子的聊天被空間稀釋，在他的耳朵裡小蟲嗡嗡。真的是孩子啊，話題空泛，不斷換話題，大笑拍桌，總是說無聊。

不是才來幾天？一開始的生疏呢？怎麼忽然大家變得這麼熟？說好想吃溫蒂漢堡，不知道美國的溫蒂跟台灣的溫蒂有什麼差別？說海邊的紅樹林裡住了一群綠色大蜥蜴，長相很噁心，美國同學說這些綠色怪獸大約早上八點會從紅樹林冒出來，最喜歡吃綠色萵苣。小聲說哪個樹叢躲著男生跟女生，摸來親去，地上好像有用過的保險套。說每天早上都會看到那個黑人男生一個人練習游泳。說在樹上看到一條蛇，嚇死了，但是美國人都不怕，抬頭看到蛇就好像看到雲，表情尋常。說聽說附近有大鱷魚出沒，把小孩子咬到水裡去，但是大家還是都跳進水裡游泳啊。說想去逛街買錄音帶，餐廳裡的收音機一直播放著Bryan Adams的〈(Everything I do) I do it for You〉，阿曼達跟安妮合力把歌詞抄寫在筆記本上，教大家哼唱。不知道是誰帶了撲克牌、西洋棋、跳棋，沉靜的熱帶夜晚，大家吃完晚餐就開始玩桌上遊戲，連最害羞的萊恩都加入撲克牌遊戲，他靜靜出牌，不管什麼牌局都贏。依然在晚餐沙拉裡放枸杞的胖廚師帶來了大富翁Monopoly、紙牌UNO，他教這群台灣來的孩子遊戲規則，大家都立刻學會，餐桌搏戰。小史最冷淡，不肯加入任何比賽，SONY隨身聽不離身，但是UNO讓他鬆動，坐在廚師一旁，專心聆聽規則，臉上有淡淡的笑，開始跟大家聊天。蛋頭聽不懂廚師的英文，學不會遊戲規則，只能在一旁觀戰，剛入口的晚餐毫無耐心，剛下肚就立刻催促他上樓解放，回到那間沒有窗戶的廁所。孩子的笑聲滲入牆壁，傳到百年校舍的各個角落，他坐在馬桶上，想像這群龍子龍女開心玩牌的畫面。

真的不行了，他鼓起勇氣，去敲了安妮的門。安妮的父親是知名大學醫院的院長，說不定她也會看診，讓腹瀉休止。他敲門太急促，力道太大，整排面海的房間全部都紛紛開了門，孩子們冒出頭來，狐疑看著站在安妮房門口的他。他再敲一次，門終於開了，是阿曼達。

「你……你要幹嘛？」

「我……我要找安妮。這不是她房間嗎？對不起，我敲錯門了。」

「我問你要幹嘛。」

「我要……找她幫忙。」

她凌厲眼神掐死他的支吾，門打開，安妮坐在床上，正在塗腳指甲油。指甲油是鮮紅色的，他忍不住多看了她腳趾幾眼，阿曼達再度以凌厲眼神切斷他的視線。他心裡想，好紅啊，真的好紅，一點都不像是安妮會選的顏色。這個女生看起來這麼乖這麼清淡，怎麼會選這個顏色？他想伸出手，摸她的腳趾。

安妮把床下的大行李拉出來，拉開拉鍊，整個行李箱裡有一半的空間都是各種不同尺寸的塑膠袋，裡頭裝滿了膠囊、藥丸，行李箱就是小藥局。遊學團其他的孩子都走進安妮的房間，對著行李箱裡的藥丸驚呼。

安妮拿出溫度計，要他自己用腋下夾著。

她問：「有什麼症狀？」

「拉肚子……」

「有沒有吐？」

「有吐過幾次。但不是每天。」

安妮拿出筆記本，筆沙沙書寫，真的像是醫生問診。安妮要他自己把溫度計拿出來，溫度計上掛了一根他的腋毛。她往後退了一步，從行李箱拿出手套戴上，確認手套完整包覆手掌十指，才伸手接過溫度計。她在筆記本上確認溫度之後，拿出酒精噴液，把溫度計仔細消毒。她拿小夾子夾住那根逃脫的腋毛，開窗，往外丟。腋毛乘著熱帶晚風，翻飛隱入夜色，終於自由了。

「體溫有點高。這些藥你拿回去，三餐飯後吃。這幾天你不要再吃生菜沙拉了，盡量吃清淡一點。還有今晚睡前，你多吃這一顆，好好睡一覺。」

當晚蛋頭掉進極深的睡眠，夢到了很多奇怪的事，自己回到了台北的佛堂，簾子後面的創辦人來到佛羅里達，自己坐在蓮花上飛上天，毒蛇吃掉他所有的腋毛，在海裡游泳忽然腹瀉，血便把海染紅，海洋好臭，創辦人原來是一隻鱷魚。

隔天醒來，已經是中午時分，他整個床被都被汗沾濕，房裡的冷氣機被他傳染了，咳出暖風與噪音，病況不輕。冷氣機病了，窗外的熱帶跟廚房的廢氣趁他昏睡，搬進來當房客了。

他摸摸額頭，體溫明顯下降。安妮真厲害，不愧是院長千金。

他在海邊找到遊學團的孩子，夏令營正在沙灘舉辦烤肉野餐派對。

他看到安妮跟凱文拿草莓餵綠鬣蜥，凱文抓起一隻肥胖的綠鬣蜥，要安妮幫他拍照。綠鬣蜥毫無掙扎，乖乖趴在凱文的胸前，姿態像一隻黏人的貓，引來許多美國青少年讚嘆。安妮腳邊聚集了十幾隻綠鬣蜥，臉上毫無懼色。幾隻綠鬣蜥為了爭奪草莓，從沙灘追到海中。

他還在夢中嗎？還沒醒嗎？那顆藥的藥效太強了吧？他現在看到的，是夢吧？一群美國人跟台灣人在沙灘上大口吃烤肉、冰淇淋，腳邊一大堆野生綠鬣蜥爬來爬去，還有美國小孩餵牠們喝可樂、吃香蕉。太誇張了吧？綠鬣蜥不是貓也不是狗啊，長相這麼醜，怎麼大家都不怕？等一下會不會有蛇、還是鱷魚來加入派對？

他趕緊點名：萊恩坐在沙灘上，靜靜吃冰淇淋。克莉絲丁坐在金髮男孩腿上，男孩一臉漲紅。阿曼達怕綠鬣蜥，跳到椅子上躲牠們，一直叫安妮要小心，昨晚安妮在腳趾甲上種的十顆草莓不見了，只剩修剪整齊的素淨指甲。凱文胸前一隻綠鬣蜥，肩膀上一隻綠鬣蜥。小史戴著耳機，目光跟隨著每天一大早獨自游泳的黑人男孩。

一二三四五六，到齊，沒人走丟。

他跌坐在沙灘上，忽然一隻肥胖的鵜鶘飛到他腳邊，看著他。鵜鶘比他還高大，一步一步慢慢接近他。

一定還困在夢裡。沙灘上沒人注意到他的存在，只有鵜鶘看著他。

那晚，蛋頭睡前吞下安妮給的那顆藥丸之後，遊學團的青少年接下了月光的邀請。大家聚集在安妮的房間裡，聽音樂，玩成語接龍，吃台灣帶來的零食。好無聊啊，沒有睡意啊，好餓啊，晚餐真的好難吃，這間學校這麼偏僻，附近買不到宵夜吧？

小史提議：「我們溜出去好不好？去吃麥當勞。」

克莉絲丁從安妮的床上跳起來，大喊：「好！我去打幾通電話，一定可以找到人！」她衝回房間拿金髮男孩、卷髮男孩、胖男孩、雀斑男孩、胸毛男孩給的電話，奔到樓下去打公共電話。

阿曼達說：「萬一蛋頭發現怎麼辦？還有，學校是不是有警衛巡邏？」

小史難掩興奮說：「放心啦，我常常跑出去啊，從來沒遇到警衛。學校沒有圍牆，我知道我們可以從哪裡出去，一定不會有人知道。」

安妮說：「其實……是不用擔心蛋頭啦。他如果有乖乖吃我給他的藥，一整晚都不會醒來。」

凱文原本已經在地板睡著了，聽到麥當勞立即醒過來，打開窗戶查看窗外狀況，月亮，熱風，星星，海潮，不見任何人影。

克莉絲丁很快就回來了，金髮男孩說他爸媽今晚不在，他可以開車來接他們去吃麥當勞。就約在校園外的馬路上，三十分鐘後見。

阿曼達說：「但現在這麼晚了，樓下鎖起來了吧？我們怎麼出去？」

「簡單啦。」凱文打開窗戶，輕巧跳到窗外的屋簷瓦片上，他的鞋在瓦片上敲出清脆的聲音，似乎某塊瓦片斷裂了。這聲響傳到每個人的耳朵裡，造成了不同的回應。安妮從未爬過窗，她往下看，窗台成斷崖，腦中出現身體碎裂的畫面，碎了好像也不錯，碎了會不會就變矮，以後再也不用刻意駝背了。阿曼達爬過新加坡家裡花園的黃焰樹，她手指想起當時攀爬樹幹的觸感，粗糙的樹皮刮傷她的手，完全不痛，身體摩擦樹幹，有種陌生的快感，手心太期待爬樹了，冒出滂沱的熱帶雨。克莉絲丁怕高，但她在窗戶的玻璃看到了自己的倒影，髮型好，表情好，背心好，短褲好，整個人鬆軟慵懶，今晚她一定要讓金髮男孩看到她這個模樣。小史爬出窗戶，與凱文坐在屋簷瓦片上，向房裡幾個女孩伸出長長的手臂。瓦片互相推擠，聲響急躁，似乎也想跟著往外跑。

一整晚都很安靜的萊恩忽然說：「我不去。」

萊恩的聲音低沉，如深海，對阿曼達與安妮送出挽留的海浪。阿曼達和安妮猶豫了，手縮回，身體後退一大步。克莉絲丁發出尖銳的聲音，斬斷任何猶豫，把阿曼達和安妮往窗戶推，對著萊恩大喊：「你不去最好！我們走啦！快來不及了！」

跳上瓦片，抓著窗外大樹的樹枝，彼此幫彼此，手拉手，五個夏令營的孩子從屋簷上慢慢抓著樹枝、踩著樹幹慢慢往下，抵達柔軟的草皮，無人墜落，月光照亮彼此的笑臉。往上看，安妮的房間在黑夜裡發著光，不見萊恩，但大家都知道他在那裡。

小史帶頭，一群人走進緊鄰校園的社區公園。森林仍未入睡，枝椏輕輕擺動，落葉在地上跟風捉迷藏。月光像是在慶祝什麼，大方照耀，整個公園閃閃發光。樹上的蛇觀察著闖入森林的幾個孩子，鱗片緊抓著月光不放，閃出金屬的光澤。那隻橋下的鱷魚本來躲在草叢裡，聽到腳步聲，爬出來張嘴等食物，粗糙的皮膚甩不掉月光，暫時忘記熱帶食物鏈的廝殺，完全忘了偽裝與躲藏，橋下一尾斑斕。花，紅色的花，朝向月亮無聲盛開。噴水池失眠，水流淙淙。夜太美，盪鞦韆不肯睡，發出咿呀聲響，邀請闖入森林的孩子來玩。

太亢奮了，竟然真的跑出來了，他們腳步越來越快，笑聲在森林裡飄浮，趕走了一群吵鬧的夜鳥。逃離讓他們興奮，拘謹乖巧都留在百年校舍，皮膚冒出大量的汗水，某一部分的自己隨著汗水排出體外，越跑越快，越笑越大聲，越來越不像自己。

跑出社區公園，大馬路上一輛小卡車等著他們。小卡車旁的金髮男孩看到克莉絲丁，露出一嘴銀色閃亮牙套。克莉絲丁抱住金髮男孩，喉嚨鈴鐺，發出清脆的叫喊。三個女孩和金髮男孩擠卡車前座，凱文和小史爬上卡車後方的載貨平台，躺下看星空。克莉絲丁親吻金髮男孩，拍打車身，學狼嚎。卡車甩開邁阿密濱海中學，往麥當勞疾駛。凱文一直傻傻笑著，每顆牙齒都比天上的星星明亮，不斷說：「麥當勞！我要吃麥當勞！哈哈哈，我終於要吃到美國的麥當勞了。」小史討厭凱文的一臉純真，那張臉毫無惡意，五官晴朗，英文爛死了，但就是有辦法和夏令營的美國孩子開心玩耍，男生女生都會主動接近他。小史知道自己一臉陰雨，面對凱文會刻意滿臉風暴，但凱文不介意，依然笑著說：「小史你看那一顆星星，在動，對不對？有沒有看到？說不定是幽浮！」

躺在卡車上，小史心裡暗自決定，要逃，要往南，必須找一輛車子。

這家邁阿密郊區的麥當勞離高速公路不遠，獨棟建築在夜裡發光，深夜客人不多。這群孩子掏出花綠綠的美金，看到什麼就點什麼，一桌過於豐盛的金黃酥炸食物，跟窗外的月色呼應。漢堡薯條入口，這是他們期待已久的美國滋味，漢堡尺寸比台灣大，薯條比台灣酥，可樂杯子比台灣大一倍。胃口黑洞，繼續再點各種餐點。安妮好久沒吃麥當勞了，她父母根本不准她吃任何速食，只能偷偷吃，吃完吐掉，現在人在美國，環顧四方，確定父母不在身邊，終於可以大口吃。阿曼達想起德籍鋼琴老師，他們一起在新加坡吃麥當勞，她撕不開小包番茄醬，老師伸手過來，幫她撕開。

角落天花板有盞燈壞了，明滅掙扎，克莉絲丁跟金髮男孩移去那個角落的桌子，桌面上吃薯條，桌面下克莉絲丁的手抓住男孩堅硬的薯條。

凱文看到另外一邊的角落，坐著黑髮女孩，低頭吃漢堡。凱文起身跑過去，用破碎的英文打招呼。女孩抬頭，實在是不想理會面前這個男生，但是他好可愛，文法全錯，還不放棄，好真誠，每一個字都有熱度。女孩忍不住笑了，擦掉嘴邊的醬汁，清清喉嚨說：「拜託啦，不用說英文。我跟你們一樣，都是台灣來的。」

女孩叫小月，是夏令營裡安靜的亞洲女孩，長髮遮臉，腳步無聲，游泳無水花，中午一個人躲到餐廳後方用餐，融入熱帶的樹影。熱帶方便她隱身，海比她藍，鳥比她吵，雨比她鬧，花比她鮮豔，雲比她濃，壁虎比她快。每天晒太陽，時常淋雨，整個人像一張泛黃的白紙，薄脆，易燃。她抗拒任何顯眼流行服飾，身上總是鬆垮的寬鬆短褲與襯衫，搭配素淨球鞋與白襪，無任何飾品，白、米白、棕，堅持低彩，擋抗注視。她刻意控制自己成績，維持在中段水準，不殿後，不突出。集會她找陰暗角落，上課她安靜不發言，不加入任何社團、人際小團體。上學期忽然有老師發現她文學報告寫得很好，請她上台朗讀，她還沒走到講台就昏厥，從此沒有老師敢請她上台。昏厥是假的，她當時心裡想，拜託，這篇文章已經刻意寫爛了，還被稱讚，其他同學到底是有多蠢啦。

她很早就聽說有一群台灣人會來加入夏令營，她躲在角落靜靜觀察，刻意避開他們。她在幾堂戶外體能課程遇到凱文，凱文用跛腳的英文跟她打招呼，她趕緊躲開。她多年來習慣用冷漠的臉抵擋任何美式熱情招呼，學校裡的同學都怕她，私下給她許多綽號，冰山，冰塊，熱帶冰塊，千年冰塊，冰庫，冷月，她都不理會，只要大家不要來吵她就好。

她十歲那年從台灣來此就學，母親安排她入住親戚家，是她沒見過的遠房親戚，稱謂舅公，在佛羅里達開連鎖餐館、洗衣店。母親聽聞可怕的小留學生寄宿故事，虐待、性侵，怕她一個人在美國被欺負，花了錢請親戚在房子後面的空地多蓋了一間小屋，讓她自己一個人獨住，安排清潔公司每週來打掃。母親蒐集附近所有的外賣餐館菜單，要是不想跟舅公一家吃飯，就自己打電話叫外送。母親說，自己住一棟，經濟獨立，不算寄人籬下，要是出了什麼事就躲起來，門鎖上，馬上打電話回台灣。

其實出過事。舅公的兒子在外地讀大學，聖誕假期帶女朋友回來，跟她談交易，和女友親熱需要空間，一次十美金，使用她的小屋。她根本不缺錢，母親給了她一張提款卡，無額度限制。她答應了，但提高至廿美金。她去舅公家幫忙準備聖誕大餐，舅公的兒子和女友在她的沙發上留下許多汙漬，濕濕的，有怪味，聞了想吐，垃圾桶裡有用過的保險套。她說僅此一次，拒絕之後的交易。深夜，舅公的兒子一身酒臭闖入小屋，摀住她的嘴，拿了一堆硬幣塞進她的睡褲，她嚇傻，完全沒有掙扎。舅公的兒子睡著了，趴在她身上，鼾聲被一夜雨聲活埋。天剛亮，舅公的兒子驚醒，看了她一眼，露出驚訝的表情，自己走回舅公的房子睡覺。她全身顫抖，坐在地上數褲子裡的硬幣，quarter、cent、nickle，她花了一段時間才搞懂得各式各樣的美金硬幣，全部加起來，不多不少，剛剛好廿美金。數了好幾次，數了好久，不斷確認數目，直到終於哭出來。那天是聖誕節，舅公送她名牌鱷魚皮錢包，小月Merry Christmas。她把塞進她褲子的廿塊美金硬幣放進新錢包，丟進附近的海。

打電話到台灣給母親，一直沒人接。應該是忙著拍新戲吧？打了幾次就放棄了，算了，要怎麼跟媽媽說？說有人塞錢到她褲子裡？說有人趴在她身上？說沙發上有怪味？

幾天後母親打電話來：「小月，忘了祝妳聖誕快樂啊，我最近忙著拍洗髮精廣告，都忘了準備聖誕禮物，妳也知道我就是忙啦。乖喔，明年給妳買台車，讓妳開車上學。」

她十歲那年，邁阿密學校第一天，上台自我介紹，說自己的英文名是Elizabeth，有同學笑了。笑聲不友善，細細碎碎的，灑在教室地板上，像是碎玻璃。她走回座位，像赤腳踩玻璃。為什麼笑她？因為英文發音？因為名字太老舊？這是她在台灣學美語老師給的名字。她放學後把自己關在小屋裡，一直想一直想，是不是因為th的音，她沒有把舌頭伸出來？一定是因為自己發音太差，所以才被笑。還是因為這個名字不夠流行？太老派？後來她決定，取自己中文名的「月」，說自己名叫Moon。

「妳也是台灣來的啊？不早說，我們這一團也是喔。妳叫什麼名字？妳台北人嗎？我叫Kevin。」凱文在她對面坐下來，白天的陽光還留在他牙齒裡，說話暖暖的，有著條香氣：「對不起啦，我英文真的很爛。我好幾次要跟妳聊天，妳都不理我，我知道啦，我英文很爛啦，妳都聽不懂，難怪不理我，妳下次拜託早一點說妳會中文啦。但沒辦法啊，我鄉下人啊，不像那一桌，全部都是英文好厲害的台北人。」

「嗯，我叫做，小月。」

「小月妳好！妳要不要來跟我們坐？我知道我們很吵，但我們在學校宿舍裡每天吃很噁心的東西，終於溜出來吃麥當勞，所以沒辦法啦，太開心了。」

小月當然想拒絕，但凱文嘴角有紅色番茄醬，頭髮好亂，皮膚黝黑晶亮，鼻毛有生命力，露出來對她熱情招手，整個人坦白清楚，毫不隱藏，她看了好想笑，實在是沒辦法拒絕他。夏令營裡有幾個特別愛欺負人的男生，以讓萊恩難堪為樂，行為囂張，她遠遠看萊恩低頭不語，實在是幫不上忙。但這幾個男生卻很喜歡凱文，教他騎馬，邀他打籃球，稱讚他的體能。

「這是小月！大家應該都看過她，原來她也是台灣來的！」

小月開車，載凱文、阿曼達、安妮、小史回濱海中學。金髮男孩保證，會讓克莉絲丁準時出現在早餐桌，不會有任何人起疑。

小月的車在佛羅里達公路上慢慢前進，月亮一路陪伴著他們，窗戶打開，涼風撲臉，收音機放著流行歌曲，大家跟著胡亂唱。

「好好喔，為什麼妳可以開車？」安妮坐在前座，不敢相信眼前這個小巧的女孩竟然開著一輛體積好大的轎車，她不斷往下看，確認小月的腳踏得到油門。

「我媽買給我的禮物。」

小史大叫：「天哪，我媽上次給我的禮物，是送我去佛堂禪修，不管啦，我要認識你媽！我要叫她乾媽！」來佛羅里達好幾天了，小史終於卸下冷酷的樣貌，音調拔尖。他找到了，他找到車了。問題是，他不會開車。但小月會開車，他想當小月的朋友。

小月決定陪他們穿過社區公園回校園，反正她現在回去也睡不著。他們在公園停下，凱文從短褲口袋裡拿出冷掉的薯條，分給大家吃。阿曼達盪鞦韆，凱文溜滑梯，安妮一直問小月，美國幾歲可以開車？有了車，是不是想開去哪裡就去哪裡？開車是什麼感覺？美國路這麼大，這麼寬，開起來會不會很可怕？

小史點燃香菸，深深吸了一口。其實大家都知道小史抽菸，衣物、口氣很早就洩漏了，只有蛋頭那個笨蛋沒察覺，大概是因為蛋頭身上一直都有屎味，所以聞不到小史身上的菸味。這是小史第一次在大家面前抽菸，他平常一臉緊繃，月光森林裡，他抽菸的表情很放鬆，吐出的煙霧有薄荷味。他從口袋挖出了好多糖包，上面印著麥當勞的標誌。撕開，倒在手心裡，手心隆起糖山，嘴巴呼出一陣熱風，把糖粒吹向黑夜。砂糖在月光下慢舞，像雪。

社區公園裡的樹木，終於要睡了。雲遮月，海潮靜，鞦韆停，青蛙被自己的叫聲催眠。有著條香味的呵欠蔓延，只剩小史的菸毫無睡意，在加糖的夜裡靜靜燃燒。

小史打了一個很大的呵欠，眼角擠出驟雨，他夾菸的手指向樹林後的海，森林裡的人鳥樹鱷草花蛇皆暗，光離席，只剩香菸燒出的一點赤紅，在黑暗中晃動。

小史說：「跟你們說，我爸，住在那裡。就那裡，佛羅里達最南端，我要去找他。」

06

抵達更明亮的境地

二〇二〇年

凱文在邁阿密機場的租車中心領車，調整椅背、後視鏡，戴上墨鏡，設定手機導航，目的地：Key West，佛羅里達最南端，車程三小時二十五分，從機場開上公路，接US一號公路往南，直到公路盡頭。

盡頭。六趾貓。海明威。燒起來的天空。夏天在海面縱火。小史哭。小史還在哭。小史一直哭。小史的哭聲像是挖土機，往身邊所有人開挖，機器手臂伸過來，鏟子撞進身體，挖走心肺肝腸胃，骨頭也不放過，都挖空了，根本沒得挖了，還繼續哭。

他也記得小史的笑聲。

小史的笑聲跟速度連結，跑起來，車打滑，人失速，小史就會開始大笑。他們在沙灘上躲人影，他們開上一號公路，他們合力抱著克莉絲丁跑，他們吃了太多感冒藥，失速時刻，小史總是大笑。哭聲是挖土機，笑聲則是堆高機，把周遭所有人都抬高，朝上，手伸長，抓到雲朵了，捕到流星了，被太陽燙傷了，可以了，太高了，可以放大家下去了，不行啊，小史還在笑，繼續把大家往上推，推到另外一個世界。

他們。大家。一九九一年夏天的佛羅里達少年遊學團。好久不見，以為不會再相見。過幾天就是小史的喪禮，終於要再見。

他知道，大家一定都會來。

除了小月。

他已經好久沒看到小月了。他一開始偶然在低成本電影裡看到她，演個小配角，在一旁沒有台詞，才知道她走上母親的路，也成了演員。後來她演到大角色，片子品質粗糙，但或許是因為她是這行少見的亞洲女演員吧，紅了一陣子。這幾年她或許轉行了？找不到她新的演出紀錄。他有時在一些網站上還能找到她以前的演出片段，現在應該沒人記得她了吧。他曾努力找過她，請美國選角公司去找，怎麼找都找不到。他一直想找她拍片，劇本寫好了，只能她演。那個角色需要衝破身體的道德界線，只有她能演。

小月，英文名字是 Elizabeth，一個他以前根本無法發音的名字，z 他發不出來，遇到 th 舌頭該出來，他怎麼學都學不會，而且重音還放錯。那年夏天，他在心裡叫她：伊莉莎白月亮。

伊莉莎白月亮，妳還好嗎？妳現在在哪裡？我猜，妳應該還在美國。妳有沒有收到小史的邀請函？妳知道小史走了嗎？小史有找到妳嗎？我劇本寫好了，等著妳來演，我覺得很適合歐洲三大影展。開場的第一景是一個緩慢的長鏡頭，熱帶月圓夜，妳在沙灘上尖叫。一直尖叫，但喉嚨發不出聲音。

小史的喪禮在幾天後，地點在Islamorada的Coconut Tree Motel。

Islamorada，又一個好難的單字，他當年根本唸不出來。當年從邁阿密出發，目的地跟今天一樣，是Key West。攤開地圖，Key West位於佛羅里達礁島群的最南端，Islamorada剛好就在邁阿密與Key West的中間點。他當年怎麼可能聽過佛羅里達礁島群，在邁阿密濱海中學的圖書館裡找到地圖，小月用手指給他看：「Florida Keys，有一千多個島嶼，我一直都想自己開車去看看。」

海面上真的好多小島啊，以跨海一號公路連結。一九九一年夏天，他們一大早出發，開上US一號公路，打算當天來回，就去一天，看一看就回來，誰都不會察覺他們離開了一天。生命中短暫的一天，打勾勾，誰都不准說出去。但他們中途遇到了傑克，在Islamorada停下，忘了往南，忘了Key West，忘了海明威，住進椰子樹汽車飯店。

去Islamorada參加小史喪禮之前，他想先去Key West看看，就當做勘景吧。他記得Key

West是個小島，有好多木造房。海明威的鄰居，是一座燈塔。

當年逃亡的路線，他想再走一次。

「逃亡」？他的車開上複雜的邁阿密公路系統，這字眼闖進腦中。

一九九一年，剛下飛機，腦子被高空的氣流卡在高空，身體卻已經落地，隨著車輛進入邁阿密公路系統。他一上車就睡著了，車子刷進高速公路，他頭撞到車窗，痛楚撐開他的睡眼，佛羅里達陽光刺瞳孔，面前萬花筒，光束交錯。他用力揉眼，直視天空的太陽，眼睛長出紅花黃花紫花白花。他覺得面前這些寬敞的美國公路都是太陽射出的扁平光束，光束縱橫交錯，車在光束表面上馳騁，衝向更明亮的境地。

今天他自己開車，非交通高峰時段，他把車速維持在速限的臨界，多踩一下油門，稍微超速一點點。剛剛下了一場大雨，雨水還迷戀路面，車子像在水面上滑行。啊，有彩虹。抓起手機拍彩虹，完美的弧形。彩虹的起點看起來像是公路的盡頭，可惜沒帶攝影機，拍下來，剪進下一部電影。他加速，幻想抵達公路的盡頭，車子開上彩虹，終於，抵達更明亮的境地。

公路一個弧度，車子轉向，彩虹就不見了，後視鏡也不見彩虹。跟著導航進入匝道，路上乾燥，無雨無彩虹，是另外一個邁阿密。這端是無雲的晴天，太陽像漂白水，毫不節制，潑灑在摩天大樓、棕櫚樹、購物商場上，把視線裡的一切都刷白。這樣的剪接太突兀，上一場戲色調溫暖濕熱，這一場忽然蒼白無彩。

為什麼想去Key West？為何打算經過Islamorada不停，先去Key West一趟？

小史當年說他父親住在Key West，花園大豪宅，就在海明威他家隔壁。有時候說隔壁，有時候說對面。聽了好幾次不同版本的故事，凱文終於開口問小史：「誰是海明威？」小史翻白眼，不理他，繼續跟大家說他父親的事。小史有一張他父親的照片，穿藍白條紋短褲，打赤膊，有胸毛，戴太陽眼鏡，在沙灘上對著鏡頭笑。小史說，這是父親從Key West寄給他的照片，很帥吧？父親本來要帶他去美國生活，但是母親不准，要父親放棄撫養權，否則不簽離婚同意書。他當時還小，但記得爸爸答應，等他長大，接他去美國。

小史說，他不等了，他答應來參加佛羅里達遊學團，就是要想辦法去Key West，找到爸爸，留下來，再也不回台灣。

「留下來？那你媽怎麼辦？」凱文繼續追問。小史一口煙吐到凱文臉上：「你真的很煩，我懶得理你。」

他決定到濱海中學的圖書館查詢，但，「海明威」英文怎麼說？管他，就亂說，多說幾次，海明威海明威海明威，想不到館員竟然聽懂了，幫他找來一疊海明威小說。一整疊厚厚的英文書，他怎麼可能看得懂。他對著一疊攤開的書發呆，到底誰是海明威呢？他打開一本攝影集，白鬍子的海明威，穿軍服的年輕海明威，留著小鬍子的海明威，跟不同女人拍照的海明威，跟公牛合照的海明威，跟小男孩拍照的海明威。其中一張照片特別吸引他：蒼老的海明威打赤膊，頭髮好短，表情凝重，雙手舉著一把長長的雙管來福槍。他覺得照片裡的海明威，看起來好不快樂啊，很像是第二個爸爸重病的表情。他繼續翻書，發現海明威一定很喜歡槍，有好多與槍枝合照的黑白照片。海明威跟槍枝合照，表情都很陽剛，臉上有滿足的笑容。就只有那一張雙管來福槍照，表情令他不安。

那個很會游泳的黑人男孩走進圖書館，在他身邊坐下來，打招呼，說話，他搔頭，努力聽，聽到海明威。黑人男孩每說一個字，凱文的額頭就冒出一粒汗。黑人男孩拿起其中一本海明威，朗讀了一段給他聽。他皺眉傻笑，搖頭，又點頭。黑人男孩笑了，指了他胸前的蓮花，又說了Yellow。

館員走過來，食指放在唇上，請他們安靜。

黑人男孩說：Come。啊，Come這個字，他懂他懂。

他們騎單車穿過校園，美式足球場上有一群男孩正在練習傳球，雨剛停，海上一彎彩虹。他們朝彩虹的方向騎，遠離校園，遠離車聲，騎進泥濘小路，驚動一群白色水鳥。一隻大型猛禽抓著一條蛇，在空中與他們競速。蛇還在掙扎，黑人男孩對著猛禽呼喊，凱文依然聽不懂，聽起來像是歡呼。猛禽快速降落在前方的草原，用爪子把棕色花紋蛇壓制在地上，尖銳的鳥嘴衝破蛇肚，勾出一大塊血肉。蛇不肯放棄，持續掙扎。看大鳥吃蛇，凱文忽然肚子餓了。

黃的，啊，凱文遠遠看到了，原來，Yellow 是這個意思。草原後方的沼澤水潭有一大片黃色水蓮，靜靜在水面上挺立，花相飽滿，姿態驕傲。原來黑人男孩的意思是，佛羅里達也有水蓮，是黃色的。凱文停下來，從背包拿出相機，近拍遠拍，請黑人男孩跟花拍，請黑人男孩幫他跟花拍。

凱文從背包拿出熟紅芒果，這是他從百年校舍前的果園摘下的，把果皮湊近鼻子，有淡淡的陽光香氣。他拿刀切芒果，與黑人男孩分食。賞黃花吃黃果，兩人都一嘴鮮黃汁液，齒縫裡殘有果肉，語言失效，就傻傻呵呵笑，笑聲、蓮花、芒果、陽光，一切都是黃的。

黑人男孩親了他。

輕輕一下，芒果的滋味。

黑人男孩說 Sorry。

他不知道該怎麼回應，拿起刀，再削一片芒果給對方。

那是他第一次被男生親。那是他第一次被親。親吻太突然了，他沒有時間反應，不知道自己是喜歡還是排斥。他只知道芒果好甜，等一下回去要多摸兩顆進背包，晚上跟遊學團的朋友一起分享。刀削芒果，剩下中間橢圓芒果籽，他用力吸吮，把整個芒果籽黏附的果肉都吃光光，發出愉悅的聲響。黑人男孩一直看著他吃芒果籽，笑了。

他的車子穿過邁阿密市區，怎麼會忽然想起黑人男孩？前幾年他執導的同志電影在歐洲得了大獎，兩少年坐在台灣南方蓮花池旁，分食著一籃芒果，茂盛的蓮花綠葉當遮蔽，兩少年輕輕一吻，推開彼此，暴力扭打，多汁芒果碎爛，鼻樑歪斜，拳頭上黏著對方的牙齒。法國記者問他這個鏡頭，為什麼選了芒果？是因為台灣盛產芒果嗎？他說謊。他說熟黃芒果是性的象徵，甜，黏，跟記者說，下次來台灣，一定請他去吃台灣芒果，吃過就懂了。實情是多年前，有個黑人男孩在佛羅里達親了他，當時有芒果，有蓮花。但他不可能說實話。拍電影不一定要說實話。很奇怪，他刻意說謊、閃躲的那幾部電影，都得了好多大獎。說實話的代價太大了，他有老婆小孩，說實話之後必須解釋。解釋無效，解釋就是曲解，不如一開始就說謊。拍攝那場戲的前置作業，他要求美術設計要把蓮花都弄成黃色的，美術皺眉，製片說會超出預算，他最後決定省下那筆經費，鏡頭前蓮花粉紅搖曳。他決定對自己的記憶說謊，當年的黃只有自己跟黑人男孩知道。這個世界不需要知道真相。這次來佛羅里達參加小史的喪禮，他也沒跟老婆說真話，他說來美國是為了下一部電影勘景，見幾個好萊塢的製片。難道要跟她說實話？怎麼說？說十六歲那年認識的神經病男生，在美國，為了一個叫做傑克的美國男人自殺了？要怎麼跟老婆解釋傑克？誰是傑克？他根本不認識傑克啊，那麼多年沒見，當年也沒講幾句話，他根本忘了傑克長什麼樣子。

無人知曉的真相是，他這個電影導演，從小看著男人與男人親吻長大。看慣了，當黑人男孩忽然親了他，他並不覺得這親吻有任何踰矩。或許就因為一直看男人親男人，看著看著，就去拍電影了。

他小時候，父親在南投鄉間有一間小工廠，專門拷貝日本色情VHS錄影帶，去夜市販賣，但削價競爭者不少，廠裡的存貨越堆越高，雨季濕氣重，賣不出去的錄影帶發霉，準備銷毀認賠。另一個父親受不了壓力，大病入院，父親去醫院陪住，凱文和母親留下清理工廠，處理發霉的錄影帶。兩個爸爸在醫院的那段時間與主治醫生結識，投緣深談。醫生以為他們是一對，對他們特別好。醫生聽到他們在賣盜版日本A片，建議他們應該要開發一下小眾市場，無人競爭，客戶忠實、謹慎，絕對有商機。醫生從家裡帶來珍藏的錄影帶，在美國舊金山買的同志色情片。醫生說，他好怕被台灣海關查到啊，但忍不住買了，回來在朋友圈流傳，大家都很喜歡，看到畫質都爛了，都希望有新的片子可以看。

兩個爸爸出院後，開始拷貝主治醫生給的那幾片，先以醫生的朋友圈試水溫，想不到電話一直響，第一批存貨迅速售罄。他們決定擴大規模，印製簡單影片目錄，在報紙的分類廣告刊登小小一欄：「大力陽剛影片，美國進口，珍稀品質佳，回郵信封索取目錄，保密安心。」小小一則廣告收到數量可觀的回覆，他們不斷購買空白錄影帶拷貝，寄到台灣各個角落。

過了一段時間，許多客戶開始詢問是否有新片？他們透過醫生認識了空服員，以高價請對方從歐美帶片子回台灣。目錄越來越厚，客戶越來越多，工廠旁的空地，蓋了一棟大房子，凱文終於不用跟兩個爸爸和一個媽媽睡，有了自己的房間。

凱文很小就熟稔拷貝流程，一批訂單進來，他會放下學校功課，幫媽媽跟兩個爸爸拷貝片子。他端著一碗飯菜，看著小電視螢幕上的片子，男人親吻男人，男人進入男人。有些片子比較特殊，有男有女，片子裡的那些組合，有點像是他的兩個爸爸跟一個媽媽。但好像又不太像。每天看那些片子，他總是想，這些鏡頭是怎麼拍的？攝影機的位置在哪裡？畫面特別好看的片子，是因為那些演員長相好，還是因為場景？如果他自己來拍，會怎麼拍？

每天放學後他幫忙接電話：「喂，大力陽剛您好。」電話上的那些聲音他都很熟了，一聽到就知道是花蓮的陳爸爸、彰化的林先生、屏東的王先生，台北的客人最多，多到他名字都記不起來。一開始，電話上的那些顧客聽到童稚的聲音會嚇一跳，久了熟了還會問好：「聽說你開始學英文了啊？那你英文名字叫什麼？」

「My name is Kevin.」他邊說邊笑，覺得自己好厲害啊。

澎湖的彭先生在電話那頭大笑：「凱文先生！好棒好棒，好好學英文，這樣就可以幫你爸翻譯片子，上字幕啦，不然那些有劇情的，我們根本都看不懂。」

工廠擴充，拷貝機器升級，兩個父親飛去美國搜購新的片子，回台的行李箱裝滿最新的同志色情VHS錄影帶。媽媽不去美國，說怕飛機。

沒有人跟他說，媽媽不去美國，是因為生病了。

兩個爸爸和媽媽說要去台北，只有「垂蓮小佛堂」的創辦人，能救媽媽。那個創辦人，是他們最信任的人。

車子滑進US一號公路，他好想吃芒果，伸手抓取他準備好的零食，巧克力、洋芋片、蘋果、餅乾，就是找不到芒果，他記得明明有買芒果乾啊。忽然肥大的熱帶雨滴從天空摔下來，重重敲擊車身，前方視線不佳，他趕緊打開車燈。他記得這樣的雨聲，像是天空開槍，瞄準車子。當年小月開車，一群龍年出生的青少年擠在車裡，車子離開邁阿密，進入US一號公路，暴雨迎接他們。視線模糊，路面滑溜，車子打滑了幾次，他們懼怕，但其實好興奮。

車子擋風玻璃出現綠蠶蜥之前，他記得小史笑了，低聲喊：「海明威！Here we come！」

07

這片沙灘毫無勒痕

一九九一年

射箭課，小史說要上廁所，溜回百年校舍，潛入凱文的房間。

他很會開鎖，隨身簡易金屬工具，不用花太多力氣，一下子就打開凱文的房門。校舍裡的鎖是便宜貨，他一看就知道是哪種樣式的鎖頭，他自己心裡默數十秒，數到七就開了。開鎖技能是「垂蓮小佛堂」裡的煮飯大哥教他的。煮飯大哥剛出獄，來佛堂煮大鍋素菜，餵飽各路信徒。煮飯大哥是偷竊累犯，多次進出監獄，跟他說了許多精采的偷竊故事，教他怎麼開鎖、複製鑰匙，帶他去試佛堂每一道門，教他如何觀察，找時機，快速進入偷竊。他很快就學會，自己去試每一道門，都順利打開了，只有創辦人住的那間，他打不開。煮飯大哥跟他說：「那道門，連我這個老手都不敢去開了，你這個小子，拜託算了啦，不要去碰。」

他在佛堂角落有一間自己的小房間，床下藏了很多東西，司機的皮夾，打掃阿姨的金飾，誦經團的佛經，玉鐲，燭台，胸罩，內褲。他最得意的收藏，是煮飯大哥的打火機。床下還有一個紙箱，裡面裝滿父親從國外寄給他的東西。紙牌UNO、明信片、照片、美國糖果、墨西哥餅乾、加拿大楓糖。那些糖果餅乾他捨不得吃，過期很多年了，繼續留著。他等父親再寄新的餅乾來。餅乾過期三年了。父親音訊斷了三年了。

他每天打開房門，會看到來聽創辦人說佛的信徒。他晚上放學回家，聽誦經做數學、背誦英文單字。有個音樂家信徒教他拉小提琴。遇到數學、理化難題，一定可以在信眾裡找到能教他解題的人。誦經團的婦女教他洗燙衣服。幾個大男生教他爬牆、騎摩托車，偷看女生洗澡。他每天都在群體裡生活，只有晚上睡覺，回到小房間，他才能甩掉人群。他有時會忘記自己有母親，上學、放學都有佛堂的人輪流接送，隨時都有東西可以吃，隨時被人群包圍。但是沒有人可以教他紙牌UNO怎麼玩。有人問他，這副紙牌哪裡來的？他說：「我爸從美國寄來給我的。他住在佛羅里達喔。」

母親忽然回到他生命，是因為煮飯大哥。

廚房裡閒聊，煮飯大哥說自己有入珠，想不想看？

他吃著素麻婆豆腐，一嘴紅。煮飯大哥牛仔褲拉鍊刷開，在他的凝視中，從軟弱到堅強。煮飯大哥說：「醫生跟我說，這可是日本珍珠喔。好幾萬。」

日本珍珠沾染了素麻婆豆腐。紅紅的，辣辣的。

小史的母親走進來。

她先轉身快走，假裝沒看到。走了幾步，才發覺，這個男孩好高啊。這個好高的男孩，是她的兒子啊。她一直忙著擴張佛堂的規模，總是在一群信徒中看到小史，成績一直很好，不知道何時開始拉小提琴，大家都稱讚她好會教小孩，兒子真乖巧，真聰明。什麼時候，小史長這麼高了？

她走回去，煮飯大哥拿著大鍋鏟攪動素麻婆豆腐，小史在一旁低頭寫功課，素麻婆豆腐的香味竄進她鼻腔。她對自己說，一定是看錯了，一定是看錯了，一定是看錯了，但小史不能繼續住這裡了。

她當天就去看房，那幾年的信眾捐款驚人，她也跟著賺了不少。她立刻下訂台北高級地段公寓，把小史帶離佛堂群體生活。

小史搬離佛堂，進入空蕩蕩的公寓。以前被一群人包圍著，現在，無論去哪裡，身旁都有母親。上下學母親接送，做功課母親監督，名師來家裡指導小提琴，母親在一旁忙著打電話聯絡信徒。

小史後來回去佛堂，煮飯大哥不見了，全部工作人員都是新的，他不認識任何一位信徒。日式建築的佛堂旁邊新蓋了一棟建築，都是單人房間，讓報名禪修營隊的信徒在此住宿。他潛入所有上鎖的房間，摸走了很多東西。他故意到處丟棄偷來的東西，留鋼筆在公車站，留提款卡在公車上，留小熊布偶在街上的垃圾桶，留鑽戒在電梯裡，留現金在補習班廁所，留香水在補習班抽屜，沿路丟棄戰利品。走出補習班，他母親在外面等著。他趁母親沒注意，把金項鍊放進她的名牌手提包。

他再也沒吃過素麻婆豆腐加珍珠。但他每次開鎖，嘴巴都會出現麻婆豆腐的辣味。

他潛入凱文的房間，桌上一本素描本。原來凱文這麼會畫畫啊，難怪手指總是黑黑的。素描本裡畫了遊學團的成員，碳筆的筆觸很細，每個人的特色都精準抓到了。凱文也畫他，那一頁上面寫：「Stanley，綽號小史。」素描的小史，與潛入房間的小史對看。素描的小史頭戴耳機，一手抓著SONY隨身聽，另一手夾菸，眼神有怒氣。

往下翻，不再是黑白的碳筆素描，多了色彩，黃色的蓮花。下一頁，黑人男孩親凱文。兩個男孩是黑白的，背景的花海，是鮮豔的黃。

週末，學校派校車，蛋頭領隊，帶遊學團去邁阿密市區。

蛋頭額頭裡掛了好幾串風鈴，每天材料不同，前天是玻璃，昨天是金屬，今天是木頭，偶而是貝殼，一有風襲來，腦子裡叮叮咚咚，有火花。偏偏佛羅里達到處都有風，樹有風，雲有風，海有風，人有風，路有風，橋有風，冷氣有風，連校車上都有風。再吞一顆安妮給的藥，在校車最後一排躺下，強忍嘔意。

小月也來了，她一路跟大家介紹邁阿密，移民人口多，有很多古巴裔、海地裔移民，西班牙語、英語雙語，等一下去邁阿密南灘，晒太陽游泳吃冰淇淋。小月很久沒這麼多話了，來美國這幾年，中文退步了很多，英文不見得多厲害，說一段話，不知道是英文夾帶中文，還是中文偷渡英文，兩個語言互相抵消，所以她乾脆選擇噤聲，當個沉默的人。但今天無論怎麼說，這群台灣來的新朋友完全聽得懂。

小月好久沒有這種感覺了。校車裡，全都是友善的眼神，她無需偽裝，不用擔心該在哪個位置坐下。平常校外教學搭校車，太早上車坐定，她旁邊的位置一定空著，沒人敢跟可怕的冷月一起坐，謠傳有人看過她背包藏有一把刀。若是太慢上車，每排都坐了人，她該挑哪個位置？所有的眼神都在閃避她，沒有人願意把旁邊的空位留給藏刀的怪胎。但這些新朋友完全不閃避，搶著跟她拍照，一直問她：幾歲來美國的？為什麼來美國當小留學生？妳爸媽呢？美國人吃什麼？美國人幾歲結婚？美國人幾歲戀愛？妳什麼時候再開車帶我們出去玩？妳交過幾個美國男朋友了？美國人的那裡是不是比較大？

最後一題是小史問的。

小史好開心，坐在位置上扭動身體，說好想去邁阿密的舞廳喔，小月妳有沒有去過舞廳？好想去跳舞喝酒喔！他一直說一直笑，高瘦的身體爆出清脆的笑聲，大家還沒看過他這麼開心的模樣。

小史開始說父親。我爸超爽的，可以住在美國這麼自由的國家，哪像我們每天都在考試考試考試。早知道這樣，我爸媽當初離婚，我就要堅持跟我爸來美國啊。拜託，你們知不知道我媽管我管得有多嚴？我做什麼事她都在旁邊，煩死了！聽說我爸在美國娶了一個金髮美女喔，生了幾個好漂亮的混血兒。我爸住的地方超美的，大別墅，啊跟你們說過了，海明威鄰居啦！小月小月，妳開車載我去Key West找我爸好不好？我查過了，幾個小時就到了啦。我爸看到我一定認不出來了，但你們看這張照片，我是不是跟他年輕的時候很像？超像的對不對？所以他看到我一定知道我是誰。小月拜託啦！我付妳油錢，我出門前，我媽給我一大堆美金，我通通都給妳。

邁阿密南灘，濱海大街Ocean Dr.，裝飾風藝術飯店，棕櫚樹，豪宅，酒吧，鮮黃色的福特古董車。蛋頭頭痛無法下車，跟司機留在車上，小月跟蛋頭說：「放心，我是大姊姊，我會照顧他們。」

他們買了冰淇淋，週末的Ocean Dr.，高溫逼走人們身上的衣物，好多女生穿螢光色的比基尼，腳踩滑輪，快速從他們身邊滑過。他們走進沙灘，大西洋湛藍，遠方有幾艘大型輪船緩緩朝南。整個沙灘上塞滿了人，五顏六色遮陽傘，摺疊椅，大浴巾，鮮豔比基尼，墨鏡，古銅肌膚，貝殼白牙，鳳梨花襯衫，扶桑花裙。人們的笑鬧聲跟海浪聲較勁，海水裡有好多忘情親吻的情侶。鋼鼓敲擊熱帶曲目，胸毛跳舞，小鬍子跳舞，比基尼跳舞，涼鞋跳舞，沙灘跳舞，海鳥跳舞，雲朵跳舞。

這群台灣來的孩子，在沙灘上鋪了大浴巾，泳裝都先穿好了，脫掉上衣跟褲子，便可跳進海水。但大家坐在浴巾上，看看四周，算了。身體洩漏汗水，也洩漏了不安。

小月懂。這片沙灘毫無勒痕，男人解放胸毛，女人解放肚子，無論胖瘦，身體皆自信坦然。解放，親吻，追逐，擁抱，跳舞，不怕海水，不怕太陽，太平時代，沙灘天堂，身體鬆弛。他們這群台灣來的青少年，過分蒼白，太瘦了，泳衣款式太保守了，他們剛剛考完高中聯考，還在等放榜，身體緊繃，身上還有勒痕，注意看，還有繩索。小月拿出防晒乳液擦手臂，問自己，來美國這麼多年了，勒痕還在嗎？

只有凱文脫掉上衣，快跑衝入大西洋。他的身體潛入淺灘，憋氣在海裡潛泳，好一陣子才冒出海面。他朝外海，奮力一直游，一直游。他心裡想，直到摸到那艘裝滿貨櫃的輪船，他才會折返。這海好大啊，他以前只在台灣山區的溪流裡游泳，美國的海好大啊，沒有盡頭。再用力踢水，快摸到了，就快摸到了。

一上校車，皺眉的司機與吐了一地的蛋頭等著他們。校車地板上有嘔吐物緩緩流動，像是火山岩漿，酸臭濃稠，所經之地草木文明皆毀，地板消蝕，座位被推倒，司機吸入太多有毒氣體，幾乎昏厥。蛋頭連吐數次，五官都吐到地上了，一臉蒼白。

那張沒有五官的臉說：「我們不能在外面玩太久，要早一點回去。今天台灣放榜，你們要回去學校，打電話回家。現在台灣到底幾點啊？」說完又吐了。

放榜，喔，大家都忘了。除了阿曼達，大家不久前都才在台灣考完高中聯考，還沒放榜就出國了。熱帶入侵腦部，腦裡長出棕櫚樹、紅樹林，引發失憶，忘了今天放榜。

校車開上公路，車如蟻，嚴重堵塞。車上味道真的太可怕，關掉冷氣，開窗引海風。公路就蓋在海面上，幾艘大型郵輪停泊，公路上的敞篷車大聲播放舞曲，所有車都動彈不得。小史拉著安妮跟阿曼達，在車上扭動身體。

小史察覺安妮慌張的眼神，在她面前擺動臀部：「拜託，安妮小姐，妳高材生哩！妳不用擔心啦，妳一定是北一女。」

安妮忘記了，曾在北市國中英語演講比賽和小史交過手。安妮奪得第一名，獲得造型誇張的獎座，她總是人群中最高的女生，這個獎座竟然比她高，金色閃耀，握著讓母親拍照，汗濕手心黏滿金漆。她低頭看著手心裡的剝落金漆，好想拿獎座砸自己。心裡這樣想，身體卻不能誠實。她微笑，擁抱獎座，一直是第一名，微笑。

小史母親不敢相信兒子沒擠進前三名，抱著他哭，口唸某種經文，身體七級地震：「沒關係，我們下次一定台北第一名。」

「我們」？小史心裡想，寫稿背稿的是我，上台演講的是我，比賽的是我，故意在抽題即席演講時刻，在台上沉默不語的是我。他在台上完全不說話，看著台下評審還有其他參賽者，一直到鈴響。他很享受那短短幾分鐘，評審臉上驚慌，觀眾交頭接耳，細細私語集成嗡嗡聲響，忽然有人大聲「噓」，嗡嗡靜默，他繼續不說話。她母親站起來，嘴巴開闔，遠遠看起來像是「加油」。他忍住笑，鈴響下台。

他抽到的題目是，My Family。

他記得後台的安妮。上台前，他注意到這個高高的女生，表情倔，拱背，從口袋拿出小小袋子，一顆小小白色藥丸入口。她母親拿出口紅，安妮搖頭說不要，她母親用力抓住她下巴，硬塗上口紅。安妮閉上眼睛，讓母親的口紅滑過嘴唇。安妮上台，抽即席演講題目。小史注意看，安妮抽題的手背紅紅的，嘴唇白白的。

克莉絲丁手伸出窗外，試圖抓住調皮的邁阿密涼風，對校車旁邊的敞篷車司機揮手。她牽起小月的手說：「小月妳今天晚上來學校跟我們睡啦，我們房間很多，床很多，隨便妳挑。拜託拜託啦！妳來跟我睡好不好？」她決定要跟小月變成很好的朋友，小月有車，可以帶她出來玩。她跟小史約好，要想辦法混進邁阿密舞廳。

回到百年校舍，現在，台灣幾點了？

輪流打公共電話，萊恩跟父親通上話，他考上建中，克莉絲丁考上的高中排名不佳。克莉絲丁聳肩，不肯接過話筒：「幹嘛，反正爸一定覺得我考太爛啊。沒差，我要跟小月一樣，來美國讀書。」

小史掛上電話說：「我媽說我考上建中了。」他母親語調高昂，他立即掛上電話。

凱文考上中部某所高中，小史聽了問：「我怎麼沒聽過？是你們那邊的第一志願嗎？」

「不是啦，我怎麼可能考上第一志願，拜託，我成績很爛好不好。我爸說有學校就好，我本來以為會落榜。」凱文試圖回想聯考，腦子出現黃色蓮花、壁虎、綠蠶蜥、海水，考題或者考卷，他完全想不起來。那是另外一個世界，平行時空，那是另外一個他。

小史轉頭問阿曼達：「妳呢？新加坡有聯考嗎？」

阿曼達搖頭，又點頭。來美國前，她母親說，夏天過後，就一起去歐洲考音樂學校：「放心，妳不用想太多，媽媽一定會陪著妳，考上了音樂學校，我們就買房子，我搬去跟妳住，每天煮飯給妳吃。」

安妮最後一個打電話，大家全都看著她。請接線生接通對方付費電話之後，她沒說話，只是點頭。掛上電話，她用力拉扯臉部肌肉，逼出微笑：「我以後要穿三年綠色制服了啦。」

眾人歡呼，尖叫聲撞到百年校舍的古老牆面、天花板、地板，古老磚頭承受不了尖叫的重擊，掙脫天花板，不砸任何人，只瞄準她。她已經好幾天沒有駝背了，大家的恭喜堆在她背上，她的背弓起。她受不了了，也大叫一聲，把尖叫藏在大家的吼叫裡，沒有人察覺。

安妮沒說的是，她是全國榜首。

她鬆開手心，汗濕，有金漆。金漆是疹，從手心開始擴散，直到自己每一吋肌膚都是金色的，變成一個駝背的金色冠軍獎座。

夜很輕盈，慢慢墜落，天空仍有光。濕空氣有重量，用大拇指、食指夾一下空氣，指尖有果凍。今晚不見星，雲棉絮，月準時赴約。

六個龍年出生的孩子，加上小月，都開了窗，跨出去，坐在瓦片上，看海。百年校舍的屋簷上，坐了一排孩子，壓低聲音聊天。克莉絲丁從美國男孩那邊拿到了啤酒，大家輪流喝，吐舌嫌苦。啤酒罐在月光下不斷流汗，傳一輪，汗盡，成溫酒。凱文削芒果給大家吃，小史點菸，說服阿曼達吸一口，煙霧在她口腔繞一下，沒吸進身體，吐出薄薄的霧，薄荷味，舌頭涼涼的，苦苦的。

小月手指月亮說：「我剛來的時候，覺得美國的月亮怎麼這麼肥。我現在已經想不起來，台灣的月亮長什麼樣子了。」

凱文趕緊拍掉小月的手：「不可以手指月亮！月亮會割耳朵，快點拜拜。」他趕緊雙手合十，頷首拜月。

其他人都沒聽過這樣的禁忌，凱文說，月娘是天上女神，我們在凡間，若是用手指月亮，就是大不敬，必須趕緊雙手合十拜拜，否則晚上睡覺，月娘會跑來割耳朵。溫啤酒慢慢進入他們的身體，笑聲從嘴巴掉出來，空蕩蕩的校園塞滿笑聲。蛋頭一定還在房間吐，聽不到他們的笑聲。

小月沒笑凱文，她問安妮：「妳橡皮筋借我一下好不好？」

安妮鬆開馬尾，遞上橡皮筋。小月抓髮，頭髮偷月光，閃出晶亮光澤。她用橡皮筋綁了馬尾，露出兩個耳朵。月光下，撥開頭髮的小月，好美。她指了自己的右耳說：「你們注意看，張大眼睛。」

小月的右耳，耳廓軟骨構造特殊，有一個突出的軟骨，像是一個小小的探照燈。「我小時候，我媽跟我說過這個故事。Kevin，我指了很多年了，都沒有拜拜喔，這個討厭的東西一直都在，月亮根本沒來割耳朵。」

凱文看著小月的右耳，耳廓構造混亂，像個迷宮，看著看著，頭暈。

大家輪流看小月的耳朵，一直很靜的萊恩看著看著，開口問：「我可以摸嗎？」克莉絲丁打了萊恩一下說：「你變態！小月妳不要理他！」

小月笑了，對萊恩點點頭說：「沒關係。」

萊恩輕輕碰一下，跟凱文一樣，頭暈，沒站穩，差點摔下屋簷。那小小的軟骨探照燈瞬間亮了起來，射出一道光，穿入他的身體。

小月在美國的第一年，游泳課，有女生在更衣間指著她的耳朵問，Excuse me，亞洲耳朵都這麼奇怪嗎？Weird，奇怪，她當時剛學會的英文字彙。她從此不肯剪短髮，只留長髮，遮耳遮臉。如果可以，她想留幾公尺的長髮，用黑髮把自己包起來，像繭。她記得母親跟她說過月亮割耳的故事，美國月亮這麼大，割的力道一定更強大，她每晚都到屋外去指月亮。禁忌騙人，軟骨探照燈一直都在。

下雨了，溫啤酒空了，烏雲密布，月亮隱身。

小史說：「小月剛剛答應我了喔，她要開車載我，去Key West找我爸，下個週末出發。」

小月說：「當天來回喔，我們去一下就回來。」

小史站起來，嘴巴張開，吃雨。滿嘴盛滿溫雨，口腔湧泉。他吞掉溫溫的熱帶雨水，喊著：「誰要跟我們一起去？」

安妮第一個站起來喊：「好！我。我跟你去。」

08

蓋世梟雄

二〇二〇年

沒有人知道阿曼達在Key Largo，經紀人，男朋友，父親，母親，全部都不知道。連跟她最親密的鋼琴也不知道。等一下，她甩頭想一下，男朋友？誰啊？

她在一家餐廳前停車，想吃甜點，想到村上春樹。

當年十六歲，第一次來到Key Largo，從沒聽過這地方，佛羅里達礁島群的某處，ＵＳ一號公路上的破碎小島。看地圖，好多好多小島啊，東邊是大西洋，西邊是墨西哥灣。她記得香港人開的餐廳，藍光，重機車隆隆，好甜好甜的蛋糕，在胸腔點火的烈酒，克莉絲丁的笑聲，小史的笑聲，安妮的哭聲，單車輪軸的歌聲，白色氣球爆破的聲音。好多白色氣球。滿天都是白色氣球。每一顆，她都想戳破。

車熄火，收音機繼續唱。電台播放著老歌，Creedence Clearwater Revival的〈Have You Ever Seen the Rain?〉，聲音滄桑的男歌手唱：I wanna know, have you ever seen the rain? Comin' down on a sunny day? 我想知道，你可曾看過雨？晴天下的雨？

她跟著哼。十六歲以前，看過的雨都不是雨。十六歲那年看到的風跟雨跟雷，暴烈狂放，有殺人的力量。那場雨真的殺人了，她在場。大好晴天，傾盆暴雨，雷電在天空編織。她沒動手。但她目睹了一切。她只是旁觀者。雨是凶手，風是凶手，太陽是凶手，熱帶是凶手。她對自己點點頭，她真的沒動手。

熱帶裡，一切變形，好孩子變成壞孩子。

安妮，我很快就會見到妳了，好久不見，妳好不好？我知道妳一定會來參加小史的喪禮。幾年前，紐約演奏會，謝幕時刻，我看到妳了。我知道那一定是妳，第二排中間的位置，妳比我記憶中還高，髮型沒什麼變。妳旁邊有個男的，他沒拍手，不斷看著手錶。第二次謝幕，妳和那個男的不見了，座位空。第三次謝幕，我跟經紀人喊，叫舞監把觀眾席的燈打開！快點！現在！我走出去，燈點亮觀眾席，我把視線丟到音樂廳的最後方，看到一個細瘦的、高高的剪影。掌聲好吵，歡呼聲好吵，我好想叫大家閉嘴，這樣我才能大叫妳的名字。我拒絕第四次謝幕，拉著禮服裙擺，踢掉高跟鞋，往音樂廳外面衝去。沒找到妳。不確定是不是妳。應該是妳。不可能是妳。可能是妳。是妳是妳。不是妳不是妳。

她好想吃甜的。飯店櫃檯的古巴裔女孩跟她說，開車五分鐘，就可以吃到佛羅里達礁島群最棒的 Key Lime Pie，還有還有，別忘了要點一大杯 Key Lime Slushy。

古巴女孩說到甜點，眼睛瞇，牙齒舞動。阿曼達看著她豐滿的胸臀，滿月，蜜瓜，西瓜，色彩鮮豔，甜度飽滿。櫃檯上有一排螞蟻，她想，應該是被櫃檯女孩的甜度引來的吧。

她開車在 Key Largo 到處亂繞，開窗關冷氣，熱空氣猛衝進來，方向盤在流汗，濕濕的。她的手平常很少出汗啊，怎麼一來到佛羅里達，手心汪洋浩瀚。她像隻螞蟻，四處找甜味。真的很久沒吃甜食了，她才剛剛拍完新獨奏專輯的封面，經紀人請了營養師調配三餐，綠色花椰菜，清蒸鮭魚，水煮雞胸，生酮飲食，吃糖如飲彈。樂評不只說音色技巧，總是不忘在評論裡寫她的腿、胸、髮。太緊了，太暴露了，色彩太鮮豔了，讓人分神，忘了鋼琴家的技藝。來參加小史喪禮之前，她剛完成幾場線上慈善演奏會，接受捐款，全捐給醫療機構。年初全球大瘟疫，音樂廳全停擺，春季巡迴場次全部取消。紐約禁足封城，男友開車帶她去鄉間避禍。三月來到鄉間森林小屋，男友哭了幾天，從後車廂拿出獵槍，去森林裡射鳥。亂槍失準，驚鳥，卻殺不了鳥。她在旁邊看，覺得男友好笨，連開槍都不會。

她在房間裡整理行李，男友走進來，對著她攤開的行李箱吼叫：「妳帶這些做什麼？這些禮服能對抗冠狀病毒嗎？」

瘟疫圍城，慌亂逃難打包時刻，她把春季巡迴的禮服塞進行李箱。紅款短裙小禮服，三公尺紅色長裙擺，紅款斜肩開高衩，不知為何，每一套都是紅色的。她忽視男友的怒吼，喃喃自語：「怎麼忘了帶高跟鞋？」沒高跟鞋，這些衣服穿在身上好沒氣勢。

男友是華爾街人，股市忽然瀑布，損失慘重，必須跟有錢的猶太父親調錢。三月森林淒冷，地上還有冬天殘雪，清晨時分，男友高高大大的鼻子裡，養了好幾隻打鼾的豬。她穿上一件開高衩紅色禮服，搭配黑色天鵝絨室內拖鞋，打開森林小屋的門，往外走，走進鳥鳴森林。痛覺取代冷意，她不覺得冷。看一下手臂，發紫了。男友昨晚撕爛紅款短裙，她想搶回禮服，他的拳頭闖入她的手臂、肚子、背部。他嚎啕大哭，說人生毀了，投資都沒了。那大大的嘴巴裡，養著好多哭泣的初生嬰兒。嬰兒哭著不斷道歉，哭完沉沉睡去。

清晨森林濃霧，一切都還沒醒，只有躲過子彈的鳥醒了，叫聲清脆，彷彿向她道早安。她看不見鳥，但她聽覺尖銳，決定跟著鳥鳴走，不回頭。一直走，走出了森林，跟鳥鳴道謝，路邊坐上貨車，再坐上另外一輛貨車，輾轉回到街頭空蕩的無人紐約市區。她穿著卡車司機送的外套，在路邊找計程車，但病毒橫行，曼哈頓空城，大街只剩穿紅禮服的鋼琴家。警車停下來關切，載她一程回住處。女警對她說：「我喜歡妳的禮服。」

紐約疫情稍微緩和，線上慈善演奏會，她再度上台，選穿那件紅色開高衩禮服。破了她不肯補，髒了她不肯送洗，經紀人在後台無聲尖叫。那晚，她找來了當時讓她搭便車的貨車司機與女警，讓他們戴口罩坐在第一排。嚴苛樂評盛讚，說那是她狀態極佳的獨奏會，豐沛的生命力穿透網路轉播。她父母坐在台下，雙眼泉水湍急，口罩濕透。演奏會後看網路留言跟捐款記錄，有很多來自台灣的樂迷。她在眾多留言裡找安妮。安妮妳好嗎？有躲過這場瘟疫嗎？妳在嗎？妳有看轉播嗎？我今天彈得如何？我今天彈琴，一直聽到森林裡的鳥叫。

巡迴結束，錄音完成，封面拍攝，她收到了小史的電子郵件。她買了一大塊蛋糕，口味不重要，反正吃美國人烤的蛋糕可以不用顧慮蛋糕名稱，唯一的口味就是砂糖。邊吃蛋糕，邊讀小史的郵件。

傑克。

她想起了傑克的小鬍子。鼻子與嘴唇之間，短而濃密的金棕毛髮，有菸味，觸感刺刺的，喝咖啡會沾到奶泡，吃蛋糕會沾到糖。砂糖黏在小鬍子上，白白的，像是下雪。熱帶雪不融，伸舌去舔，吃鬍子像吃蛋糕。

來到了Key Largo，她就想吃Key Lime Pie。當年他們一群遊學團的孩子在這裡吃到了Key Lime Pie，小月說，是當地名產，每人點一份。吃不到萊姆酸味，砂糖的甜味蓋過一切。好甜喔，真好吃。

她找不到那家香港人開的餐館。當年他們吃完大餐，點了Key Lime Pie。香港餐館櫃檯後面貼了好幾張廣告、雜誌封面。如今香港餐館不見了，那張洗髮精廣告當然也不見了。

她走進飯店櫃檯古巴女孩推薦的餐廳，點了Key Lime Pie，搭配一杯Key Lime Slushy。派當然很甜，但還有萊姆的酸氣，上面灑了萊姆皮，絲絲苦。Slushy冰沙濃郁，甜份在身體裡到處燃放煙火。每次吃到甜，她就會想到那場海邊的煙火。藥引點火，火藥炸開，色彩暈開，紅色爆開，她身體內部也碎裂。一朵一朵的紅花，好美。

她在東京的獨奏會，經紀人說，村上春樹來了。

她遠遠看到他，毛衣，黑褲，皮鞋。經紀人說，說不定等一下他會來後台致意。

她當晚彈得很差。她自己知道，狀況不佳。

她沒辦法專心彈琴。她一直想一直想，等一下有沒有機會？該不該問？不行，她不能問。不行，她一定要問。一定要問村上春樹，您記不記得，您在書裡寫過Key Largo？請問，您有去過Key Largo嗎？

《世界末日與冷酷異境》，那一章叫做〈冷酷異境：頭骨、洛琳白考兒、圖書館〉。她在台灣的二手書店找到這本書的中譯版，一九九五年九月初版六刷，第九十三頁，出現了Key Largo。讀到Key Largo，村上春樹掙脫她的手，摔落在地，發出好大的碰撞聲，彷彿誰在書店裡開了槍。她趕緊結帳，躲到咖啡館去閱讀。

她當時已經忘記佛羅里達了。她當時已經忘記Key Largo了。她當時已經忘記安妮、萊恩、凱文、小史、克莉絲丁。她剛從維也納的音樂學院畢業，得了好幾個國際比賽大獎，跟母親回台灣過暑假。在歐洲，她每天練琴，母親煮三餐、幫她洗衣服、整理上台禮服、報名國際大賽、過濾演奏會邀約、阻擋任何男性友人邀約。週末，其他同學都去派對，只有她跟母親去聽演奏會。母親從沒提過佛羅里達。那年夏天，母親在Key West看到她，什麼都沒說，坐下來吃頓飯，拉起她的手，上車，去機場，回家。緘默不提，抵抗回憶。她明明忘了佛羅里達，明明忘了傑克，都是村上春樹，讓她想起Key Largo。

村上春樹提到的Key Largo，是一部黑白老電影，中譯版在這段文字把電影名稱譯成「主要樂章」，她到處都找不到這部老電影。她翻找舊電話簿，找到凱文，他當時剛開始做電影場記，說準備去美國唸電影。凱文在電話上跟她說，找「主要樂章」，當然找不到啦，Key Largo中文片名是《蓋世梟雄》，他看了很多很多次，是一部很棒的黑白老電影。他寄這部電影的拷貝VHS錄影帶給她，她看著看著，想起了很多事情。電影裡颶風來襲，互相猜忌的人們困在濱海度假飯店，槍響，人瘋癲，熱帶失序。原來她根本沒忘，她一直記得十六歲的那場風暴。

村上春樹沒來後台。

她知道自己當晚表現太差。

後來再去東京開獨奏會，都不曾見過村上春樹。

她今天回到了Key Largo。再點一份Key Lime Pie。收到小史的遺書之後，她開始吃甜，三餐吃，每天吃，那些緊緊的禮服，快穿不下了。

她一直吃甜，就是要尋找一九九一年的特殊甜味。

沾了砂糖的小鬍子。沾了果醬的小鬍子。沾了沙子的小鬍子。沾了貓毛的小鬍子。那是她吃過最甜的東西，糖在她身體裡盛大遊行。甜味有顏色，藍藍的，源自那台小小的電視機。

09

他體積最大，是藍鯨

一九九一年

萊恩躺在藍海深處讀報。

藍海豐饒，薯條魚，爛蘋果水母，水牛城辣雞翅海馬，比薩魟，香蕉蝦，萵苣珊瑚，西瓜龜，鳳梨鯊。他體積最大，是藍鯨。

海底還有很多人類棄物，卡西歐電子錶，卡式錄音帶，花花公子雜誌，任天堂Game Boy，Nike球鞋，愛迪達背包，大杯可樂，螢光綠比基尼。

一開始視線昏暗，待久了，藍色慢慢滲入他的眼睛。外頭陽光穿透藍色塑膠，把一切都染藍。用力眨眼，海水浸透雙眼。他在哭，想擦眼淚，想想算了，在海裡哭，海是淚，淚是海，不會有人察覺。

海底有蠅，快速飛舞，似乎有蟲蠕動。他這隻藍鯨身體扭曲，但只能保持不動，腳痛，好痛啊，爬不起來。哪一腳？右腳？還是左腳？腳還在嗎？還是已經脫離他身體了？他停止掙扎，身體慢慢往下陷，更多的海底生物埋住他身體。

海好臭。臭味囂張，形體完整，有手有腳，不斷朝他的鼻腔出拳飛踢。他撥開胸前的爛水果，試圖找個施力點把自己拉起來，卻抓到《花花公子》雜誌。藍鯨翻開雜誌，大胸豐臀，紅唇藍眼影。

藍鯨接著抓到Game Boy，無法啟動，十字按鍵不見了。再抓到一份報紙，一九九一年八月，當天的邁阿密當地報紙，翻著翻著，看到了很會游泳的黑人男孩，身上掛著一隻大蟒蛇。記者寫，邁阿密少年在自家後院抓到緬甸蟒，長度大約十英呎。緬甸蟒是外來種，在一九七〇年代出現在佛羅里達沼澤，侵害當地生態。男孩說不怕，想留這隻緬甸蟒當寵物，但媽媽不同意。

幾乎每個字他都懂，他英文並不差，他只是不知道怎麼開口。那群男孩圍住他，不讓他走，問他是不是啞巴？明明看見他跟那個怪胎冷月說話，表示會說話啊，為什麼遇到我們就不說話，是不是看不起我們？

萊恩低頭，看自己的影子。日正當中，影子被他踩在腳下。男孩們的影子重疊晃動，姿態脅迫，他不敢抬頭看他們的臉。團團圍住他的影子忽然出拳，腳踢，他跪在地上，站起來，又一拳過來，他閃過，推倒毆打他的影子。影子鼓譟，憤怒，把他抬高，丟進百年校舍後方的大型藍色垃圾桶。

再等一下，再忍一下，等一下，就不痛了，自己就能爬出這片藍海，什麼事都沒發生。希望沒有人看見，應該沒有人看見吧？無人目睹，就什麼事都沒發生。

腳步聲。

人聲。

聽起來像是小月。不可能吧。自己是不是死了，才會在垃圾桶裡聽到小月的聲音。

垃圾桶的蓋子打開，佛羅里達藍天闖入垃圾桶，陽光萬箭，藍鯨用報紙擋箭。藍海潮水瞬間褪去，魚鯊魟龜全渴死。藍鯨在陽光下擱淺，胸前一朵蓮。

藍鯨的瞳孔逐漸適應了陽光，看見小月的臉，再來是黑人男孩的臉，最後是凱文的臉。耳朵裡鈴聲大響，右腳也鈴聲大響，啊，是右腳，確定痛的是右腳。他只看到小月嘴巴打開闔上，但什麼都聽不到。

小月遠遠看到萊恩被一群男孩丟進垃圾桶，趕緊去找人幫忙。她在游泳池畔找到凱文，凱文拉了黑人男孩，一起隨小月跑往百年校舍。黑人邊跑邊跟小月打招呼，叫她Moon。小月手心暴雨，他怎麼知道我的名字？

她剛剛是不是看到，黑人男孩的頭，靠在凱文的肩膀上？

凱文和黑人男孩伸出手，抓住萊恩，但是萊恩無法施力。凱文跳進垃圾桶，手臂化成緬甸蟒，蛇進他的腋下，緊貼他的背部，咬住他的手臂，用力把他拉起來，黑人男孩在垃圾桶外接住萊恩。

垃圾桶的臭味逐漸退散，凱文跟黑人男孩的嘴巴吹出風。風甜甜的，熱熱的，打在他臉上，有芒果滋味。兩人抬著他，氣喘吁吁，齒縫長出芒果樹。風強勁，吹走垃圾桶的臭味。

萊恩踩著自己的影子，右腳還痛，蹲下來檢查傷勢，還好，只是割傷，血量看似湍急河川，他注意看，傷口淺淺一道，無需縫針。他拒絕去學校醫護室，凱文說：「沒關係，小月，妳去找安妮，我們先帶他上樓。」

安妮檢查傷口，藥水清潔、塗上消炎藥膏，傷口的確不深，可能是割到垃圾桶尖銳邊緣。大家都暫停夏令營課程，來到安妮房間。

克莉絲丁問：「到底怎麼了？要不要打電話給爸？」

萊恩給小月一個眼神。小月立刻說：「他跌倒，我剛好經過。」

克莉絲丁大喊：「你很笨咧，我還以為發生什麼事。拜託，你好臭，你去洗澡啦。」她離開安妮的房間，等一下跟金髮男孩約好吃冰淇淋。

金髮男孩，是那團影子其中之一。

萊恩手上，一直緊握著那份邁阿密報紙。他攤開報紙，阿曼達見蛇尖叫。黑人男孩笑著，說抓蛇的故事。

凱文從背包拿出芒果，切了一片，遞給萊恩。

約好了，嘉年華隔天早上，出發去Key West。

安妮負責蛋頭，開藥給他，確定劑量會讓他昏睡一整天。小月開車，天亮就出發，四個多小時的車程，預計中午以前抵達佛羅里達最南端島嶼Key West，跟小史爸爸打招呼，上車，朝北，預計傍晚前回到邁阿密濱海中學，誰都不會發現，一群台灣來的孩子暫時消失了。

萊恩不肯去。

克莉絲丁歡呼：「太好了，這樣我們車子就不用那麼擠。要是蛋頭醒了，你就跟他說，我們去市區逛街。」

出遊計畫是個祕密，噓，不准對任何人說，我們六個，加上小月，誰說出去誰被鱷魚吃掉。祕密分泌亢奮，熱帶一如往常，這些台灣來的青少年，身體卻開始悄悄變形。

安妮終於走進游泳池，清涼的池水浸透她的下半身，再往池子深處走幾步，水位淹到肩膀。水中她不用駝背，水底無高矮。她決定開始學游泳，找上黑人男孩跟凱文。清晨時光，邁阿密仍未醒來，黑人男孩教她踢水，凱文領著她抓浮板。踢了幾天，凱文放手，她的身體終於在水面上緩緩前進。三人離開泳池，一定會遇到落葉。遠看像落葉，鋪滿整個路面。落葉聽到三人腳步，迅速長出四腳，四處竄逃。她在台北沒看過壁虎啊，何況是這種數量，幾百隻幾千隻。一開始好怕，現在她敢追壁虎了。凱文抓了一隻，放在她的手臂上。壁虎和她對看，她嘴巴發出好陌生的笑聲，壁虎唧唧回應。她沒聽過自己這樣笑，笑聲有重量，嚇跑日出，砸昏壁虎。她抱凱文。她親吻黑人男孩。覺得自己好笨好蠢，不會游泳，只會尖叫。笨好，蠢好，不用第一名。

阿曼達已經學會騎馬，獨自上馬背，韁繩控制冰島馬、康尼麻拉小馬，長髮與風糾纏。她覺得這些馬像移動的鋼琴，聽她手指、腳板的指令，左轉右轉小跑步。馬在淺灘奔跑速度驚人，她手偷偷放掉韁繩，短短幾秒，身體快要失衡，大腿夾緊馬背，雙手趕緊抓回韁繩，抓緊鬆手抓緊鬆手，反覆幾次，腦中出現自己從馬背墜海的畫面。想笑。

凱文想偷偷跟黑人男孩說出遊的祕密，但腦子裡一堆英文單字就像是散落一地的樂高積木，嘴巴無法把積木組成任何具體的建築，說不出口，對方也聽不懂，祕密在喉間邊鞦韆，快要盪出口了，馬上又被身體吞回。或者，用畫的？但從來沒有任何人看過他的素描。黑人男孩會喜歡他的素描嗎？

克莉絲丁開始挑選衣服，一整個行李箱都是可愛的印花洋裝、貼身背心、牛仔短褲，那天該穿什麼呢？Key West是個什麼樣的地方呢？該穿短裙還是短褲？大家打勾勾，說好了，發毒誓，誰都不可以說出去，她自認是很會守住祕密的人，萊恩跟她的祕密，她完全沒有對任何人說過。

萊恩一如往常沉默，一直躲避那群男孩。他時常想到垃圾桶裡的短暫時光，到底他在藍色垃圾桶裡躺了多久？他發現自己不斷想到藍色垃圾桶，身體並不排斥臭酸藍海回憶，想著想著，人就走到了垃圾桶。當時垃圾桶裡只有他一人，藍色的塑膠外殼把他跟世界切割開來，他成為棄物，若不是小月，他說不定就會被當做垃圾處理掉，從世界消失。被世界丟棄，慢慢腐爛，就不用回去台北。被丟棄，終於自由，可以盡情凝視大胸部裸女，允許身體浪濤翻湧。他不想跟大家去Key West，他想要爬回那腐朽的深海。直到小月的臉，還有她耳朵上的探照燈，打開垃圾桶的蓋子。

小月每晚在自己的小屋裡看佛羅里達地圖，演練路線，只要開上朝南的US一號公路，一直開一直開，公路的終點就是Key West。她有一台好大的車，有美國駕照，開車的路線卻只侷限在學校、超市與親戚家，從未越過界線。有一次她在車上聽母親寄給她的卡式錄音帶，母親新情歌專輯，寂寞都市女子，孤獨夜晚，星月陪伴。母親一直是單身女子形象，沒有任何記者知道她未成年就產下一女，如今在佛羅里達讀中學。掉進母親的歌聲，她錯過了平常的交流道出口，歌結束，她從母親的歌聲中回到佛羅里達。她完全不知道自己在哪裡，路標完全是她沒聽過的街道、區域名。她趕緊在下個交流道出口開下公路，繞啊繞，繞進了陌生的社區。她隨意停在路邊，下車到後車廂去找地圖。車旁出現男子，對著她笑，掏出昂揚性器。她拿地圖砸對方，跳上車加速，差點撞上路邊的大樹。她一路哭，胡亂開，繞了好幾個小時，才找到熟悉的購物商場。她把車開進購物商場，進入連鎖服飾店，隨便拿了一件洋裝進入試衣間。她在試衣間裡無聲大哭，不斷指責自己，為什麼要迷路，為什麼要亂開車，為什麼要停在路邊，為什麼這麼笨。哭完，她才發現自己手上拿的洋裝是一件亮黃螢光低胸緊身短裙，自己當然不可能穿，但她還是拿去櫃檯結帳。洋裝擺在衣櫃深處，提醒自己，不准迷路。從此她就乖乖在濱海中學附近開車，不敢踰越。現在，有五個台灣來的孩子要陪她一起，跨過界線。她怕。似乎，也不怕。

小史興奮到睡不著，身體好累，但腦子的太陽不肯下山。他打開安妮房門的鎖，從床下拉出大行李箱，小心翻找，找到寫有「安眠」的藥袋。他只敢偷一顆白色藥丸，他看安妮整理這些藥袋，彷彿每顆藥丸都是鑽石，小心翼翼裝袋，不能混淆，數量清清楚楚。他睡前吞藥，感覺有個強大的推力，把他從床上往下推，身體下墜，意識中斷。

蛋頭的敲門聲吵醒了他。他開門，發現自己錯過了早餐，睡了十小時。

他把蛋頭推出門，開窗，關冷氣，坐在床上看海。熱空氣翻進來，在房間裡跟冷空氣搏鬥。窗外吵鬧，夏令營的孩子像是螞蟻，搬運著桌椅、飲料、杯盤。舞台快搭好了，明天是夏日嘉年華，青少年搖滾樂團、家長組成的民謠樂團上台表演。氦氣充飽氣球，一群孩子吸了氦氣，笑聲變調。有什麼敲打著，鏘鏘鏘。不是蛋頭敲門，也不是腦子裡的雜音。閉眼傾聽，鏘鏘鏘，終於睡了好覺，腦子裡晴朗藍空，鏘鏘鏘，細細的聲音。有人拿著小石子，朝他的窗戶丟。小石子撞上窗玻璃與窗框，鏘鏘鏘。幾顆小石子飛進來，掉在地毯上。

他拾起地板上的小石子，忽然，想開鎖。倒數十秒，十、九、八、七，鏘鏘鏘，六、五，快一點，鏘鏘鏘，數到四，腦子裡有幾道門打開了。

童年的記憶來撞他。

他想起來了。他第一次聽到「佛羅里達」這四個字。他躲在母親床下。床彈簧咿咿呀呀。男信徒低吼幾聲。母親低聲要他閉嘴。但母親自己的嘴失守。母親的嘴洩漏了一些歡愉。母親下指令。你站起來。你躺下。你上來。這樣啦我教你。你忍住。抓我屁股。你怎麼這麼笨。就這樣。對。對。彈簧停止震動。母親說。母親一直說。佛羅里達。大家都要走。大家都要解散。我不走啊。大家這麼辛苦建立的為什麼要解散。我才不肯走。他說什麼要去佛羅里達。白痴。我才不去。

另外一個男信徒。加上一個女信徒。他隱身在房間角落。聽聲他就知道是誰。聽聲他就知道髮型與長相。聽聲他就能辨別母親與男信徒與女信徒的身體組合。母親說。就叫他不要寄東西回來台灣。孩子收到不會開心啊。根本沒什麼記憶。很快就忘了。一直寄東西來。我也只能盡量藏起來。那天寄來一張明信片。來不及攔截。你這個白痴。就跟你說東西寄來都要先給我看過。你看他一直看著那張明信片。我怎麼處理。我改天找機會把明信片丟進金紙爐。燒一燒拜佛啦。寄來的東西一起燒光光。全部一起燒掉。燒掉就好。小朋友年紀小。不會記得。

另一次。創辦人。沒有麥克風的創辦人。他聽腳步就知道。他知道這是簾子後面的創辦人。創辦人察覺角落裡的他。用床單把他裹住。裹住他的尖叫。把他抱出去。丟進他的房間。他想要看清創辦人的樣子。但被子緊緊包覆。母親咒罵。母親進來他的房間。棍子。棍子。棍子。反鎖。不准你出去。再哭就打死你。創辦人力氣好大。他咬了創辦人的手臂。似乎，咬到手臂上的毛。

他張開眼睛，面前是真的佛羅里達。往下看，一群孩子朝他的窗戶丟石子，對他大吼：

「Stanley! Come out and play!」

爸，我想起來了。

陰暗的佛堂角落。兩男。母親。很靜。三人上下，左右，交疊。流暢。滑順。熟練。出。入。皆靜。身體是牙膏軟管。慾望擠壓軟管。慢慢擠。慢慢推。擠出濃烈的黏稠的酣暢的。母親先離開。一男點菸。一男笑著。菸男說。聽說她以前的那個那個那個誰去美國了。笑男說。那個兒子可憐啊。當初不要生就好了。菸男說。誰知道去美國的那個是不是他爸。笑男說。我認識他啊。創始會員啊。就是他找我進來的啊。呵呵。菸男說。反正爸爸不是我們就好。笑男說。呵呵。菸男笑男一起。呵呵呵呵。

畫筆滑過臉頰、額頭、鼻子，皮膚長出繽紛的蝴蝶、孔雀、海豚、獨角獸、棕櫚樹、向日葵、太陽、月亮。臉是畫布，人鼻成貓鼻，人眼成熊貓眼。顏料是面具，日常的臉突變，拋棄原本的身分，變形成另外一種模樣。人扮貓，人成獸，隨著音樂起舞。熱帶嘉年華，眾生比醜比怪，身上披掛簡陋的鮮豔服裝，吸血鬼女巫惡魔恐龍人魚，沼澤的鱷魚與紅樹林裡的綠鬣蜥失去醜惡寶座，自慚形穢。

大家發現凱文很會畫畫，他把小史整張臉畫成骷顱頭，模樣駭人，長長的隊伍等著凱文的畫筆。中學生組成的樂團在舞台上跳動，吉他鼓聲駁雜，歌聲病馬嘶嘶。骷顱頭小史張開雙臂，迎接紊亂的搖滾音符，身體漂浮，在人群中晃動。入喉的明明是色素砂糖果汁，身體卻醉了。他修長的身體張狂醜惡，忽來一陣小雨，臉上顏彩潰散，身體更放肆。

日落，地上一團營火取代太陽。火上烤棉花糖、巧克力，臉妝洪水，棕黑巧克力緊抓門牙不放。繼續跳舞，繼續尖叫，繼續唱歌。這群台灣來的孩子，第一次如此張狂。舞姿尷尬，歌聲狼狽。月光下，營火前，他們一起守護一個祕密。他們身體快速轉變，陰毛蘆葦，汗水豪雨，喉結胸部山丘，身體靜靜地長高了。大家看彼此，沒有人身上有蓮花。大家身上都是嶄新的鮮豔服飾，不合身，胡亂縫製，扮天使，演惡魔，指甲七彩，睫毛貓爪，齒縫塞培根、巧克力、炸雞，口氣濃烈，都不是初識清淨模樣。髒了，汙穢了，臭了，變形了。只有蛋頭模樣依舊，他被大家起鬨說服，吃了幾球冰淇淋，隨後衝上樓拉肚子，吃了好幾顆安妮給的藥，再也沒踏出房門。

烈火熊熊，星空浩瀚，熱風呼嘯。熱風像鐵鎚，打在百年校舍上，吹起幾塊瓦片。臉上彩妝崩解，瓦片墜地碎裂，芒果百香果熟透離枝。緬甸蟒在月光下開始脫皮，畢畢剝剝，畢畢剝剝，舊皮離身，像是手指壓破泡泡紙，一顆一顆，慢慢碎裂。舞台上的氣球掙脫繩索，飛往夜空，被繩索挽留的氣球不斷炸開，畢畢剝剝，畢畢剝剝。聽到瓦片碎裂的聲音，聽到氣球炸裂的聲音，有勒痕的身體，瞬間鬆脫了。有什麼被戳破了。有什麼飛走了。有什麼壞掉了。月亮撥開雲朵，模樣嶄新。小月指著月亮，笑得好開心，當地的美國青少年，從沒看過冷月笑。她看著面前這些新的台灣朋友，顏料在他們的臉上漩渦。

新的蛇，新的月，新的人。

明天。就是明天。

10

響亮清脆的笑聲裡藏有邀請函

二〇二〇年

克莉絲丁走出連鎖咖啡店，聞到公路對面的阿曼達。

她好想喝咖啡，卻一杯咖啡都沒買。她問店員，在店內飲用卡布奇諾，是否提供馬克杯？店員搖頭，指了櫃檯各種尺寸的杯子，都是一次性使用的咖啡杯。她拿出手機，對著手機開始喃喃：「人類破壞地球生態，煩死了！你們大家看，我人在佛羅里達Key Largo的連鎖咖啡館，你們看你們看，整間店只有提供拋棄式的杯子，連坐在店裡面喝咖啡，也沒有馬克杯！大家想一下，這家店每一天會製造多少的垃圾！」

她準備把這段影片上傳到社群網路，手機忽然變成仙人掌，有刺，收手。不行，沒有人知道她在佛羅里達，不能讓任何人知道。

不上傳影片，她看著面前好幾疊拋棄式咖啡杯，鼻腔火山，火熱岩漿無處噴發。她轉向店員，環保，地球，垃圾，生態，水源，浩劫，氣候，熟練引用數據、專家，話語藤蔓，緊緊纏繞捆住店員。店員被她的滔滔話語掐住，眼睛睜大，無法回話。她多年來四處演講，能以法文、德文、中文、英文演說地球氣候變遷危機，熟稔流利，隨時隨地可演說。她感受到咖啡館的顧客拋過來的眼神，有聽眾，很好。訊息成功傳達，咖啡不買了，戴上太陽眼鏡，微笑走出咖啡店。

花香。不，是皂水洗浴之後，皮膚散發的清香，混雜了萊姆，砂糖，甜甜的。隔著馬路，她聞到了阿曼達。熱帶微風把阿曼達的甜味吹過馬路，這麼多年了，發生了這麼多事，阿曼達味道幾乎沒變，依然不汙濁。

阿曼達就在公路對面，從餐館走出，開車門。她們之間隔著ＵＳ一號公路，克莉絲丁立刻認出阿曼達，那精緻小巧的身體，高跟鞋鞋跟如紐約摩天大樓。

算了，小史的喪禮上就會見到了，現在隔街打招呼，將近三十年沒見，能聊什麼？妳好。哈囉。阿曼達。克莉絲丁。擁抱？握手？說妳都沒變啊。不行不行，今年瘟疫，拉大人際距離，不能抱不能握，那就隔街問候？阿曼達，妳好嗎？我有買妳的ＣＤ，我去聽過妳的演奏會。

一輛載貨大卡車在ＵＳ一號公路上朝南疾駛，遇紅燈煞車，就停在克莉絲丁面前，築一堵牆，擋住視線。她撥髮拉裙，確認裙子上的花盛開，擺好姿勢。大卡車駛離，視線開闊，阿曼達和車，都不見了。

她想，阿曼達是否看到對街的她？看到了，所以快逃？

她討厭阿曼達。她十六歲那年第一次見到阿曼達，長髮觸腰，矮小玲瓏，大眼白膚，不是新加坡來的嗎？那裡太陽不是很毒辣？怎麼全身皮膚一直下雪。那年夏天大家本來都是白土司，在陽光下燒烤，焦脆灼熱，抹上奶油，香氣襲鼻。只有阿曼達，一直保持雪白，烈日下奔跑，一起逃命，無斑點無紅腫。

焦脆土司的色澤與香氣。傑克的色澤。傑克的香氣。

熱帶重逢，阿曼達依然白皙，淺藍絲質洋裝，淡淡的玫瑰口紅。從音樂廳最後一排，電視轉播音樂會，隔著US一號公路，相隔將近三十年，遠看或近看，阿曼達依然是閃耀的視覺焦點，甜，美，香。克莉絲丁憎恨她。做作鬼。說謊鬼。穿衣服超沒品味。當年根本是阿曼達先動手的。阿曼達是凶手。殺人凶手還能這麼甜美。凶手還能這麼香。好噁心。變態。

她打開手機，瀏覽阿曼達的社群網路帳號，九十多萬追蹤者，哈哈，真少。她看一下自己的帳號，三百多萬。她今早貼了自拍照，地點設在台灣台北，有三百多萬追蹤者不知道她其實在佛羅里達。三百多萬不知情者，這讓她覺得自己手中握有某種神祕的力量。她能操控這三百萬人知情，或者不知情。

一九九一年夏天的事，說好了，星月作證，潮汐為憑，噓。月光下有細雨，像是一根一根細細的針。針引線，穿刺上嘴唇下嘴唇，縫住嘴巴，禁止洩漏。約好了，噓，不說出去。不說，就忘了。忘了就是不知情。不知者，無罪。

阿曼達好幾個月沒有更新社群網路帳號，最新的照片是三月初，與男友在紐約合照。幾年前克莉絲丁去巴黎阿曼達獨奏會，努力在觀眾席尋找阿曼達男友，最後在男廁門外找到他。她尾隨他，沿途調整身體姿勢，在酒吧排隊點香檳，刻意排在他後面，用法文攀談，對方搖頭抱歉說不會法文，她才轉用英文。語言繩索圈住對方，話題延展，對方眼神如羽毛，輕輕滑過她的胸部，她擦亮喉嚨鈴鐺，叮叮噹噹，響亮清脆的笑聲裡藏有邀請函。低胸黑色雞尾酒禮服，當天剛買的。香檳在手，談巴黎談音樂談股票談紐約，就是沒談到阿曼達。即將交換聯絡方式，阿曼達的經紀人忽然撥開人群，對著他的耳朵說了幾句。男友致歉道別，潛入禮服海。

好可愛的男人啊，屁股翹，眼神純真，胸肌腹肌，大學時是內褲男模，後來繼承家業，成為年輕股市大亨，很上相，很適合在社群網路上露面，阿曼達真會挑。真可惜，沒躲過今年的病毒劫難，破產，欠債，知名鋼琴家女友離去，獨自在森林小屋飲彈，數週後屍體才被發現。新聞小小一則，很詭異的報導，屍體躺在小屋客廳，警方排除他殺，但奇怪的是，每一扇窗戶都洞開，千百鳥類佔領小屋，盤旋築巢，叫聲扎耳，像是開派對。

她跳上腳踏車，騎上US一號公路。佛羅里達礁島群就這麼一條公路，把所有破碎的小島串起來。她去各國旅行都是騎這輛單車，環保健身，無廢氣排放。她當然不會把飛機頭等艙、機場專人轎車接送的照片放到網路上，她精心設計女作家碳足跡假象，吃全素、不買新衣、街頭抗議靜坐、與明星串連，環保鬥士的形象帶來許多商業邀約，書暢銷，女作家代言有機洗髮精、有機沐浴乳、女性私密處清潔用品。她只接洗浴用品的廣告，她總覺得自己很臭，一天要洗很多次澡。十六歲佛羅里達的夏天，讓她變臭了。她回去台灣之後，身體開始發臭，夜間盜汗，被褥成沼澤，早起嘔吐，土司不抹美國買回來的花生醬，而是抹自己的嘔物。原來是懷孕了，稱病，休學，與母親離開台灣，飛到美國待產。隔年四月生下男嬰，交給領養人。多年後，她成為作家，寫心靈成長、茹素修行、香氛美容，銷量尚可，邀約零星。她和出版社的編輯討論未來的寫作方向，說著說著，忽然哭了，說出了未成年生子的往事。擦乾眼淚，編輯擁抱，決定寫出來。美女心靈女作家出書坦承在美國未成年生子，新聞價值暴增，立刻成為暢銷書。她總共寫了十幾本未成年生子書籍，墮胎掙扎，孕期產檢，尋找領養父母，美國難產，加護病房裡初見兒子，與子淚眼道別，多年後尋子，題材源源不絕，加料再炒，上電視節目談未成年產子，輔導青少年，四處巡迴演講，繪本、散文、小說，各種文類皆包。名氣確立之後，她嗅到世界風潮，不再說未成年產子往事，轉型為環保鬥士。

她老早就離開台北郊區的山中別墅，把那三棟別墅全都留給萊恩。父親走了，兩個媽媽走了，她也走了，只剩萊恩。她聽說萊恩把三棟別墅的牆面打掉，養了一大堆貓。貓群在三棟別墅之間穿梭，發情季節，未絕育的貓在夜裡齊唱喵嗚，引來鄰居訴訟，最終逼走所有住戶。那山丘別墅群最後只剩萊恩，還有一大群貓。她聽說，老家變成有點名氣的台北廢墟祕境，荒廢山中別墅群，富豪兒子單獨居住，山中千百貓皆聽令於他。

萊恩，你應該也到佛羅里達了吧？

她在US一號公路上騎著單車，隱隱聞到了萊恩，貓毛，貓砂，貓吐，萊恩一定在附近。她很多年沒見過萊恩了，兩人徹底疏離。但萊恩是跟她一起長大的鄰居，他的味道，她清楚歸檔。

萊恩啊萊恩，你也來參加小史的喪禮。你記得傑克的貓吧？

傑克養了好幾隻貓，每一隻都叫做Coco。黑貓叫Coco，虎斑貓叫Coco，橘貓叫Coco，白貓叫Coco，白襪貓叫Coco，清晨餵貓時刻，傑克在沙灘上大喊Coco，低沉的嗓音叫醒四處睡覺的貓。傑克穿著內褲站在沙灘上，被群貓包圍。其中有一隻肥白貓特別愛追綠鬣蜥，這隻Coco吃完罐頭，全身精力充沛，衝進木造碼頭旁的紅樹林，驚醒沉睡的綠鬣蜥。綠鬣蜥怕Coco，從紅樹林鑽出，跳入海面、沙灘、碼頭，四處竄逃。肥白Coco會游泳，有時跳入海裡追綠鬣蜥，有時在沙灘上追綠鬣蜥。綠鬣蜥和貓在沙灘上追逐，留下凌亂慘烈的腳印。肥白Coco速度不快，總是追不上綠鬣蜥，萊恩在一旁看貓追蜥，等貓累了，抱著牠，拿梳子清理牠身上的沙，一起在椰子樹下看日出。等一下，還是日落？那個夏天時間亂序，她就記得一顆紅腫的太陽從海面升起，再掉進海面，海被太陽煮沸，人被太陽烤熟。

八月佛羅里達還是這麼熱，她汗水熱烈，腋下胯下都驅逐稍早的有機沐浴乳，臭味戰勝止汗劑，她想趕快騎單車回飯店洗澡吹冷氣。臭，自己真的好臭。為什麼阿曼達可以這麼香？

熱帶島嶼，大太陽下，一切都無處可躲，毫無選擇，只能袒露。路邊的情趣商店貼著大胸部內衣女郎海報，陽光長年強暴海報，內衣撕裂，金髮女郎紅唇褪色，面目斑駁。賣槍枝的店還在，規模如超市，年初那場瘟疫，人們搶買罐頭食物、衛生紙，也囤積槍枝，據說當時隊伍綿延。水族館持續剝削海豚、海豹，幾百塊美金，全家便可和海豚游泳，要不是她不能透露行蹤，否則她一定去水族館外直播靜坐抗議。廉價的濱海汽車旅館倒閉了，招牌上一隻斷頸紅鶴。奇怪的博物館挺過危機，繼續開張，貝殼博物館，T恤博物館，涼鞋博物館，美人魚博物館，龍蝦博物館。她記得當年在T恤涼鞋Outlet買了好幾袋衣服，廉價，醜，質劣，穿一次就丟。現在這些Outlet竟然還在，外觀、內部拓印記憶，一九九一年，二〇二〇年，熱帶時光停滯。總是有許多美國國旗飄揚，旗桿挺立，國旗嶄新鮮豔。屋可毀壞，人可潰敗，颶風、瘟疫、天災、人禍損傷文明，只有星條旗不落，風中飛揚，無皺無摺，天佑美國。

香港。

她緊急煞車。

那家香港餐廳，還在。招牌歪斜，「香港」兩字慘淡剝落，玻璃窗戶破損，門上大鎖鏽跡斑斑。她臉貼近窗戶，內部桌椅亂疊，霉味跋扈。她掩鼻走到餐廳後方，拉一下後門，沒鎖，灰塵驚醒，在陽光下像是小蠅亂飛。她開門走進去，裝潢幾乎沒變吧？當年沙發嶄新豔紅，現在被黴菌佔據。她的身體陷入紅沙發，想像黴菌群集，像是千萬隻螞蟻，從沙發裡竄出，爬上她的皮膚。

就是在這裡，他們遇到了小月的母親。就是在這間香港餐廳外面，她遇到一群騎機車的哈佛大學生。她坐上機車，拋下所有人。如果，當時她沒有坐上那台機車呢？

她找不到小月的母親。只有幾隻肥大的老鼠，跑上餐廳吧台，看了她一眼，快速奔向餐廳的黑暗角落。

小月，妳會來參加小史的告別式嗎？妳記不記得這間叫做香港的餐館？我好像可以聞到妳的氣息。單薄，虛弱，像是這幾天的月亮。不確定，但我好想見妳。小月，妳還記得我嗎？妳會來嗎？

昨晚，她騎單車去Key Largo附近看電影，賣票的男生跟她說，下一場會延遲喔，因為上一場放映設備出了點問題，遲了三十分鐘才開場。她站著等，地毯上有一排螞蟻，扛著爆米花，麵包屑。她脫下涼鞋，以腳阻斷螞蟻路線。螞蟻一陣慌亂，爬上她的腳，快速重新建立路線。這是她十六歲那年在佛羅里達礁島群看到的螞蟻嗎?祕密碉堡外，有很多小小的蟻丘。傑克說，牠們是金字塔螞蟻。

放映廳門打開，她聞到睡眠。

電影結尾字幕正緩慢爬升，配樂俏皮，觀眾緩慢離席，湧出放映廳。都是孩子，觀眾幾乎都是孩子。是動畫片，家長陪同小孩來觀看，或許不夠精采，幾乎所有的孩子都睡著了。孩子揉眼呵欠伸懶腰，口氣有軟糖、爆米花、可樂，眼神迷茫，魚貫走出放映廳。她是下一場唯一的觀眾，所有的孩子像是剛剛被黑暗電影院分娩而出的新生兒，初臨人世，眼睛還沒張開，剛剛吸進第一口氣，全身汗濕，不斷朝她衝撞。

孩子們踏上螞蟻的隊伍，踩死了許多螞蟻。

她受不了了，大聲尖叫，嚇壞了幾個孩子。

你們這些凶手，謀殺自然生物的凶手。

當年在美國加州的醫院生產，躺在病床上，陣痛如鐮刀，在她身體收割。醫生、母親、護士、萊恩、萊恩他媽在病房外，父親不肯來，說丟臉。母親跟她說，不用怕，就像是解大便，一下子就過去，當年生妳就是這樣，一下子，真的就是一下子。結果她真的拉出了一大堆大便，孩子卻沒出來。好臭，進產房前，她已經便祕好幾天了。太臭了，她瘋狂哭喊，臭！我好臭！我怎麼這麼臭！

她想叫母親滾出病房。陣痛時刻，她只想看到。

但她說不出口。

怎麼辦，她好擔心，她當時真的好擔心啊，孩子會不會是——

那個夏天，有許多男人進出她的身體。夏令營的男孩。機車哈佛大學生。傑克。碉堡裡的傑克，讓她身體翻湧。後來，從沒有一個男人，讓她如此顫抖。傑克死了，小史死了。小史信上沒說，傑克怎麼死的。

怎麼辦，孩子的父親萬一是——怎麼辦，萬一生出來，那張臉，怎麼辦。一看就知道吧，太明顯。

她一直沒有答案。

她其實根本沒見過自己的兒子。她最暢銷的一本書叫做《與他道別》，十五萬字都是謊言，騙讀者的，她根本沒見過嬰兒。很多讀者在新書發表會上說讀到淚眼婆娑，她跟著哭，哽咽無法回答，只好抱著讀者哭。每哭一次，書就再刷。

大完便後，她難產，緊急推進手術房。醒來後，她不肯看孩子，不肯跟孩子道別，不肯見領養人，趕緊簽署所有文件，急著出院。她真的好怕看到嬰兒。她怕嬰兒的臉，就是萊恩的臉。

11

炸開一團橘火

一九九一年

如果有人問他們，對邁阿密濱海中學最後的印象是什麼？

小月會說蛇。她一晚輾轉，幾乎沒睡，她很早就起床，多洗了幾次臉，才把昨晚的嘉年華彩繪顏料洗乾淨。地圖、錢包、鑰匙、駕照，她手微微發抖，到底該不該取消？她打了幾通電話回台灣，她跟自己說，只要媽媽接電話，她就會取消一切，乖乖待在家裡。但是媽媽一直沒接，不在家，或者不想接。最近媽媽好像有巡迴演唱會？去香港了？還是新加坡？電話一直沒人接。破曉，她的車滑出車庫，開往濱海中學，她心裡不斷默唸媽媽在台灣的電話號碼。咦？奇怪，沒下雨，她沒開雨刷，怎麼雨刷在動？再看一眼，原來是一條蛇，貼在她的擋風玻璃上。她沒踩煞車，啟動雨刷，蛇被兩根雨刷撞擊，驚慌跳動，摔到路面上。她來佛羅里達很多年了，一開始每天都在尖叫，蛇、蜥蜴、鱷魚，看久了，見蟒如見樹，見鱷如見月。

克莉絲丁會說帽子。她想要帶一頂草帽，翻遍行李箱，就是找不到。她猜，應該是忘在萊恩的房間。

凱文會說素描本。他原本把素描本放進背包，想了一下，怕被其他人看見，把本子放回抽屜。後來，他們根本沒機會回到濱海中學，他再也沒見過那本素描本。

阿曼達會說鳥。一隻體型碩大的鳥停在瓦片上，亂啼，叫聲悽厲，像是發出警告。叫了幾聲，朝海飛去。

安妮會說藥包。她多準備了一份藥，以小塑膠袋分裝，三天份，放在蛋頭門口。有一排螞蟻從門縫鑽出，姿態匆忙，像是逃難。她想跟蹤螞蟻隊伍，看牠們究竟是要逃去哪裡，但該走了，必須開窗，跳上瓦片了。蛋頭那幾天身體溫度時高時低，還在拉肚子。他規律的鼾聲不斷踢著房門，安妮想，他們傍晚回來，要是蛋頭還沒醒，鼾聲應該已經踢破門了。

小史會說照片。他帶著父親的照片，還有地址。帶照片，到時才能比對，面前的人到底是不是他爸。地址是從包裹上抄寫下來的。父親從Key West寄來包裹，裡面有UNO紙牌、英文繪本、貝殼、海豚玩偶。整個包裹都被母親給丟了，他去垃圾桶翻找，找到UNO紙牌還有破爛的紙箱。紙箱上有寄信人地址，Key West。他記得父親的字跡好亂，筆劃草率飛揚，郵差怎麼看得懂？他牢牢記住那字跡，一直想模仿，但學校的老師、母親不斷糾正他，逼他把字寫正。什麼是「正」？為什麼只能「正」？父親的筆跡一點都不「正」啊。等一下出現在他家門口，萬一父親不在呢？若是無人回應電鈴，他就在信箱留一張紙條。但是，萬一他在家呢？父親會認得他嗎？父親會請他進門嗎？父親會留下他嗎？蛋頭把所有人的護照都收走，說怕大家搞丟，等回台灣之前再拿出來還給大家。他趁蛋頭去安妮房間看診，快速潛入蛋頭房間，拿回自己的護照。若是父親願意收留他，他就可以直接在美國住下來，跟海明威當鄰居。

萊恩記得月亮。他一整夜沒睡，不祥的預感與月光攜手，重重壓在他身上。日出趕不走月亮，日月在天空對峙。他打開窗戶，其他人朝他的窗戶揮手，小跑步離開校園。他頭探出去，多希望目送能挽留。他當時沒想到，這群孩子從此再也沒機會回到這個校園。再看天空，月亮不見了。

車子開上邁阿密複雜的公路，小史坐在前座，負責幫忙看地圖與路標，其他四人在後座，怕警察發現超載，後座有一人必須採臥姿。這輛車很寬敞，凱文自願躺在地上，大家把腳放在他身上。車發動不久，凱文就睡著了。

小月怕迷路，專注開車，速度緩慢，車內氣氛凝重。在她的眼中，南佛羅里達的公路系統就像是許多纏繞的灰色緞帶，稍微一不注意，緞帶打結，她會把大家帶向陌生的危險地帶。後方幾輛車衝上來，朝她按喇叭，抱怨她龜速。她稍微踩油門，用力緊閉嘴巴、抓緊方向盤，阻止尖叫掙脫喉嚨。

開上US一號公路，再三確定是往南方向，小月雙手稍微鬆開方向盤，深呼吸，慢慢吐氣。辦到了，她辦到了，她離開了邁阿密，此刻，東南西北，天與地，全都是她未曾抵達的地方。鄰座的小史緊緊握著地圖，手汗催老，平滑的地圖多了許多皺紋。

「小月，對吧？沒搞錯吧？」

小月身體裡的尖叫是餓虎，快咬爛她的喉嚨了，她點點頭，張開嘴巴，讓凶虎出柙。她拍打方向盤，大聲尖叫。她釋放的老虎在車廂裡跑動，咬傷所有人，驚醒沉睡的凱文。

她從後視鏡看到大家驚恐的表情，忍不住笑了。笑聲殺虎，大家跟著笑。凱文從背包拿出餅乾、百香果、芒果，問大家：「你們都不餓啊？我快餓昏了。到底是誰建議要這麼早出發的啦，廚房都還沒上班。」

「對不起，是我啦，我不敢開快車，別人開四小時，我可能要開八小時，越早出發越好。」小月咬著芒果，汁液滴到褲子，黃斑散開，像是一朵一朵的小黃花。天空無雲，好藍。她把車窗搖下來，熱風灌入，吹亂她的髮，她耳朵失去頭髮屏障，小探照燈袒露，平常她一定會趕緊撥髮遮耳，此刻她覺得好舒坦，完全不想遮。

開著開著，整條公路似乎只剩下他們這一輛車。看到海了，看到紅樹林了，轉個彎，公路變成跨海大橋，他們就要進入佛羅里達礁島群了。天寬地闊，這群孩子長年生活拘謹乖巧，這是他們第一次脫離常軌，在異國公路上奔馳，就像是牙膏從軟管中被用力擠出，恣意噴灑。鬆懈了，柔軟了，掙脫了。

最棒的是，沒有人知道他們在這裡。所有的家長都不知道，蛋頭不知道，濱海中學不知道。隱瞞令人興奮，腋下沼澤。

車子停開進路邊的加油站，油箱加滿。加油站旁邊是一家T恤涼鞋Outlet，克莉絲丁衝進去，快速買了好幾袋衣服，出來分送給大家。大家穿上印有佛羅里達地圖、紅鶴、鱷魚的T恤，陽光下合照，笑容嶄新，全都忘了蓮花。

小月看著加油站的公共電話，幾個數字在她腦子盤旋，想不起來，真的想不起來，怎麼可能？她竟然忘了媽媽的電話號碼。

車子開進Key Largo，遊艇賣場，T恤涼鞋Outlet，潛水學校，槍枝賣場，度假飯店，汽車旅館，自助洗衣店，超市，古巴餐廳，貝殼博物館，龍蝦餐館。紅樹林，滿滿的紅樹林。跨海公路兩旁是無盡的海洋，東邊是大西洋，西邊是墨西哥灣。遠方的海面上有生物跳躍，是海豚嗎？還是鯨魚？他們進入了一個全新的世界，萬物陌生，符號新鮮。車上收音機抓到了當地廣播電台的頻率，播放著輕快的熱帶島嶼舞曲，大家跟著節奏輕輕擺動身體。克莉絲丁從口袋掏出粉紅唇膏，塗在小史的唇上。小史嘟嘴，親了小月的臉頰，留下粉紅印記。小月抓住後視鏡，想看唇印，方向盤沒抓穩，車子在公路上打滑。

小月抓緊方向盤，趕緊駛入小路，停在一家餐廳前。

香港。

路邊餐館就叫做香港，這麼早，應該還沒開張吧？大家都好餓，好久沒吃中式菜餚，看到香港兩字，腦中召喚許多菜色。

下車查看，的確還不到營業時間，但餐廳內的老闆看到一群人，開門迎賓，非營業時間，六位客人，當然可提早營業。坐下點菜，港式鹹粥、避風塘炒蟹、蠔油豬扒、撈麵、臘味炒飯、燒雞、扣肉包、栗子百合鮮雞煲湯，盤盤見底，大家吃到汗水成澎湃大浪。

忽然，小月的母親出現了。步履飛揚，髮絲隨風。

香港餐廳有一台電視機，播放著香港、台灣的綜藝節目，廣告時段的洗髮精廣告，女明星在海邊洗髮，仰天甩髮，烏黑秀髮被海風吹乾，紅絲巾掙脫滑順的秀髮，飛向海邊的騎白馬帥哥。廣告的歌曲節奏歡快，大家都會哼，餐廳的老闆也跟著唱。

小史問老闆：「老闆，你怎麼會有台灣的綜藝節目？而且好新喔。」

原來老闆在台灣、香港的親戚會幫忙錄製最新節目，跨海寄送ＶＨＳ錄影帶，讓老闆在佛羅里達也能收看家鄉的電視節目。小月發現，餐廳吧台後方貼著洗髮精的廣告海報。廣告上的女明星，是她母親。

綜藝節目每次進廣告，她母親的洗髮精廣告就會出現。

她把頭髮撥到耳後，手指抓了一下耳朵的探照燈。

「偷偷跟你們說。她，是我媽。」

什麼？誰？她？她很紅咧！她是妳媽？什麼？天哪！怎麼可能？她的專輯我都有買！她的歌我都會唱！報紙說她單身啊！不是啦，是剛剛跟那個偶像分手啦！等一下，妳真的長得跟她很像！她演的電影很難看！那妳爸是誰？妳爸爸是不是也是明星？快說啦！

小月微笑接下所有問號與驚嘆號，點頭，搖頭，托下巴，再喝一口鮮雞煲湯。她心裡演練過，若是有一天遭遇這些問題，該怎麼回答？真的遇上了，她反而自在。因為沒有答案，於是自在。原來，她根本不認識自己的母親。這些台灣新朋友口中的那個女明星，她完全不認識。他們哼的歌，她不會唱，他們說的電影、電視劇、廣告，她沒看過。廣告裡那個跳上白馬的女明星，她真的好幾年沒看到了。

來美國之前，她只能叫母親「阿姨」。她不能和母親同住，只能住在經紀人家中，久久才見母親一面。每次見面，母親都是新的母親，新的衣服，新的鞋，新的髮型，新的腮紅，新的睫毛，新的鼻子，新的下巴，新的男友。她乖乖叫「阿姨」，新男友稱讚好乖。她的確一直以為這位長相不斷變化的女人是她的阿姨，慢慢長大，她才逐漸了解了一些事。來美國前，母親來經紀人家裡住了幾天，關在房間裡不出門，幾天後看到她，哭著說：「媽媽對不起妳。」她跟著哭，想抱母親，母親眼淚休止，表情立刻變形，像是瞬間摘下了哭臉面具，推開她。幾天之後，她在電視上看到母親戴上那張哭臉面具開記者會，說自己並不知道介入了他人婚姻，請求歌迷原諒，請社會原諒，最重要的，請對方元配原諒。

洗髮精廣告裡面的那個白馬王子，是她的新男友嗎？

小月問香港老闆，有Key Lime Pie嗎？聽說是當地知名甜點，她一直想吃看看。每人點一份，無萊姆香氣，顏色過於鮮黃，砂糖濃重。

剛吃完甜派，香港餐廳外的停車場出現了重機車隊伍。引擎轟隆，地面震動。騎士下車，皆為年輕男士，全身皮衣，配備完整。車隊進香港，點了一桌啤酒，喊熱，脫皮衣，話題圍繞運動賽事、女孩、啤酒、派對、遊艇、Key West。

聽到Key West，克莉絲丁起身到騎士桌打招呼，你們要去Key West嗎？我們也是。克莉絲丁自我介紹，加入對話，坐下，笑，回應，口沫濕潤話題，毫無枯燥分秒。她展示新買的T恤上的佛羅里達地圖，請騎士們告訴她，Key West在哪裡？陌生的手指靠近她的身體，從佛羅里達最北端啟程，緩慢游移，來到了最南端。那裡，Key West在那裡，我們Key West見？

結帳，該走了，預定的行程已經延遲了好幾個小時。

克莉絲丁說：「你們等我一下，就一下子。跟你們說，他們是哈佛的學生。厲害吧？」一位騎士要載她兜風，戴她繞一下 Key Largo，去看一下非洲皇后。

非洲皇后？

克莉絲丁聳肩，她才不管什麼非洲皇后，她一直很想要坐哈雷，拜託拜託，等她一下，一下子就回來。

她抱著騎士的腰，迎面而來的熱風潑鬧，吹動她喉間的風鈴。騎士是大學生，開學前跟高中好友約好，從紐約騎哈雷到佛羅里達最南端。他髮油麝香，頸背木質古龍水，背部滲汗，酸澀，像醋。哈雷在US一號公路上快速滑動，轟隆過街，引來路人目光。她父親前幾年買了哈雷，每次兩個媽媽吵架，他就會騎上哈雷，遠離山中別墅，幾天後才回來。後來哈雷不見了，她問父親，機車呢？父親開車帶她去附近的山路，蜿蜒轉彎處，往山谷看，哈雷在谷底。父親笑了，表情好得意，彷彿整個山谷都屬於他。她終於懂了那種得意，體積碩大的哈雷輾壓馬路，所經之地便是屬地，奔放騎士睥睨眾生，微笑駛向世界的盡頭，摔下山谷，或投入深海。但她不要父親的無人山谷，她想像的墜落時刻，有眾人的驚呼與目光。機車緩慢觸地，炸開一團橘火，直衝天際。

非洲皇后原來是一艘破船，好萊塢老電影的拍攝道具，如今停在 Key Largo 路邊的碼頭，許多遊客排隊與船合照。騎士對她說著老電影劇情，說自己的大學生活，但她對船一點興趣都沒，騎士說了好幾次自己的名字，她還是記不住。她只想叫騎士繼續載她奔馳，一路逆風，不要回頭，拋下一切，帶她去很遠很遠的地方。

回到香港餐館，她和車隊道別，坐上小月的車，繼續往南。她依然想不起來對方的名字，但她好喜歡騎士男孩背上的汗味，如味道強烈的醋，扶她下車時，手掌抓了她臀部。

黑雲迅速聚集，遮蔽烈日，強風拍打車身，預告一場暴雨。小月抓緊方向盤，慢慢開上跨海大橋，進入Islamorada。

離開Key Largo的香港餐廳之後，車子儀表板上出現了她無法拆解的警示，紅燈閃爍，車子發出她沒聽過的雜音。

雨如豆，掙脫烏雲，重重砸在車身上，大家來不及關窗，熱雨闖入車內，躺在地上的凱文張開嘴巴，吃了幾口雨。雷密集，像是烏雲灑下一條一條粗繩。強風把熱帶變成大型果汁機，藍海、綠樹、灰天、公路、房屋全一起攪拌，一杯色澤詭異的現打熱帶果汁，視線黏糊，小月趕緊減速。雨刷忽然罷工，完全無法啟動，驟雨猛攻擋風玻璃，他們被雨包圍。雨聲殲滅大家的驚呼與不安，卻滅不了車子巨大的雜音。車子在雨中打顫，像是一隻在雨中迷路的狗。有焦味，儀表板發出警告聲響，後方來車逼近，以喇叭聲脅迫。焦味形體完整，迅速壯大，成為車子裡的第七個乘客。小月試圖穩住車身，看到右前方有一條小路，決定轉入小路，車幾乎煞不住，第七個乘客奪取方向盤，車子失控，撞進一團綠綠的東西。雷擊中前方海面上的船隻，橘色火花炸開。

驚嚇掐喉，沒人尖叫。

只有小史，忽然呵呵笑，手指著擋風玻璃。

凱文爬起來，看到擋風玻璃上有一隻肥胖的綠鬣蜥。整台車，卡在海邊的紅樹林裡。

車子熄火，廣播閉嘴。小月試圖啟動車子，車子抖了一下，動彈不得。忽然傳來小月母親幽幽的歌聲，小月尖叫，拳頭搥收音機，退出卡式錄音帶，小月的母親終於閉嘴。

大雨絲毫不想放過他們，繼續轟炸熱帶。

開車門，往下看，車子卡在紅樹林生長的潮間帶，紅樹林氣根支撐著車身。

安妮第一個開口：「大家都還好嗎？有沒有人受傷？我有帶急救藥包。」她出發前在背包裡裝了不少藥品、繃帶、酒精。明明只打算來一天，但背包裡有很多藥，讓她覺得心安。

沒事，沒人流血，沒人骨折，龍年出生的孩子，依然完整、美麗。

天氣迅速變臉，像是劇場裡換幕，舞台監督下令，抽走陰霾天氣的布景，換上風和日麗的天空，烏雲熱雨退場，彩虹上台，燈光調到最亮，八月熱帶陽光，晴朗好日。

大家爬出車子，踏著紅樹林的氣根，回到了岸上，傻傻看著海面上的彩虹。這彩虹多汁鮮美，幾乎俗豔，像是人工噴漆。環顧四周，他們身在無人的淺灘，車子陷入紅樹林裡，慢慢往下沉。一隻肥鵜鶘飛來，停在車頂，車子加速陷落，掉進淺灘，除非注意看，否則不會注意到車子。紅樹林茂密的綠葉都是飢餓的牙齒，吃掉了小月的車子。

完了，怎麼辦。

地面微微震動，阿曼達先聽到：「他們來了，剛剛那些人。」

安妮問：「誰？」

阿曼達把眼睛投射到遠方的公路：「剛剛那些哈佛的。」

哈雷。

哈雷車隊的聲音，慢慢逼近。

克莉絲丁快步奔向轟隆聲響的來源，衝出小路，抵達US一號公路，對著哈雷車隊揮手。

克莉絲丁聞到了。她想不起來那名字。但她聞到了醋味。

醋味帶著這群龍年出生的台灣孩子，來到了Islamorada的度假別墅。別墅的主人是醋味的父親，面海，有私人碼頭、遊艇，哈雷車隊打算在這裡過幾夜，打排球，喝啤酒，游泳，日晒，烤肉，抽大麻。別墅位置隱密，周遭有茂密的森林。森林裡有乒乓球桌、溜滑梯、狗屋，醋味說，這是他老家，以前就在附近讀高中，他上大學之後，全家搬走，趁暑假回來這裡度夏天。等他爸過世，他就會繼承這一切，放心，應該不用等太久。他計畫把別墅改裝成飯店，提高房價，以無限量供應酒精吸引客人。

該怎麼辦？

報警？不行，報警，祕密就敗露。小月不想讓台灣的母親、邁阿密的親戚知道車毀，她知道自己銀行裡有很多錢，怎麼領怎麼花，媽媽都沒有意見，也不會查帳，她可以馬上再買一輛車，同款同色，不會有任何人察覺異樣。

報警，台灣的家長就會得知，假期就結束了。不行，假期還沒結束，他們還不想要回台灣。

打電話回邁阿密濱海中學，找萊恩？但萊恩能怎樣，他那麼害羞，不敢跟陌生人說話，不可能有辦法幫他們。找蛋頭？不行，蛋頭一定會馬上通知台灣的家長，那他們麻煩就大了。

這些美國大學生已經褪去重機皮衣、皮褲，換上泳褲，在游泳池畔開酒點菸。他們說，別墅很大，房間很多，可以讓他們住一晚，明天帶他們搭灰狗巴士回邁阿密，現在可能已經沒有班次了。

陽光已經快速沉向海面，白日尾聲。怎麼時間過得這麼快？不是才剛出發？不是才剛離開邁阿密？不是才剛開上US一號公路？不是才在香港餐廳吃大餐？怎麼就傍晚了？

不行啊，住一晚，蛋頭一定會醒來啊，一發現大家都不見了，萊恩怎麼面對蛋頭？

怎麼想都不對，沒有解決的辦法。

小史加入美國大學生，拉了躺椅，躺下點菸。他知道，他終究到不了Key West。都已經這麼接近了，看一下克莉絲丁身上的佛羅里達地圖，他們離Key West只剩下一個多小時的車程。當初蓮觀基金會與幾個美國學校聯繫夏令營事宜，波士頓、邁阿密、舊金山、奧斯丁，每次需要打越洋電話與對方聯絡，就會請小史負責來溝通。小史想盡辦法，謊報其他學校的報價、刻意誤導對話內容，最後基金會選了邁阿密濱海中學。母親根本忘了Key West，但他記得Key West。他已經這麼接近了，卻根本到不了。

別無選擇了，只能先住一晚，明天一大早搭第一班灰狗巴士回邁阿密。說不定蛋頭會睡更久，睡到明天早上都還沒醒，根本沒注意到他們溜走。幸好萊恩不肯加入，留在濱海中學，說不定他有辦法牽制蛋頭。說不定。

夜間海灘派對，來了許多年輕人，舞曲敲耳，游泳池塞滿親吻的人。這群台灣來的孩子在別墅陽台往下看，派對酣熱，他們卻無心加入，討論各種故事版本，到時說法要統一，才能讓大家全身而退。說著說著，大家隨地躺下入睡。太累了，明早還得早起趕灰狗巴士。

細月如鐮刀，小月手指月亮，邀請月亮來割耳。她睡睡醒醒，每次醒來，看一下大家都還在，才安心閉眼。夢裡，她的車輛慢慢撥開紅樹林的氣根，她在駕駛座，龍年出生的美麗孩子都逃上岸了，只剩下她跟著車子慢慢往下沉，穿過泥濘的淺灘，抵達海洋深處。

阿曼達搖醒小月，說她聽到了尖叫，聽起來像是克莉絲丁。似乎是尖叫，但好像是笑聲。揉眼，數一數，房間裡五人，克莉絲丁不見了。看一下手錶，即將天亮。

走到陽台上往下看，派對已歇，音樂休止，男女身體交疊，在月光下呼呼大睡。草皮上有許多碎裂的酒瓶、酒杯，在月光下閃閃發亮。阿曼達和小月躡手躡腳到處找克莉絲丁，廁所、客廳都找不到。回到房間，大家都醒了，沒人知道克莉絲丁去哪裡了。克莉絲丁的背包還在，裝滿白天新買的衣服。

阿曼達又聽到了，這次，她確定，聲音來自海邊森林。

小月覺得不太對勁，要大家把隨身背包帶好，一起去森林找克莉絲丁。

森林的深處，有舞曲音樂，人影晃動。克莉絲丁躺在乒乓球桌上，醋味壓在她的身上。

還有。

另外一個黑影摀住克莉絲丁的嘴巴。克莉絲丁身體用力掙扎，呼叫被悶住。

還有。

還有。

還有。

還有好幾個舞動的黑影，喝著酒，抽著菸，嘴吐汙穢。

凱文做了手勢，要他們先往後退，隨時準備快跑。他貼地匍匐，如壁虎，安靜快速穿過沙地，來到乒乓球桌下。他沒時間多想，從口袋拿出削水果的小刀，快速刺進乒乓球桌旁的幾隻腳。

黑影喊痛，鬆開克莉絲丁。

克莉絲丁嘴巴終於自由，喊出奇怪的聲響。

小刀繼續穿刺不同的腳，黑影大喊：「Snake! Snake!」

克莉絲丁掙脫醋味，站在乒乓球桌上狂喊。

不是尖叫，是笑聲。洪亮的笑聲。

一個人影衝過來，抱住克莉絲丁，快步跑出森林。

是萊恩。

凱文爬出乒乓球桌，追上其他人。

日出時刻，視線逐漸明朗。他們完全不知道該往哪裡跑，只知道要一直往前跑。後方森林，有一群人衝出來，漸漸逼近。

他們經過草地、游泳池、碼頭，驚動了沉睡的人。他們繼續跑，跑上沙灘，前方視線模糊，似有濃霧，這片沙灘能帶他們逃往外面的世界嗎？會不會是死路？那些人影追上來了嗎？

萊恩踉蹌，和克莉絲丁摔在沙灘上。

克莉絲丁一直笑，看到萊恩喊：「你幹嘛啦，去餵貓啦，哈哈哈。」

小史跟著笑。

回頭看，人影逼近，凱文在人影腳上留下穿刺傷口，他們跑不快。凱文把短褲遞給克莉絲丁，別過頭去。他趴在乒乓球桌下，抓到了她的短褲。

萊恩快速幫克莉絲丁快速穿上短褲，把她扛在肩上，繼續跑。

克莉絲丁邊跑邊笑：「哈哈哈，褲子！我不要穿褲子！」

阿曼達大叫：「安妮，妳背包拉鍊沒拉好，東西掉出來了啦！」

安妮往回看，她在沙灘上留下明顯的足跡，沿途掉出許多白色的藥丸。她想衝回去撿藥丸，但不行啊，那幾個大學生手上有酒瓶。

大家合力抬著克莉絲丁，衝進前方的霧。

後方追趕的腳步聲忽然停下，彷彿前方霧是一堵堅實的牆。

霧像是個邊界，穿過霧，他們抵達了另外一個世界。霧那端，是海邊別墅豪宅。霧這端，有一道籬笆，破敗招牌上寫著Coconut Tree Motel。

太陽昇起，風來，霧快速散去。他們停在籬笆前，後方有追兵，無路可退。

萊恩喊：「鱷魚！」

籬笆前，一隻短吻鱷快速移動，像沙灘上的一道黑影。

黑影鑽入籬笆。

霧徹底散去，短吻鱷消失的地方，冒出一聲呵欠。

亂髮，小鬍子，打赤膊，高大，抽菸，黝黑，牛仔褲，赤腳。

那是他們第一次見到傑克。

當時他們不知道這個高大的男人叫做傑克，只覺得他是鱷魚的化身。克莉絲丁掙脫萊恩，看到了傑克，終於不笑了。

高大的男人扯下牛仔褲的鱷魚皮帶，衝向追趕他們的人影。人影看到他，如見鬼，快速退回別墅。

他走回來，打開籬笆的小門，對他們說，Come。

12

孩子會被鱷魚吃掉

二〇二〇年

手機上的地圖沒有Coconut Tree Motel，計程車司機也找不到，有名字類似的度假飯店，但一開到門口，安妮就知道不是，太豪華了，太精緻了，環境太乾淨了，房子上的白漆太新了。她要去的地方，是一個……是一個……算了，她自己也不知道怎麼形容那個地方。

金字塔螞蟻。忽冷忽熱的自來水。蓮蓬頭噴出鹹鹹的海水。天花板有黑黴。鱷魚。傑克。貓。隱密碉堡。紅鶴的大便。

她記得許多細節，她忘了很多細節。她記得紅鶴的大便，每天都得清掃。但她忘了紅鶴的名字，怎麼想都想不起來。

她決定用走的，反正全部的行李只有一個背包，順便運動一下，晒晒太陽。她好久沒運動了，超過一年沒休假，幾乎每天都在病房裡。她的皮膚慘白，在陽光下如鏡，走在熱帶的街道上，晴日女鬼。醫院沒人知道她請假是飛來美國，幸好有綠卡，在這疫情肆虐的夏天，才能順利飛來美國。她請計程車司機載她到附近的超級市場，下車趕緊找洗手間，從背包拿出肥皂，摘下口罩，仔細清洗臉部、頸部、雙手。幸好，水龍頭是感應式的，她的手不用碰觸水龍頭。她注意看洗手間其他人，不是瘟疫年嗎？怎麼大家洗手依然如此草率？看新聞，佛羅里達疫情嚴重，確診人數驚人，但沙灘上擠滿人，很多人不戴口罩，洗手間裡只有她認真洗手，洗了五次。接著擦防晒乳液，臉部、頸部、手臂、小腿，最後戴上巴拿馬帽，確認一下鏡中女鬼，還活著，潔淨慘白。

只有阿曼達晒不黑。

一九九一夏天的盡頭，她變成一隻煮熟的龍蝦，皮膚泛紅，不斷脫皮，撕掉老舊的皮，她在月光下成為新的人，不再是安妮。只有阿曼達，沒擦什麼防晒乳，跟大家一起在陽光下奔跑，皮膚依然白皙，無紅腫無斑點。安妮時常去聽阿曼達的演奏會，但從來不跟阿曼達打招呼。她總是買最後幾排的位置，遠遠看阿曼達。音樂廳觀眾席燈暗，舞台燈亮，阿曼達走上舞台，布幕、舞台地板、燈光、觀眾席、整個交響樂團皆黯淡，舞台上只剩下阿曼達發著光，像是空曠野地的燐光，徐徐飄動，在鋼琴前坐下，十指點石成金，鍵盤閃閃，鋼琴忽然像是著火發亮，螢火蟲音符從鋼琴冒出來，飛向黑暗的觀眾席。

只有一次，紐約市，她老公負責網路訂票，現場領票才發現是前排位置。坐下後，觀眾席燈暗，阿曼達專心彈琴，理應不會注意到她的存在。謝幕，阿曼達的眼神掃過觀眾席，停在她身上。她趕緊起身，往場外奔去。

阿曼達，妳的眼神好亮。我知道妳看到我了。我們眼神撞擊，就忽然什麼都想起來了。但我們說過，打勾勾，要忘了彼此，忘了那個夏天，再也不見。

小史喪禮，我們終於要見面了。

走出超市，她試圖辨認方向，麥當勞，熊貓中國餐館，洗衣店，廉價服飾店，古巴餐館，槍枝販賣店，US一號公路。符號、標誌、草木、天空都很陌生，她真的來過這裡嗎？

超市停車場有街友向她乞討，她從皮夾掏出零錢，放進對方的帽子。街友皮膚狀況不佳，她目測，有一段時間沒有洗澡了。她好想從背包拿出肥皂、毛巾、礦泉水，幫街友刷洗。街友是個年輕男性，接下零錢，沒說謝謝，開始滔滔說身世：以前是個餐館廚師，年初冠狀病毒肆虐，丟了工作，繳不出房租，女朋友跑掉，男朋友不見了，妻子說要離婚，爸媽死了了。她蹲下聽故事，真的受不了了，打開背包，拿出口罩請街友戴上，接著拿出肥皂，拉住對方溫熱的手，淋上礦泉水，搓出柔細的白色泡沫。泡沫有玫瑰香氣，街友的故事繼續發展，爸媽死掉之後，房子燒掉了，鱷魚吃掉了拉不拉多，蟒蛇吞掉了金絲雀。故事還沒說完，她把街友的雙手洗乾淨，也順便把自己的手洗乾淨了，畢竟剛剛摸了錢幣、鈔票，街友雙手有玫瑰香氣。但街友臉上的汗、滄桑、汙垢穿透口罩，全新的口罩迅速在熱帶裡腐壞。她拿出一疊新口罩，塞進街友的手心。

街友的故事，她並不覺得荒誕。有一次和老公在醫院餐廳吃飯，電視上播放著新聞，佛羅里達奧蘭多主題樂園發生慘劇，兩歲小男孩在湖邊戲水，忽然被鱷魚咬住拖進水裡，父親衝進水裡，救不回男童。當時老公對著電視說：「這太誇張了吧？假新聞吧？」她心裡回：「去過佛羅里達就知道，去過佛羅里達，就知道了。」新生孩子會憑空消失，孩子會被鱷魚吃掉。

街友故事告一段落，終於說了謝謝，用潔淨的雙手跟她揮手道別。故事的結尾是他殺了一隻鱷魚，煮來吃，現在只能睡在超市停車場，挖垃圾桶裡的食物來吃，等下一隻鱷魚。

她揮手道別，一九九一年的夏天，她是不是也這麼髒？從小父親就要求她嚴守衛生規範，書包裡放酒精，隨時消毒。父親不允許她玩溜滑梯、翹翹版、鞦韆，那些都很髒，病毒細菌的溫床，碰到了皮膚會爛掉。但來到Coconut Tree Motel，根本不可能嚴守衛生規範，到處都有動物大便，浴室裡有黴菌，廚房裡有三個月沒洗的餐盤。她記得到處都是沙子，頭髮裡有沙，地毯裡有沙，床單上有沙，指甲縫有沙，小月的耳朵裡有沙。

小月，妳好嗎？我知道妳後來當了演員，演了很多電影。小史在電子郵件裡貼了妳在雜誌上的專訪跟演出的電影海報給我看，我好羨慕。海報上，妳身穿緊身皮衣，劈腿姿態，紅唇誇飾。我好羨慕妳，能在鏡頭前挑戰身體的極限，我偷偷在浴室裡塗上鮮豔口紅，學妳劈腿，但筋骨老朽，稍微深蹲都會聽見關節求救。

她已經很久沒哭了，老公死她沒哭，加護病房裡的孩子過世她沒哭。忽然想到小月，她卻想哭。

小月在那些電影裡好快樂，鏡頭特寫臉部，口紅有熱度，對鏡頭噴火，笑著笑著，眼角有淚水小溪。她覺得小月好厲害，悲喜越界，難怪得了好多獎項。她看過小月母親演的那些電影，劇情淺，演技鬆軟。但是小月的戲很銳利，看完一場小月演戲，彷彿有人在她的眼睛上劃下一刀，好痛。大學時她在電影社看了《安達魯之犬》，男主角望天，夜空有烏雲有月，下個鏡頭是剃刀劃過女子眼球。電影社全體尖叫，只有她在暗處偷偷大哭。電影社社長解說這部電影的超現實拼貼，她覺得他根本在鬼扯，電影社裡的人根本都不懂，月亮本來就會割人。

她不敢在家裡看小月，只能趁單獨出差，在外地的飯店裡偷偷看小月。小月的髮很有戲，總是長髮，沾了汗水、淚水，黏在臉上。她每次看小月，一定哭。她想到那台衝進紅樹林的車，瓦片上的熱帶夜晚，擋風玻璃上的綠鬣蜥，耳朵上的小小探照燈。小月是他們這群人的姊姊，開車帶他們離開邁阿密，他們卻這樣對她，丟下她。她一直沒機會跟小月說對不起。

她真的好羨慕小月，她根本不想當醫生，她一直想當演員。如果當年她的父親沒有抓到她，她永遠留在Coconut Tree Motel，會不會有了不同的人生？會不會跟小月一樣，成為演員？當演員，拍那些電影，小月開心嗎？小月喜歡演戲嗎？小史寄來的雜誌訪談，小月說曾經在瑞士阿爾卑斯山裡的劇團裡工作了好幾年。她想像小月在山林裡奔跑，在山谷練習莎士比亞獨白，接受聲音、肢體、舞蹈訓練，深夜獨自跑到森林裡，繼續指著月亮，終於自由。看到小月的演出，她相信小月真的自由了。他們這群人，只有小月真正自由。

走出超市停車場，礦泉水還剩一點，剛好用來服藥。吞下幾顆白色藥丸、彩色膠囊，鎮靜微微發抖的身體。前方是跨海大橋、海洋、紅樹林。這片紅樹林裡，有沒有一台報廢的車？當年他們撞進紅樹林的那台車，是什麼顏色？

這些年她跟小史通電子郵件，聊到那台車子，小史說是綠色的，她卻記得是銀色的。翻找老照片，找到當年的合照，大家模樣好蠢，在夏令營裡騎馬、射擊、游泳，但就是找不到那台車的蹤影。還是紅色的？她真的想不起來了。照片都是在邁阿密濱海中學拍的，相機好像掉在路上了，大家走進那個籬笆，進入Coconut Tree Motel之後，好像都沒拍照片了。

但她記得紅色。紅色的口紅，紅色指甲油。在Coconut Tree Motel的房間裡，她、小月、克莉絲丁、阿曼達把窗戶打開，看海面上的落雷。雨潑進窗戶，忽然停電，幾個小女生笑鬧尖叫。她們幫彼此塗口紅，顏色張狂。也塗指甲油，選最紅的，手指、腳趾都豔紅，床單沾到指甲油，像是犯罪電影，廉價汽車旅館裡，有人在房間裡被刺殺了，血染床單。或許，那就是個預言，預知接下來的凶殺。小史淋雨衝進來，說也要塗指甲。窗外，傑克淋雨，跳舞，一直要點菸。雨澆熄打火機，卻澆不熄傑克的歌聲。古巴女孩打鼓，傑克唱歌，古巴女孩接著唱，歌聲比雷還大聲。她不記得小月的車子是什麼顏色，但她記得古巴女孩身上洋裝的顏色。打雷那天，古巴女孩穿著粉紅色洋裝，在雨中擺動身體。洋裝濕透，緊緊貼著她的肌膚，洋裝下沒有胸罩，乳頭堅挺。古巴女孩親了傑克，胸部貼上去。她討厭古巴女孩，她好髒，指甲沒剪乾淨，皮膚黑黑髒髒的，英文好差，胸部過大，鼻毛外露，腋毛比紅樹林茂密，笑聲比海鳥還洪亮。

離開超市，走上US一號公路，她該往南走，還是往北走？

臉忽然好癢，右手接近臉部，不行！不可以摸臉！手有病毒！

她停下來，駝背吁吁，烈日有腳，用力踩在她背上。頭皮汗水澎湃，眼窩、鼻翼成河道。右邊臉頰特別癢，像是有細小的螞蟻，從皮膚深處鑽出來。

有什麼快要鑽出來了，但不能抓。

「安妮。」

誰？

螞蟻已經鑽到皮膚表面了，咬著她。

「安妮，是我。」

誰叫我？

她抬頭，克莉絲丁騎著單車，停在她面前。克莉絲丁戴草帽、短褲、T恤，模樣青春，彷彿這裡某處有一道時空門，青春的克莉絲丁從一九九一年穿越到二〇二〇年。十六歲的克莉絲丁頭上的草帽，是萊恩帶來的。萊恩也逃離了濱海中學，什麼都沒帶，只帶了克莉絲丁的草帽。克莉絲丁忘在他房間的那頂草帽。十六歲的克莉絲丁，還沒生過小孩的克莉絲丁，還沒寫一大堆狗屎未婚生子爛書的克莉絲丁。她在書店裡翻過那些書，垃圾，但都暢銷。二〇二〇年的克莉絲丁，還戴著那頂草帽。

安妮記得，克莉絲丁說那是跟媽媽在巴黎買的名牌草帽，純手工編織，怎麼折怎麼塞，帽子就是不會變形，一展開，又是美麗的草帽，可以用一百年，以後要傳給小孩。但是，她生下小孩，完全不肯看小孩一眼，就送人了。帽子自己用，什麼都沒留給小孩。

騙子。

不行了。癢死了。

算了。就算手上沾有病毒，受不了了。真的好癢。

安妮把兩隻手都放到臉上，盡情抓。指甲陷入皮膚，用力抓。

螞蟻越來越多，從她的臉頰，不斷鑽出來。

13

被黑暗吃掉了

一九九一年

走進Coconut Tree Motel的籬笆小門，他們進入了平行的時空。

籬笆為界，劃分領土。籬笆之外，一切如常，夜空掛明月星辰，晴日藍天驕陽。籬笆以內，萬物脫序，夜空日出，晴日銀河新月，白天見流星，黑夜閃彩虹。兩個世界平行，互不干擾，各自運行。籬笆外禮法為度，踰矩有罪，進退有律。

籬笆內，不用偷偷摸摸，無需遮掩，無柵欄，動物漫遊，人自在，隨心，手腕不戴錶，時間不是管束身體的刻度，時間用來跳舞歌唱，可赤足可袒胸，無規無矩無律。

穿過籬笆之後，空氣的密度變了，似乎比較濃重，溫度比較高，有些許焦味，深深吸一口氣，像是吸進了熱油，胸腔灼熱，全身酥酥癢癢的，彷彿身體器官都入熱油，炸得金黃香脆。

傑克就像是從一鍋熱油走出來的人，皮膚黃燦，笑聲爽脆。很多很多年後，克莉絲丁推出了香氛療法產品，其中有炸雞口味的香氛蠟燭，命名為Islamorada。點燃蠟燭，空氣塞滿雞塊，深呼吸，回到十六歲那年，踏過籬笆，第一次聞到傑克。十六歲的克莉絲丁聞到傑克，不笑了，想起了方才乒乓球桌上的事，滿是菸味的手摀住她的嘴，不讓她笑，她抽了味道奇異的菸，吸了一些白色粉末，真的好想大聲笑，為什麼不讓她笑。她躺著看天空，覺得乒乓球桌好冰好涼，彎彎的月亮透過樹葉看著她。有松鼠在樹梢跳躍，有流星墜落。那些白色粉末是星體的碎片，在她身體裡高速衝撞，拉出一條一條輻射光束，好美啊，身體裡的流星雨，比佛羅里達的天空還燦爛。有菸味的手鬆開，喊叫有蛇有蛇。謝謝蛇，讓臭手離開她的嘴巴，她終於可以笑，可以跟大家說，快看，你們快看，哈哈哈，有流星。

走進Coconut Tree Motel，他們看到裸男裸女，犀牛，紅鶴，貓。

汽車旅館建在Islamorada西岸，面對墨西哥灣，十幾間獨立水泥小屋，造型歪斜，白漆紅漆藍漆黃漆，每棟小屋都漆上鮮豔的顏色。一對男女從海冒出來，皆全裸，向傑克打招呼，走進白屋。

經過藍屋，裡頭一隻犀牛。傑克拿出萵苣餵食，犀牛的頭從窗戶冒出來，張大嘴吃掉萵苣。傑克說，犀牛叫Coco。

紅鶴跑過來，發出類似鴨叫聲響，毫不怕生，尖尖的喙在大家的身體上下探索，啄凱文的手錶，摩挲阿曼達的脖子。紅鶴的脖子、喙不斷震動，細細的腳快速跑動。傑克說，紅鶴叫Coco。

貓，好多好多貓，椰子樹上，椰子樹之間的吊床，紅屋白屋紫屋的屋頂，沙灘上，帆船上，到處都是貓。貓從四面八方不斷湧出來，朝傑克奔來。傑克說，每一隻貓都叫做Coco。

還有綠鬣蜥，十隻、百隻，在碼頭上迎日出。

他們在哪裡？這裡是哪裡？

傑克話語滔滔，說籬笆另一邊的泳池豪宅，要大家不用怕那群富家子弟，那些人怕死他，絕對不會再來找他們。那個有錢的哈佛混蛋以前是他的高中同學，最怕他，看到他就會跑掉，他爸一直想要買下他這塊地，不可能，價錢再高他都不賣，這裡是家，全世界最安全的家，絕對不會賣。要不要房間？你們七個，可以住兩間小屋？還是你們要七間？只收現金，沒收據。肚子餓了吧？

廚房是個開放的空間，烤箱、瓦斯爐、餐桌、冰箱，設備簡單。流理台堆滿油膩的碗盤，垃圾桶滿溢，綠鬣蜥爭食垃圾桶裡的爛香蕉。裸男裸女走出白屋，打招呼，烤土司，配紅酒。

傑克把一大桶油倒入大鍋，開火，從冰箱拿出醃好的雞腿，推開凌亂桌面上的所有雜物，一大包粉灑在桌面上，加入辣粉、胡椒、鹽巴、大蒜粉，把雞腿丟入粉裡，Come，來，幫我，雞腿裹粉。

安妮問，Excuse me，哪裡可以洗手？

傑克喊，洗手？不洗手，炸雞才好吃！

大家開始手抓雞腿裹粉，把雞腿放入熱油裡。雞腿浮在熱油上，顏色慢慢變深，香味飄散。

阿曼達問，早餐吃炸雞？

傑克喊，早餐，什麼早餐，這裡沒有早餐、午餐、晚餐，沒有早上、中午、晚上，這裡沒有時間。現在幾點一點都不重要，他吃完炸雞，餵完所有的動物，就要去睡覺了。在這裡，餓了就吃，吃完去睡覺。

炸雞香味慢慢飄散，傑克從冰箱拿出更多還未醃的雞腿，磨碎胡椒顆粒、粗鹽，快刀切碎大蒜，與白脫鮮乳一起與雞腿攪和，放回冰箱。誰餓了，隨時自己開火，裹粉丟進熱油，小火炸，焦了？沒熟？隨便！雞肉就是雞肉。

一群貓圍繞著傑克，打呵欠，舔毛，看他做炸雞。紅鶴跑過來，啄一下傑克，又跑走了。太陽逐漸升起，世界與炸雞同色，金光閃閃。

金黃炸雞腿上桌，蒜香四竄，大家身上、臉上都沾了粉、油，隨地坐下，手抓炸雞，張口大吃。

他們從來沒這麼餓過。他們從小生活優渥，從未有飢餓感受。看傑克炸雞，每一塊雞腿都在視線裡飛起來，像是滿天轟炸機，朝他們的胃投彈、掃射，身上多了好多好多的洞。手抓炸雞大啃，香甜雞肉入喉進胃，填補身上的洞。連安妮都忘了洗手，整個人趴在地上啃雞腿，完全停不下來，面前隆起雞骨山丘。他們從來沒這樣進食，坐在髒兮兮的地上，倚著垃圾桶，無刀叉湯匙餐具，舔手指，炸雞掉在地上，沾了貓毛，撿起來繼續吃，地上的沙子似乎也是調味料，讓炸雞更美味。

炸雞搭配傑克醃漬的酸黃瓜，酸甜爽脆的口感，與香酥的炸雞絕配。渴了，喝傑克做的萊姆冰飲，飲料裡漂浮著萊姆白色花瓣，酸酸甜甜，吃花，身體裡百花綻放。

傑克說，對了，我的名字是Jack。自己挑房間，沒有鎖，不用鎖，請自便，我要去睡了，待會見。一群貓跟著他，走進了紅屋。

萊恩為什麼來了？他怎麼來的？他怎麼會出現在森林裡？

萊恩抱著一隻肥白貓，看著克莉絲丁。克莉絲丁戴著萊恩帶來的草帽，趴在桌面上睡著了，鼾聲聽起來像是笑聲。

早晨的熱風剛醒，從大西洋吹來，穿越佛羅里達礁島群，抵達墨西哥灣。熱風有各種形狀、質地，有些像鐽子，鐽起地上乾掉的貓、紅鶴、犀牛大便；有些像雞毛撣子，拂拭塵埃，掠過這些台灣青少年的臉，癢癢的，想打噴嚏，想打呵欠；有些像挖土機，在沙地上不斷挖掘，快要挖到了，差一點就快要挖到了，通往地底的祕密通道，快出現了。

風走了，熱帶如死水呆滯，空氣成分混雜，屎味、炸雞味、酒味、菸味。

萊恩、他懷裡的肥白Coco、藍屋子裡的犀牛Coco，同時打了一個好大好大的呵欠。

萊恩開始說故事。

他們剛走不久，蛋頭就醒了。蛋頭頭好痛，開房門發現安妮留下的藥包。怎麼服用？飯前或飯後？敲了安妮的門，無回應。接著敲所有人的門，直到萊恩開了門。

萊恩坐在床上，蛋頭跪下哭求。

「他們去逛街，晚上就回來了。」

「這麼早哪家商店有開門？拜託拜託，你不跟我說，我要打電話給你爸。」

萊恩的視線穿牆，抵達社區公園，看著鱷魚，接著來到了停車場，算一下時間，廚師剛到，準備停車。

「去打啊。」

蛋頭的哭聲中止，小小的眼睛盯著他。

「去打啊，電話我會背，我寫給你，你不用查。」

萊恩看到克莉絲丁的草帽，靜靜躺在他的書桌上，心想，怎麼辦？她出門前一定在找這頂帽子。

「你到底要不要打電話回台灣啦？你現在打，讓所有的家長瘋掉，然後他們傍晚逛街回來，人好好的，你怎麼交代？還是你要打電話給那個誰？簾子後面那個人？」

這完全不是蛋頭認識的萊恩。這個萊恩，眼神、話語如削刀，把蛋頭的身高又削掉了幾公分，原本矮小的身體，快要陷入地板了。萊恩不是很害羞嗎？萊恩不是很怕陌生人嗎？怎麼面對蛋頭，態度這麼囂張？

萊恩摸了蛋頭額頭說：「你還在發燒，你回去睡覺啦。」

萊恩把跪著的蛋頭拉起來，往房門外拖，力氣驚人。蛋頭還來不及反應，門就關上鎖上。

蛋頭不斷敲門，哭聲悽厲，說完蛋了，這下子怎麼對家長交代，六個搞丟五個，他完蛋了，一定會吃官司，萊恩你拜託拜託，你們那些家長有錢有勢，我什麼都沒有啊。

受不了了。萊恩受不了了。那敲門的聲音，就像是隔壁小媽拿著電鑽、鐵鎚，不斷在牆面上製造聲響，他母親受不了，拿了炒鍋，往牆上砸。

他抓草帽、開窗、跳上瓦片，跑進社區公園餵鱷魚吃昨晚剩下的烤肉，衝到停車場，胖胖的廚師剛停好車。小史教他很多次了，假裝擁抱，一直說話，讓對方耳朵塞滿聲音，對方就不會注意到身體其他部位，動作要俐落。每次那些男孩接近他，推倒他，他就會趁機從他們口袋抓取東西，手錶、保險套、零錢。

他熱情擁抱廚師，大聲說早安，天氣真好啊，今天早上的菜單是什麼？我剛剛看到一隻鱷魚喔。手迅速伸進廚師的外套口袋，抓到了鑰匙。陪廚師走一段，繼續聊天氣，聊鱷魚，廚師說，這裡是佛羅里達啊，出現什麼動物都不奇怪。一走出停車場，找了藉口趕緊道別。

開車是父親教他的，每次兩個媽媽打架，父親開車出門避噪音，有時會帶著他。父親教他打檔，在蜿蜒山路裡加速，下坡時不可一直踩煞車，必須用低速檔，否則會煞車衰竭。父親示範給他看，從山中別墅出發，車往山下開，父親不斷踩煞車，直到煞車失靈，整輛車在山路裡衝刺，停不下來。父親一路表情冷靜，把車接近山壁，透過摩擦減速，前方有車，明明是路面彎處，依然超車。他緊緊抓著安全帶，直到煞車功能回復，父親把車停在路邊，整台車刮痕嚴重。

父親得意看著車上的刮痕、凹陷，像是審視戰利品。

「走，我們去買新車。」

父親讓他開新車，學打檔，學失速。

他開走廚師的車，朝南。這幾天大家計畫路線，他都在一旁，公路名稱牢牢記住。他很快開出邁阿密，進入US一號公路。一號？為什麼是一號？這是美國第一條公路嗎？路上車這麼多，他怎麼可能找得到小月的車？他是不是應該回頭，把車還給廚師，等他們回來？美國路好寬好長，有盡頭嗎？小史一直說的Key West，是什麼樣的地方？小史說，那邊的貓很特別，突變種，六趾。

竟然找到了。

小月的車，車速過慢，在車流裡非常明顯。他一路跟隨，刻意保持距離，跟到香港餐廳，看克莉絲丁坐上哈雷機車，跟著他們開進暴風雨。他緊緊跟在小月後面，前方雨勢太大，落雷不斷，能見度極差，他按喇叭示警，想叫小月停下，等雨停。但喇叭聲讓小月慌張，忽然右轉進入小路，車失速，撞入岸邊的紅樹林。

萊恩的故事像是麻醉槍，擊中大家，睡意洶洶，還沒說完，大家就睡著了。他們選了綠屋與黃屋，兩屋相鄰，女生睡綠屋，男生睡黃屋。床鋪、沙發、地板、浴缸，不管，只要能容納身體，就能睡。不刷牙、沒洗澡，一嘴炸雞油，躺下睡著。

只有小月睡不著，躺在床上，看著外面的海。綠屋的門不見了，高溫不請自入，天花板電風扇快速旋轉，翻攪熱風。怎麼辦？她該怎麼帶大家離開這裡？她怪罪自己，不該答應小史的。

紅鶴走進綠屋，腳步輕盈，像闖空門的賊。紅鶴長長的脖子靠近小月的臉，喙震動，似乎怕吵醒其他人，小聲啼叫。紅鶴似乎發現她脖子上那個突出的軟骨，輕輕啄，縮回脖子，又輕輕啄，在她耳邊發出呼嚕呼嚕的聲響。

閉上眼睛前，小月覺得那是她聽過，最美的搖籃曲。

月亮出來了。傑克醒了。

小史早就醒了。他坐在沙灘躺椅上抽菸，看著傑克。傑克在月光下做伸展，刷牙，仰頭漱口，一口牙膏泡吐在沙灘上，拿出牙線慢慢潔牙，擠洗髮精洗頭、小鬍子，抓肥皂洗身體。傑克身上的泡沫吸取了月光的顏色，橙黃發亮。旋轉水龍頭，水管噴出水，洗去泡沫，傑克身上的毛髮在月光下甦醒，像是洋流裡的海藻。犀牛從藍屋緩緩走出來，傑克手上的水管噴出強力水柱，洗自己，也洗犀牛。傑克拿出鬃刷在犀牛身上來回，犀牛抖抖笨重的身體，走向廚房，吃萵苣、紅蘿蔔，銀色的皮膚在月光下閃閃發亮。

就在那一刻，小史愛上了傑克。

小史忘了Key West，忘了父親，他想要在Coconut Tree Motel待下來。

安妮也醒了，她不知道自己在哪裡，為何房間這麼暗？為何自己睡在地板上？為何阿曼達睡在她身邊？她覺得自己好髒，嘴巴好臭，齒縫裡都是炸雞，她想要淋浴，想刷牙，該吃藥了，怎麼辦，沒帶牙刷。浴室的燈壞了，或者，根本沒電？她手指不斷上下撥動電源開關，喀喀聲響聽起來像是鋼琴節拍器，驚醒了阿曼達。浴室有方窗，篩下一小格月光。月光指路，她摸黑抓到蓮蓬頭，但是噴出來的水怪怪的，洗髮洗身，黏黏的，眼睛灼熱，漱口，好鹹啊。她關掉蓮蓬頭，有水滴聲。她確認蓮蓬頭停止出水，仔細聽，天花板某處滴滴答答，太暗了，實在是找不到漏水來源，只聽見水滴在地面上擊鼓。

有歌聲。

由遠而近，慢慢接近汽車旅館。起先像是海的另一端傳來的遙遠霧笛，嘹亮清澈。歌聲逐漸接近，隨興的哼唱，似有歌詞，仔細聽，是陌生的語言，曲調任意。貓醒了，海醒了，月撥開烏雲，只為了聽歌。

歌聲有輪軸聲，鈴鐺當節拍。安妮在浴室裡墊起腳尖，從方窗看出去，尋找歌聲來源。整個汽車旅館浸在藍藍的夜色裡，晚風慵懶，星星閃爍，小史吐出的煙在空氣中芭蕾。一長髮女孩騎著單車進入汽車旅館，輪胎在沙地上揚起沙塵。長髮女孩撥弄單車警鈴，叮噹叮噹數節拍，用歌聲跟萬物打招呼，呼喚犀牛Coco、白貓Coco、黑貓Coco、紅鶴Coco、月亮、雲朵、星星、椰子樹、百香果、木瓜。女孩大喊傑克，停好單車，快跑往前衝，揚起更多沙塵。女孩跑步的姿勢歪斜，跛足前進，安妮的視線對焦女孩的右腳。女孩大笑抱住傑克，像無尾熊抱樹。安妮沒聽過這樣的笑聲，毫無保留，不知偽裝，澄澈純真。沙塵緩緩下沉，傑克慢慢鬆開女孩。

女孩單車後方的籃子裡，裝滿了新鮮雞肉、牛肉、萵苣、土司、紅酒、萊姆、黃瓜、雞蛋、芭蕉、大蒜、咖啡、米。傑克開了一盞小燈，蚊蟲見燈，火速趕到。燈下女孩胸臀豐滿，皮膚黝黑，嗓門比海潮還洪亮，說著一個陌生的語言。她繼續唱歌，開始在廚房料理，咖啡豆丟入磨豆機，芭蕉裹粉油炸，米入鍋，肉拌炒。傑克走到木瓜樹下，摘了一顆澄紅的木瓜，用刀對剖，去籽，淋上萊姆汁，用湯匙挖果肉吃。

安妮剛洗完澡，全身黏膩，頭髮糾結，身上圍的大浴巾有霉味。她看著窗外的世界，傾聽女孩的歌聲與天花板的漏水聲，不確定自己身在何處，覺得自己還在做夢。夢境是藍色的，手腕上的手錶似乎停了，浴室方窗上有一排螞蟻，還有等待蚊子的壁虎。她忽然聽到母親前幾天在電話上的聲音：「榜首，是榜首喔。妳爸好開心，已經聯絡記者了。」他們好開心，但怎麼都沒人問她，開不開心？

阿曼達走進浴室，跳上小板凳，和安妮一起透過小方窗往外看。這是她們看過最美的電影，小方窗就是銀幕，鏡頭完全不動，毫無剪接，藍色濾鏡，配樂是熱帶島嶼的天然聲響，演員在畫框裡自在律動，說著來自遠方的語言，唯一的缺憾就是沒字幕，她們好想知道，傑克跟黝黑女孩說了些什麼。畫面裡的小史背對著她們，不斷點菸，抽一兩口就踩熄，滿地菸屍。小史的背像一張臉，表情豐富。從背上那張臉就能判斷，小史的目光，黏在傑克身上。

為什麼會答應小史？為什麼會跟他一起來？他要找爸爸，關大家什麼事？

看著藍色電影，安妮知道了，但還不肯承認。她一直都在溺水，小史拋出了救生圈，拉她離水，要帶她去陌生的彼岸。

陌生的彼岸。嶄新的地方。藍色的地方。失序的地方。不用每天吃藥的地方。

傑克吃完木瓜，走向廚房後方的小徑，走出鏡頭的框，掉進黑暗的沙地裡。

小月走出綠屋，站在月光下，手指月亮，唱歌的女孩對她招手。

安妮屏息，小史點菸，阿曼達把手伸出窗外，月亮撥開雲，犀牛踱步，紅鶴呱呱，所有剛剛被歌聲喚醒的人都等著。

等著傑克走回藍色電影畫面。

一個高大的男孩穿過藍藍的熱帶夜，在平坦的沙地上，被黑暗吃掉了。

14

Telemachus 二〇二〇年

萊恩開車抵達Coconut Tree Motel，外頭正午高溫，停車場空的，只有他這輛車。車外八月快達燃點，他不想下車，留在車上吹冷氣。查看手機，Telemachus剛剛又發了一封電子郵件。

收到小史的遺書之後，他隨後收到了Telemachus的電子郵件。Telemachus？這是他慣用的密碼，郵件帳號、網路銀行、購物網站，密碼都是Telemachus加上自己的出生年月日。

Telemachus每天固定發郵件，先自介，佛羅里達礁島群的葬儀社，負責小史的後事，日期，時間，地點，喪禮流程，詢問是否有特殊飲食習慣，訂房事宜。

Telemachus這個字嚇到他，他不敢回覆郵件。他上網搜尋，找到了葬儀社的官方網站、社群網路帳號，甚至打了越洋電話，假裝有親人過世，詢問喪葬手續，多方比對、查證，確認對方是一間葬儀社之後，才敢回信。

Carole King的貓叫做Telemachus，就是《Tapestry》專輯封面上那隻虎斑貓。這個字怎麼唸？典故是什麼？大一文學課，他在《奧德賽》裡讀到這個名字，原來Telemachus是奧德修斯之子，是史詩第一部的主角，歷盡滄桑尋父。

後來他養的虎斑貓，都取名為Telemachus。這些年，他應該有養過幾百隻Telemachus吧？

他到底養過多少隻貓？他從沒造冊，從未清點。父親先搬走，接著兩個母親離開，最後克莉絲丁也走了，三棟別墅忽然靜下來。戰爭結束了，世界太平，他忽然聽見貓。夜半貓吼，發情季節，別墅後方山區的貓如嬰孩狂哭。喵聲誘人，他走進山區的森林，聽得見貓，卻看不見貓。他在黑暗的森林裡坐了一晚，看著遠處的那幾棟別墅，所謂的家，想著柯鬚卡。曾經，他每天放學都來這裡找柯鬚卡。他等到陽光露臉，山上的台北城逐漸甦醒，幾隻貓出現在他身邊。一夜吼叫，山貓此刻都累了，掛在樹上呼呼大睡。有一隻虎斑貓來蹭他，他帶牠回家。無人別墅，清靜無聲，他抱著剛剛跟他回家的Telemachus，大聲播放Carole King。

那年從佛羅里達回來，柯鬚卡不見了，沒有人記得牠，連克莉絲丁也罵他：「你神經病，我媽對貓過敏，什麼貓啦。你敢養貓給我試試看。」

直到戰爭又爆發，兩個母親在父親那棟別墅扭打，他用力推開小媽。小媽收起指甲與咒罵，主動休戰，冷冷地對他說：「我猜，你一定想知道，你親愛的媽媽，把你那隻噁心的貓，什麼柯的，抓到後山去，丟掉了。不信？你自己問她。」

戰火持續了幾年，週刊報導父親另有新歡，且產下兒子。兩個媽媽拿著週刊質問，父親盯著她們，視線焦距投射到很遠的地方。

父親開著新車，去到了那個很遠的地方，再也沒有回來。

三棟別墅空了一棟，三角張力忽然鬆開了，戰爭停止，兩個母親不吵架了。她們一起去山裡健行，進城買菜，去「垂蓮小佛堂」當志工。當時，小佛堂已經擴建成大佛堂，信徒數量驚人。兩個母親離開山中別墅，搬進佛堂。她們說，終於回家了。

克莉絲丁什麼時候走的？他其實不清楚。以前想見她，他就敲敲牆壁，牆的那邊是她的床鋪，若是她回敲，表示她也想見他。有一陣子怎麼敲都沒回應，忍了幾天，他去按電鈴，發現門沒鎖，房子全空，鑰匙留在地上。

他開始養貓，許多Telemachus，許多Coco，但從來沒有柯鬚卡。柯鬚卡獨一無二，至今他到別墅後山去餵不肯跟他回家的貓，依然在尋找柯鬚卡。

克莉絲丁走了，他繼續敲牆壁。手敲，平底鍋敲，椅子敲，電腦敲，酒瓶敲，盆栽敲，電視敲，鐵鎚敲，電鑽敲，沙發敲，整個牆面坑坑窪窪，依然沒有任何回應。他想要穿牆，要是沒有這道牆，他就不用敲了，克莉絲丁跟他之間，就沒有牆了。他找來建築師傅，把三棟別墅的牆打掉，貓穿牆，他穿牆。

克莉絲丁應該先到了吧？他留在車裡往外看，找不到她的單車，在手機上查看她的社群網路帳號，找不到佛羅里達的貼文。汽車旅館的門口，有很多待處理的垃圾，幾百隻塑膠製的紅鶴堆成塚。他記得很多年前，小史寄給他幾張照片，Coconut Tree Motel重新開幕，汽車旅館的門口有一整排的塑膠紅鶴，入夜後點燈，塑膠紅鶴發出粉紅光芒，小史和傑克在發光的紅鶴旁親吻。如今這些紅鶴斷頸、缺腳，顏色被烈日洗白，明明都是廉價塑膠品，他卻聞得到動物屍臭。

一台載滿鮮花、氣球裝飾的小卡車開進停車場，卡車上寫著Telemachus Funeral Home。一位亞裔老婦人從汽車旅館走出來，簽收，指揮工人卸下卡車上的物品，都是鮮豔的花朵，符合小史的個性。老婦人面容凋零，雪髮凌亂，身穿黑色套裝，看見萊恩坐在車裡，微笑點頭問好。鮮花、氣球、桌椅搬入，斷頸缺腳的紅鶴上車。

小史這些年來不斷寫郵件，但萊恩都沒回覆。直到小史問他，有沒有去看小月的新電影？聽說破了某項奇怪的紀錄，上了美國好多報紙頭條，他才回信：「你知道小月在哪裡嗎？」這部破紀錄的電影，讓小月得了獎。

小史，你怎麼後來又回來找傑克？這裡是我們殺人的地方啊，這裡是我們埋葬青春的地方啊。其實我羨慕你，可以回到這裡。我一直想回來，但不敢回來。

小史到底怎麼死的？他上網查詢當地新聞，找到小小報導，Islamorada海邊汽車旅館經營權易主，新主人表示，將會打造全新度假旅館，成為當地新地標，之前兩男主人相繼過世，引起當地社群討論。他猜是藥物過量，或者刀？槍？溺斃？

很多事他真的忘了，但一回到佛羅里達礁島群，很多影像、聲音來撞擊。他一直想到傑克，椰子樹下呼呼大睡的傑克，深夜唱歌跳舞的傑克，在骯髒桌面上以鼻吸入白色粉末的傑克，失序的傑克，顛倒的傑克。難怪小史會愛上傑克。難怪克莉絲丁一直忘不了傑克。

克莉絲丁從來沒說過佛羅里達，但她至今依然時常戴著那頂草帽。當年他離開邁阿密濱海中學，只帶著這頂草帽。他在網路上看她接受訪問，主持人問，為何出席各個活動，總是戴這頂草帽？她說，這是落實環保，絕不再買新帽子，這頂草帽會戴到老，戴到死，希望她所有的讀者都願意跟她一樣，不輕易消費，持續使用舊東西，愛護我們美麗的地球。

克莉絲丁一定記得。她怎麼可能忘了。那頂草帽，讓大家全部成了殺人凶手。

除了小月。小月是唯一沒有動手的人。

小月，妳今天會來嗎？

這些年，他收藏所有小月演的電影，反覆看，把小月說的台詞背起來，記住她每一部電影的造型、每個細微的臉部表情。無論角色造型如何，小月從來沒在鏡頭前露出耳朵，他一直等，下一部作品，她會不會撥開頭髮，露出那小小的探照燈？她最後一次出現，是好多年前的頒獎典禮。頒獎人宣布得主是小月，她走上台，接過獎座，冰凍無語。他反覆看她領獎的畫面，十二秒，她在台上待了整整十二秒，呆滯蒼白，什麼話都沒說，眼神驚懼，獎座留在台上，快步下台。她當天穿黃色小禮服，像發光的黃色月亮。領完獎，她就消失了，再也沒有任何演出。他持續在舊片裡凝視小月，看著看著，身體回到一九九一年的 Coconut Tree Motel，回憶在額頭生起營火，不用溫度計，他知道自己一定在發燒，拿一塊棉花糖貼在額頭上，棉花糖迅速融化成一片黏糊的雲。

傑克教他生營火，打火機、報紙、枯枝、木柴，火迅速吞掉舊報紙。夜裡的營火是細長的手指，輕輕搔著圍著營火的人們，心防瓦解，寡言的人忽然多話，懦弱的人忽然膽壯。安妮吃著西瓜、木瓜，滿臉汁液橫流，她大喊：「我竟然不想吐！怎麼可能，我吃東西會不想吐！」她滔滔敘述自己多年的厭食症，吃什麼吐什麼，吐到食道都灼傷了。小史喝了酒，不斷親吻傑克。凱文從紅樹林抓了一隻肥美的綠鬣蜥，說想烤來吃。阿曼達從廚房拿了一大罐砂糖，用大湯匙，一口一口把糖吃光。克莉絲丁大聲唱歌，說以後想當歌星，跟小月她媽媽一樣紅，小月，妳跟我組成少女偶像團體啦。小月吃著炸芭蕉，說她才不要，她不知道以後要做什麼，但反正絕對不要演戲，不要唱歌。萊恩注意到，小月嘴巴喃喃，似乎自言自語。沒有人知道，小月正在心裡複誦母親的電話號碼，之前還記得幾個號碼，此刻營火把熟背的號碼徹底焚毀，她一個號碼都想不起來。

一輛車緩緩開入停車場，駕駛戴著口罩。

凱文。

萊恩和凱文看到彼此了，眼神對上，又各自低頭閃躲目光，都不想下車。

他們這幾年見面的次數其實不算少，總是保持遠遠的距離，客套，微微點頭，不問好，不問來處，不問去處，不說過去，不說以後。明明看過彼此最醜陋最血腥的模樣，相逢的應酬話就算了吧。先待在車上，保持著距離。先等一下，再等一下。好像還沒準備好。準備好了嗎？一開車門，就得走進Coconut Tree Motel，那個與世界平行的奇異時空。

總是「垂蓮小佛堂」萬人法會，萊恩的兩個媽媽，凱文的兩個爸爸，端坐簾子兩旁。兩個媽媽與兩個爸爸都搬入佛堂，說孩子都大了，終於可回歸青春，成為佛堂創辦人的左右手，再也不問俗事，佛堂即是家，要見父母，佛堂道場見。佛堂借重凱文的導演功力，請他執導法會流程，燈光絢爛，投影奪目，乾冰製造雲霧，香氣飄散，打造人間淨土仙境。淨土有分等級，靠近舞台的區域是保留席，只留給核心信徒。要成為核心信徒並不容易，必須經過佛堂的嚴格篩選機制，存款財產達到門檻，提交身體健康檢查，繳交高額保證金，通過嚴格的信徒分級篩選，才能進入保留席。

燈暗，小史的母親乘坐昇降機，從舞台上方緩緩降落到舞台上，與信徒溫柔對話，她總是說：「我們是被挑選過的，我們是一家人。」她退場，花瓣灑落，簾子後出現人影，萊恩的兩個媽媽和凱文的兩個爸爸手持發光蓮花燈座，從簾子後走出。簾後的創辦人開始用麥克風講佛說道，說著說著，信眾啜泣，萬人同悲。創辦人說：「點燈。」所有的信眾拿出蓮花燈座，按下開關，手心的萬朵蓮花燁燁綻放。

隔著蓮花燈海，萊恩與凱文遠遠看著彼此。

我們是一家人嗎？不算吧。但。很多年前，我們一起，約定了一件事。約好。眼神打勾勾，不能失約。

凱文走下車，佛羅里達高溫逼他摘下蟒蛇皮口罩，卻摘不掉臉上的苦笑。再看彼此一眼，歲月尖爪在額頭抓出裂縫，笑容在這片海浸過，鹹鹹的，酸酸的，純真早就滅頂了，別裝了，一家人，你知，我知。

萊恩從未告訴凱文，他台北家裡抽屜深處有一樣東西，屬於凱文。

黑人男孩來百年校舍找凱文，撲空，巧遇萊恩。黑人男孩拿出小盒子，裡頭裝著乾乾的蛇皮，說是前幾天抓到的緬甸蟒脫下的皮，請他轉交給凱文。

小盒子被他藏在短褲側邊口袋深處，一直沒交給凱文。口袋裡有蟒蛇皮，他覺得自己不再懦弱。他想像自己脖子上、肩膀上掛著一條大蟒蛇。有了巨蟒，他不再懼怕那些圍繞他的黑影，他不用低頭。

凱文不知道，所有的人當然都不知道，他寡言，專長是隱瞞，全世界都被他騙了。很多年後，萊恩回到佛羅里達，找到了當年在邁阿密濱海中學把他丟入深海的那幾個黑影。當年囂張的少年黑影，都變成了滄桑的身影，肥肚，貧窮，揹債，入獄，緩刑，孤單，美國夢都沒成真。超市保全、銀行行員、安養院護士、酒吧服務生、卡車司機、中學教師。

他身上掛著一條隱形的緬甸蟒，沒有監視器的暗巷，無人沼澤地，超市停車場，購物中心男廁，他釋放那條蛇，毒牙咬住那些囂張黑影的脖子，蛇身用力纏繞，耐心等，慢慢等，直到獵物窒息。誰說藍鯨不會咬人。這隻就會。

15

釋放酥麻的電流

一九九一年

小史叫她西瓜。或是木瓜。

唱歌女孩來自古巴，不會說英文，打掃房間，換床單，準備餐點。問她名，她搖頭，沒有名？不會答？聽不懂？繼續搖頭。她身體是肥沃的黑色大地，胸部是高聳的山岳，搖頭引地震，山岳晃動。

小史說她胸部像木瓜，就叫她木瓜好了。又說她渾圓屁股像西瓜，就叫她西瓜好了。

古巴女孩總是入夜後來到 Coconut Tree Motel，烹飪打掃，洗傑克的衣服，在月光下晾傑克的牛仔褲。她右腳有疾，但身手俐落，哼著歌快速準備餐點，炸芭蕉，烤玉米，燉牛肉，炸秋葵。

小史決定叫她ＢＫ。跛腳的台語是「跛跤」，Bai Ka，簡寫ＢＫ。小史拿出美金鈔票給ＢＫ，說感謝她打掃房間、為大家下廚，刻意讓鈔票掙脫手指，海風給予翅膀，快速飛向海面。她趕緊追鈔票，右腳不是腳，是絆腳石，拖累她的奔跑，小費展翼，投奔藍海。小史張嘴大笑，胸前抓了兩顆木瓜，學ＢＫ摔倒的模樣，肢體誇飾，木瓜撞地碎裂，橘紅果肉濺血。

佛羅里達暑期遊學團的成員當時沒察覺，小史是車禍，是火災，是暴雨。災難毀壞常軌，引人圍觀凝視，畫家潑顏料描繪，攝影師按快門記錄，作家抓紙筆勾勒。災難擴張、滲透，波及圍觀的人，旁觀者不知不覺成為災難的一部分，一起失序。他們看小史，就像是看一場火災，眼看著小火苗悄悄延燒，沙灘、汽車旅館、犀牛、海水、天空皆著火。到底誰點的火？還來不及反應，大家的嘴巴都著火，來不及呼救。濃煙竄上熱帶天空，與烏雲交纏，遮日蔽月，雷聲低吼。

他們不知道，ＢＫ沒有任何身分證件，與幾個女孩一起住在不見天日、沒有冷氣的地下室裡，所謂的床就是一條薄薄的毯子。她每天早起去附近的賣場打掃廁所，接著趕去古巴餐館烹飪洗碗，晚上到Coconut Tree Motel工作。她想學英文，但沒時間也沒機會。傑克每天都教她幾句英文，陌生的字詞與發音只留在她舌頭，進不去她腦中，複誦完，句子逃逸。一整天工作都很辛苦，幾乎沒有喘息時刻，右腳裡有蟲，時時刻刻咬她。晚間是難得的鬆弛時刻，傑克彈吉他，跟她一起唱歌，斟酒點菸，偶有白色粉末。白色粉末很有用，能暫時殺死腳裡的那些壞蟲。發薪日，不管當月汽車旅館生意如何，傑克總是多給她一些。這群台灣來的青少年往南，BK卻想往北，她想去邁阿密。她努力存錢，聽說邁阿密有醫生願意幫非法移民看診，只是價格高昂。美國醫生一定很厲害，可以抓出她腳裡的蟲，腳好了，她就可以學游泳，去舞廳跳舞。聽邁阿密來的客人說，那裡有可容納千百人的舞廳，古巴音樂節奏強烈，舞池集體著魔。

小史說：「放心啦，蛋頭絕對不敢報警。」

蛋頭在佛堂工作很多年了，膽怯怕事，常被同事欺負，默默吞下委屈，不問薪水，不與人爭，什麼棘手的工作都願意做。報警，同時也必須通知台灣家長，「蓮觀基金會」資深兒童心理學家卻搞丟了六個好乖的孩子，回去工作一定不保。

其實小史不需說服大家留下，沒人想離開。在Coconut Tree Motel，他們的過去被按了暫停，這裡萬物新鮮，他們像新生兒，重新學習一切。學走路，品嚐熱帶食物，語言新鮮，喜怒自在。

到處都是動物大便，乾掉的，濕潤的。奇怪，竟無惡臭，也不礙眼。掃把剛在沙地抓出刮痕，紅鶴Coco立即衝過來，轟炸一地新鮮黃金。

傑克說，他父親本來想在這塊地蓋動物園，買了一隻小犀牛，取名Coco。小Coco像一顆滾動的石頭，到處衝撞跳躍。傑克坐在馬桶上，小Coco撞門而入，盯著他看。傑克抓了馬桶刷摩挲小Coco的頭部，小Coco趴坐在地，頭部朝上，迎接沾有糞便的馬桶刷。後來，小石頭迅速長成一顆幾公噸的巨石，依然最喜歡馬桶刷。買完犀牛，他父親就破產了，沒錢繼續蓋動物園，改經營汽車旅館。旅館生意很差的季節，傑克會開放遊客來摸犀牛，把Coco放在簡單的柵欄裡，讓遊客餵食犀牛，幫犀牛刷洗。他說遊客真笨，花了一堆錢來摸犀牛，還要幫忙餵食、清洗，幫他節省許多力氣。只有每年都來這裡度假的熟客才知道，從房間裡的廁所拿出馬桶刷，嗅覺敏銳的Coco就會離開藍屋，快步跑來，迎接沾有糞便的馬桶刷。

如此荒誕的故事，卻是他們的床邊故事。故事搔耳，睡意通電，全身一陣酥麻，無需柔軟床鋪，躺在沙地上睡。

安妮忘了吃藥，毫無嘔意。小史嫌BK做的菜太油膩，但安妮好喜歡炸芭蕉、炸秋葵、炸薯條。她家餐桌上嚴禁油炸品，少油低鹽，魚清蒸，有機蔬菜，沒有任何加工品，一家三口仔細洗手，再用酒精消毒，才能開飯。她放學後會偷偷去美式速食店，點好幾份炸物，通通吃完，然後手指探進喉嚨，吐掉一切再回家。在邁阿密跟這群新朋友溜出校園吃麥當勞，她一直很想衝去廁所吐，快忍不住了，就趕緊再吞一塊炸雞。但在這個新世界，她胃口如飛機跑道，歡迎所有食物降落。傑克教她摘木瓜，剖開後淋上新鮮萊姆汁，直接大口咬，嘴吐黑籽，像對地面發射子彈。吃完木瓜腸胃呼喚馬桶，排泄順暢。她多年便祕，月經不規則，在這裡忽然一切暢通。她在鏡子前看自己的裸體，這是一具新的身體，皮膚偷了陽光的色調，胸部似乎膨脹了一些。她帶著這新的身體走進海，踢水，海浪刷進她的耳朵與鼻孔，身體浮起來。海浪入耳，沖走了一些記憶，她忘了自己的背包裡，有一堆藥等著她。她也忘了自己曾經是個駝背的人。

凱文想畫畫，隨手拿了樹枝，在沙地上畫傑克、BK、犀牛、紅鶴、阿曼達。小史主動要求當模特兒，在沙灘躺椅上擺姿勢，荒原眼神生煙波，身體如蟒扭動。凱文無法在沙地上畫出那奔騰眼神，憤而折斷好幾根樹枝。紅鶴Coco踩踏他的畫作，在小史的臉上留下蹼掌印，他推開紅鶴，想要折斷紅鶴細長的腳。他從來不生氣，面對什麼事都呵呵笑。母親跟他說，要放棄化療，離開鄉下，搬進台北「垂蓮小佛堂」度過人生最後時光，要乖，等暑假就可以來台北到佛堂跟媽媽一起住。暑假還沒到，母親就走了。再見母親，只剩冰冷的甕，其上有美麗的蓮花紋飾。他沒生氣，乖乖的，摺紙蓮花，讀超渡經文。其中一個父親發現他躲在錄影帶工廠裡哭，對他說：「你暑假去美國玩一趟，就沒事了。」沒事了？真的沒事了嗎？在Coconut Tree Motel，他鼻子冒出了一大顆青春痘，怎麼用力擠都擠不破，痘子從小山丘隆成高聳山峰，痛從鼻尖傳到全身。他身體漲潮，短褲遮不住昂揚，衝進浴室，直到雙手麻痺，依然無法射精，身體大水漫溢，快淹到鼻子了。汽車旅館海邊的紅樹林裡躲著一大堆綠鬣蜥，他跳進紅樹林裡抓了一隻，想烤來吃。他抓了好幾隻，和小史一起用膠帶綁住牠們嘴，拿傑克的噴漆把牠們噴成銀色的、紅色的、紫色的。看牠們扭動掙扎，他學小史，張開嘴巴放肆笑。阿曼達跟傑克學做Key Lime Pie，手擠萊姆，在萊姆皮上削出細碎，加入酸奶油、煉乳、砂糖。傑克的金色小鬍子、眉毛都沾到了奶油，她吃完派，還餓，還想吃糖，她想像自己的舌頭伸過這張桌子，抵達傑克的鬍子。傑克教她彈吉他，她一下子就學會各種和弦，傑克笑著讚嘆，牙齦上有綠綠的萊姆皮。她偷偷舔了吉他的弦，傑克手指摸過的，果然是甜的。

克莉絲丁在綠屋裡的床上睡了好久，醒來不知自己身在何處。她聞到油炸味，尾隨味道，找到了正在做菜的萊恩。BK教小月和萊恩炸薯條，馬鈴薯切片，入油鍋。她聞到BK，皺眉。她聞到剩菜、地下室、汗漬、洗碗精、油耗味，惹她厭惡。她看到萊恩眼神放箭，瞄準BK胸部與臀部。她摘下草帽搧風，熱風撲臉，吹走BK的味道。有一把小小的尖刀，靜靜戳著她的下部。為什麼會痛？她已經忘了乒乓球桌。

萊恩不低頭了，不看克莉絲丁了。他看小月，看BK。小月綁了馬尾，露出雙耳。到處都是貓，每一隻都叫做Coco。他最喜歡肥白Coco，總是在吃完貓罐頭之後衝進紅樹林裡，追逐驚嚇的綠鬣蜥。他抱貓坐在椰子樹下，假裝看日出，其實看著小月。他想要買一台新車送給小月。

小月在學校學西班牙文好幾年了，鮮少開口說，終於可以跟BK練習對話。BK失學，媽媽過世了，爸爸不見了，從沒離開這個熱帶小島，現在有三個工作，夏天過後，遊客減少，說不定只有傑克還願意給她工作。住在地下室，跟六個女孩擠一起，大家都沒有證件。打工的古巴餐廳有個女孩失蹤了，大家都覺得一定是被她暴力男友殺了，但怎麼辦，能報警嗎？誰會聽她們說話，都是沒有證件沒有身分的人。暗夜騎單車回家，被拖進海邊樹林，沒人聽到她的尖叫，眼睛被蒙住，看不到對方是誰，但她聞味道聽聲音就知道了，是打工餐廳的廚師，對方的手指塞進她的嘴巴，是當天燉肉的味道，她一直求饒，拜託拜託，終於有腳步聲，有另外一個男人出現了，跟廚師說了幾句話，但不是來救她，根本沒人要救她，蒙眼的布鬆開，她大聲求救，但另外那個男人只是站在一旁，看著她被壓在地上，表情好開心，褲子掉到膝蓋，說等一下，別急，等一下就輪到他了。怎麼辦，難道要去報警嗎？不行，隔天要工作，幸好他們沒有偷走褲子，幸好單車還在。好怕懷孕，幸好沒有懷孕。廚師說，要是她去報警，就會被丟進監獄，遣返古巴。他還是常常在廚房後面拿刀威脅她，逼她脫掉褲子。怎麼辦呢，能怎麼辦。

BK絮絮不休，滿臉微笑，繼續唱歌，換床單，洗地板。聽BK，小月耳朵上的小小探照燈下垂。BK問小月，妳呢，跟幾個人住在一起？有沒有冷氣？

西班牙文單字在小月的腦中淤塞，她坐在房間地板上，盯著天花板，一句話都答不出來。天花板聽了BK的故事，哭了。灰黑的淚水從裂縫擠出來，滴到小月身上。

紅色夕陽掉進藍色的海，夜染紫，熱海酸甜，飲一口，像葡萄汁。月浮現，貓不眠，海鳥低吟。紫色雲朵快速遷徙，趕路姿態，被噴漆染紫的綠鬣蜥在沙灘上扭動掙扎，彷彿天上的雲摔落地上。海面上的漁船收網返航，紫色龍蝦在甲板上掙扎，思念海洋。吉他弦歇，傑克看著海面上的紫色煙氣慢慢朝自己逼近。熱煙在他的皮膚上鑽鑿油田，深黑色原油噴發，全身黏稠。髮如針，侵入眼睛刺繡，眼睛裡血絲密布，如花紋精細的絲織品。他想趕走頭髮裡的溽夏，拿起電動剃刀，在頭顱中央的熱帶雨林開墾出一條新路。忽然一雙纖細的手從暗處冒出來，搶過剃刀。

是小史。

小史從小就在佛堂裡幫很多信眾理髮，他手指修長，給他利剪、電動剃刀、扁梳，便能修葺亂髮，委靡的臉有了新髮型，忽然一振。小史喜歡近距離凝視頭皮，無論是乾燥下狂雪的、油膩發臭的、沼澤濕潤的、還是清新飄香的頭皮，他都能觀看許久。靠近頭皮，他就能靠近那些身體，剃刀噪音掩護，他摸走皮夾。他把偷來的皮夾丟到附近的水溝，或放進香爐裡焚毀。有時，他把皮夾放到別人的口袋裡，再放出耳語流言，某某人偷了誰誰誰的皮夾，靜靜等待指控風暴。

小史抓了椅子請傑克坐下，遞菸、開啤酒，按摩傑克的肩頸。傑克的頭皮輕微晒傷，淡棕髮細軟，趨近金黃，在他的指間如水流洩。剃刀慢慢闢地，除去所有紛亂的髮，露出一張傻笑的臉。髮亂飄，跌落在傑克身旁的芋頭葉上，一隻在芋頭葉上追捕蚊蟲的壁虎被棕髮困住。傑克照鏡，露出滿意的笑容，親了小史臉頰說謝。傑克摘取芋頭葉，撥開髮絲，放生壁虎，開始料理。葉與梗分離，芋頭梗切成薄片，葉子切絲，辣椒、洋蔥入油鍋，牛肉絲拌炒，芋頭葉與梗入鍋，蓋鍋悶熟。開鍋香氣襲面，擺盤後加入敲碎的夏威夷豆。芋頭梗的橫切面有許多細密的小洞，幾根傑克的棕髮穿入那些洞，不用刀叉，小史用手抓，整盤吃光光。棕髮入肚，小史身體熱起來，親了傑克。那是他第一次親吻別人的嘴唇。辣辣的，麻麻的。小史不知道，是因為炒芋頭葉，還是傑克。

小史雙腿發癢，離開傑克的嘴唇，低頭看，他雙腳擋住了螞蟻的路徑，許多螞蟻爬上了他的腿。傑克輕輕拍掉他腿上的螞蟻，拉他的手，跟隨螞蟻的路徑，往暗處走。

螞蟻隊伍被黑暗吃掉，消失在百香果藤蔓裡。傑克從牛仔褲口袋拿出手電筒照射，地上隆起小小的火山。傑克說，別怕，是蟻丘，這些是金字塔螞蟻，不會咬人，沒有毒性。

手電筒關掉，夜依然是紫色的。小史嗅聞傑克的胸，鼻子無法抵抗地心引力，往下移動，來到傑克的肚臍、牛仔褲拉鍊。螞蟻又爬上小史的雙腿，螞蟻的足部、觸鬚在他身體四處攀爬，釋放酥麻的電流。

Come。

傑克走進百香果藤蔓，彎身在地上拉出一道暗門。

暗門通往更黑更暗的時空，傑克走進去。小史毫不猶豫，跟著掉入黑暗裡。

小史猜對了。

蛋頭沒有報警。

16

他的憤怒就像是螃蟹的螯

二〇二〇年

凱文沖澡，刮鬍，喝膠囊咖啡，吃堅果，開電視，氣象播報員撐傘，百集肥皂劇塞進一張臉，發出誇飾警訊，今夜有大雨，彷彿今晚是末日。開窗簾，窗外藍天藍海依舊，紅樹林似乎更茂密了。紅樹林裡面還有綠鬣蜥嗎？還有螃蟹嗎？退潮時，傑克在紅樹林置放籠子，潮起潮落，籠子裡便會多了幾隻肥美的螃蟹。抓蟹出籠得特別小心，雙螯憤怒，總是對準手指進攻。螯鉗手指怎麼辦？傑克伸出手指親自示範，讓螃蟹夾住他的手指，把螃蟹置入海水裡，敲敲蟹身，螃蟹慢慢鬆開螯。傑克吸吮手指的血，大笑親吻螃蟹。

傍晚的喪禮，有煙火嗎？當年離開這裡之前，他回頭看一眼，煙火在天空潑顏彩，畫出了好多彩色碎片，像是有人把花瓶往黑色天空砸，瓶身爆裂，碎片炸開。他好喜歡碎片，他並不想走，他想留下來看碎片。小史愛煙火，他猜今天的喪禮一定有煙火。葬儀社忙著布置，鮮豔氣球，繽紛鮮花。萊恩坐在一棵椰子樹下，拿堅果餵食松鼠，松鼠從椰子樹頂溜下來又往上衝，怕萊恩，要堅果，進退艱難。萊恩屏息，堅果放膝蓋，靜靜等著松鼠。這畫面讓凱文想起當年萊恩時常抱著一隻白貓坐在椰子樹下，看著凱文到處抓壁虎、蜥蜴，用噴漆把獵物噴成各種鮮豔的顏色。剛剛他們一起走進來汽車旅館，卻完全沒看到貓，小史和傑克這幾年不養貓了嗎？這棵椰子樹，是當年那一棵椰子樹嗎？是記憶毀壞，還是時空扭曲？綠屋、藍屋、白屋、紫屋都不見了，簡陋的露天廚房不見了，犀牛不見了，百香果棚架不見了。現在有好幾棟嶄新的純白度假小屋，一個橢圓形的游泳池，一艘豪華的白色遊艇停靠在碼頭，看來小史真的在這裡投資了不少。有工人正在拆卸Coconut Tree Motel的招牌，入住櫃檯後的亞裔老女士說，汽車旅館的新老闆要更名，新招牌明天到。

當年那些簡陋屋子，都是傑克自己蓋的。凱文記得，傑克跟大家約好，明年見。明年夏天再來佛羅里達，Coconut Tree Motel就會有一個游泳池。傑克說，他自己挖。

凱文環顧房間，完全不是記憶中的Coconut Tree Motel，床單潔白有香氣，冰箱裝滿香檳白酒，沙發是義大利進口，桌上一盤百香果，木質地板，昂貴音響，吊扇毫無灰塵，紅鶴造型床頭燈，牆角無黑黴，天花板不哭了。當年他們睡黃屋，小史睡床，萊恩睡沙發，他睡地板。濕氣從沙地抽芽，穿透地板，四處蔓延，牆壁上爬滿小水滴。夢裡的大雨滲出他的皮膚，熱汗勾搭地板濕氣，水位急速上升，想暗中淹死他。總是拂曉紅鶴鳴，天花板開始哭泣，裂縫掉出黑色眼淚，打在他頭上。他驚醒，小史不在床上。

當時他根本不知道，小史走進了傑克的暗門。

三十歲，他去斯里蘭卡住了幾年，睡洞穴，沙灘露營，茶園打零工，被蛇咬，在深山遇持槍搶匪，發燒不退，每天等待死亡，餓死窮死病死，都好。南岸海邊，他睡在熱帶樹叢裡的廉價度假小屋，巨蜥趁他午睡，侵入他的背包吃食。他驚醒，發現巨蜥吃光他僅存的食物，抓起巨蜥，爬上海邊斷崖，把巨蜥用力丟進海裡。看巨蜥摔在石頭上，入海掙扎，血染海，他胸腔裡的鬱悶忽然暢通。其實他根本不介意食物被吃掉，反正他根本不想吃東西，但他不想吃的，並不代表可以給別人吃。他胸腔裡風暴淤滯，看到生物垂死掙扎，風暴稍微平息。沙灘上有僧侶目睹一切，見他清瘦恍惚，忽笑忽哭，邀他入寺過夜，給予麵包水果。僧侶問他：「你好憤怒，為什麼這麼憤怒？」

在佛寺裡睡了好久，深夜醒來，飢餓在腹腔打拳。他竟然想吃東西，他已經有一段時間無法正常進食，為什麼來到這個陌生的佛寺，食慾海嘯？他摸黑找到廚房，抓到什麼。月光推窗，照亮廚房。牆上掛有月曆，寫著「蓮觀基金會致贈」。怎麼可能？他感覺背後有人影，不敢回頭，怕一回頭，會看到兩個爸爸。

他抓了麵包，離開佛寺。月光下，他終於忍不住回頭。

他看到了熟悉的蓮花標誌。

這是「垂蓮小佛堂」在斯里蘭卡的分部，白色建築雄偉，月光重重摔在白漆屋頂上，火花噴射，刺進他的瞳孔。這附近明明是大象出沒的國家公園，莽莽叢林裡，卻有這麼一大間佛堂矗立。

逃不了。那一刻他決定再也不逃了。都已經到了這麼遙遠的國度，依然逃不開。算了，不逃了，決定回台灣。去機場的路上，他看到一輛卡車載著一顆大石頭。塞車，近看，石頭移動，原來是一隻龐大的犀牛。犀牛頭上的角消失，眼神悲傷，皮膚黯淡。他拿起素描本，想畫這隻悲傷的犀牛。但，最後出現在紙上的，是月光下閃閃銀亮的Coco。

來Islamorada參加小史喪禮前，他先去了Key West。美國本土最南端，疆界盡頭。他騎單車亂逛，看野雞漫步，素描木造房，參觀海明威故居。當年他們終於來到Key West，烈日槌頭，想起了一些事，昨夜的事，煙火、碼頭、營火、紅樹林、紅鶴、跳水、綠鬣蜥，夏令營結束了，最後一場派對。大家坐在車上，不肯下車。或者說，不敢下車。小史說，他想去看海明威的貓，六趾突變貓喔。但是他們一下車，就走進了另外一個時空，那裡沒有海明威。

他跟著導覽員參觀故居內外，舉目皆陌生，明明來過啊？六趾貓懶在海明威的床上，對遊客的驚呼打呵欠。趨近數，一二三四五六，真的是六趾。導覽員說了海明威酒醉軼事，訪客發出乾乾的禮貌笑聲。多年前的笑聲忽然來撞他。

小史的笑聲。

讀小史寫的書，每翻一頁，就會有笑聲從書頁掉出來。

想到那笑聲，眼前的海明威肖像開始旋轉，貓的喵聲變成獅吼。

就在這個故居，穿過花園，窄窄的樓梯走上去，海明威的書房。躺椅，圓桌上擺打字機，牆上掛鹿頭。有人親了他。

他在Key West逛了一整天，一直刻意避開他想去的那個地方。

夕陽入海，夜謹慎，躡足走進這國境最南端的小島。看一下手錶，那家店快打烊了。到底要不要去。

慢走，繞路，停下來喝杯啤酒，吃龍蝦三明治、薯條、蟹沙拉、Key Lime Pie，看兩隻公雞在街上打架，又吃了一塊Key Lime Pie，終於過了打烊時間，他才來到這家店。

想不到，OPEN的燈亮著。

他推開門，櫃檯後的黑人少女露出準備好的迎賓笑容，問好，詢問。

整間店都是動物皮製品，皮味衝鼻。繞了一圈，聽黑人少女介紹，老闆有自己的農場，鱷魚、蟒蛇來源可靠，產品很耐用，每一個貨品都是獨一無二，美國製造。他看到櫃檯上有口罩，那就買個口罩吧。蟒蛇皮口罩，蜥蜴皮口罩，鱷魚皮口罩，魟魚皮口罩，內有夾層可塞入醫療口罩，讓防護更升級，全部都是佛羅里達本地生物皮製品，因為疫情，是今年最受歡迎的時尚商品。

他選了蟒蛇皮口罩試戴，照鏡。

他身後的門打開了。

Yellow。

他立刻付錢，現金拋下，說不用找了，戴著口罩，跑出商店。

他跑了幾條街才停下來，口罩貼臉，他幾乎無法呼吸，摘下口罩才發現，裡面有一層塑膠袋，試戴時沒拆掉。

他時常上這家店的網站，看老闆展示自家農場的緬甸蟒與鱷魚。老闆胖了好多，跟他一樣，娶妻生子，明明都住在島上，台灣，Key West，四周都是海，卻已經很久很久沒有游泳了。

他在路邊用力喘氣，有路人過來詢問，一切可好？

好，一切都好。我只是憤怒。氣自己，為什麼跑這麼快？在櫃檯照鏡，他看到了老闆。老闆，我好羨慕你。你可以養蛇，殺蛇，取皮，做成這個口罩。

他十六歲那年來到佛羅里達，才發現自己的憤怒。憤怒是個新鮮的情緒，在他身體裡寄居已久，熱帶引出憤怒，難以收拾。

為什麼沒有人告訴他，媽媽生病了？為什麼沒有人告訴他，家裡跟別人家不一樣，有兩個爸爸一個媽媽？為什麼嚴禁他跟別人說，家裡有兩個爸爸？幫忙轉拷ＶＨＳ錄影帶，畫面上出現兩男一女的組合，他問，你們也這樣嗎？媽媽沒說話，爸爸沒說話，第二個爸爸也沒說話。他一直覺得自己是多餘的人，兩個爸爸一個媽媽忙著維持三人關係，她和他，她和另外一個他，她和兩個他，他和他，好忙碌，好擁擠。關門吵架，入夜就寢，紀念日出遊，凱文總是被擠出畫面。ＶＨＳ錄影帶生意慘澹時，地方黑道上門勒索時，三人天天激烈爭吵，在工廠裡扭打。他記得媽媽時常大喊：「我好好一個千金小姐不當，我來這個什麼爛鬼地方跟你們混！」

三人扭打，總會把凱文鎖在廁所。凱文哭著踢廁所的門，拜託他們開門。他看不到兩個爸爸一個媽媽是怎麼扭打，他隔著廁所的門，哭著聆聽。爸媽總是留許多食物在廁所裡，讓他哭累了有東西可吃。哭了幾天，食物快吃完了，廁所門打開，又是兩個爸爸一個媽媽，三人皆笑，拿著生日蛋糕，說生日快樂。他在歐洲大影展得獎的電影，就是拍一個被關在廁所的孩子，透過聽覺，在腦中描繪父母毆打彼此的畫面。電影裡，廁所門終於打開，孩子走進一個魔幻的世界，小丑，蛋糕，氣球，犀牛，紅鶴。犀牛角衝撞父母，紅鶴啄父母眼睛。

那間廁所有一扇小小的紗窗，太高了，他搆不著。紗窗破了，有許多動物自由進出。他抓了三隻壁虎，聽著父母的喊叫，以壁虎演練爭吵、扭打，直到壁虎身體碎裂，像是散了一地的拼圖。

他最後一次被關進廁所，他聽到媽媽說：「我決定了，要回去了，醫生救不了我，我爸媽也不想理我，說不定，他可以救我。我受不了了，我要回家了，這裡都給你們，我要回家了。就算他救不了我也沒關係，那是我的家，我要回家。我受不了這裡的生活了。」

廁所門打開，三人成兩人。他再也沒見過媽媽。

十六歲那年在佛羅里達，他學會了如何在紅樹林裡捕螃蟹。他故意伸出手指讓螃蟹鉗住，但他沒遵照傑克的妙方，他拿出準備好的鐵鎚，朝螃蟹的身體猛烈敲擊。螃蟹身體碎裂，停止扭動。螯明明已經跟身體剝離了，依然緊緊夾住他的手指不放。

他的憤怒就像是螃蟹的螯，碎裂了，剝離了，依然繼續夾住獵物，不放。

從斯里蘭卡回去之後，他幫兩個爸爸販賣同志色情片。VHS錄影帶已絕跡，DVD取代了VCD，網路開始盛行，顧客轉向網路上免費的色情片，生意大不如前，地方上的黑道惡霸持續上門騷擾。那些流氓很奇怪，不定期出現，有時要錢，有時根本不要錢，但看到機器就砸。他幫忙應付流氓，拷貝光碟，寄送給僅存的客戶，邊寫電影劇本。

有一批片子，是雙性戀色情片，滯銷難賣。兩個父親問他，不是會剪接？可不可以把這些片子剪一下，把有女人的畫面全部都剪掉，剩下男男的畫面。

當年，媽媽是不是也是這樣，被剪掉？

他把所有剪掉的女人畫面，集成一部色情片，畫面拼貼，非常荒謬，有超現實氣味。

他看到了。

是她沒錯。

美國片，畫素不好，放大看，倒帶看，重複看，一直看，定格看。

粗糙的低成本製作，一群裸露的男女戲，導演的鏡頭沒調好，收音的麥克風入鏡，鏡子映照了鏡頭後的工作人員。

鏡子裡，有亞洲女人。

是小月。

小月戴耳機，手拿著收音器材，表情專注。裸露的演員非常不入戲，虛假叫喊，鏡子裡的小月緊緊抓著耳機，門牙緊咬下嘴唇，認真收音。

下次在電影裡見到小月，她已經走到鏡頭前，當了女演員，從配角演到女主角，前幾年還得了獎。一定沒有人知道，小月曾是色情片拍攝現場的收音人員吧？

小月今天會來參加喪禮嗎？

窗外的椰子樹下，多了一個人。

阿曼達。

她彷彿從鋼琴演奏專輯封面走出來，百摺黃色長裙在風中開成一朵黃蓮花，海風把她的長髮梳成水平琴譜。萊恩抓了一把堅果，放到阿曼達的手心。松鼠完全不怕阿曼達，接近她的手心，咬走堅果。她伸出纖細的手指，松鼠聞了她的指尖。

葬儀社的工作人員，推進一幅大照片。傑克與小史，臉貼臉。凱文一看就知道這張照片是合成的。照片裡的傑克，是他們十六歲時見到他的模樣，高大，天真，青春，一笑，流星墜落。照片裡的小史滿臉貧瘠，眼神憤怒，是這幾年的照片。

他也想走到椰子樹下，加入萊恩跟阿曼達。但他不想餵松鼠。他想用力抓住松鼠，把牠們丟到海裡。或用腳踩。或往地上摔。成碎片。

傑克死了。小史，我知道你很憤怒。因為傑克自由了。他掙脫你了。但我要跟你說，你死了也不會知道。你根本什麼都不知道。你只是一個瘋子。你從頭到尾都不知道。今天來參加喪禮的人，某個人，曾擁有傑克，後來又放棄了他。還有，不止這樣，還有人放棄了他的孩子。你根本不知道什麼是憤怒。我知道。有人比你更憤怒。

17

蘑菇雲衝破頭顱

一九九一年

加入金字塔螞蟻的隊伍，手足輕盈貼地，身體融入夜色，不驚動風，不讓海知道，趁烏雲遮蔽月亮，悄悄爬行前進。

經過木瓜樹，繞過椰子樹，遠離光源，甩掉好奇尾隨的風，來到黑暗的邊緣。熱帶夜的黑有漸層，燈下的夜昏黃，木瓜樹下的夜鐵灰，椰子樹下的夜深紫，再往前爬一下，忽然深藍。

找到蟻丘。這裡的夜墨黑。

眼睛如刀，割開黑夜，注意看，蟻丘旁，有簡易的木製棚架。棚架低矮，百香果藤蔓纏繞其上，果實累累，淡淡幽香，遠觀不覺有異。

推開棚架，撥開泥土，有一門把，解開密碼鎖，輕輕把門把往上拉，地上出現一張嘴。踏進那張嘴，小心，慢慢來，別踩空，腳踩上垂直工作梯，站穩，關上暗門。從內部關上暗門，自動照明會立即啟動，小小的燈泡照亮梯子，昏黃燈色刺瞳孔。手抓緊梯子，腳步往下，心裡數十階便到底，手往右摸，會拉到一根繩子，拉繩，便會啟動照明設備。揉揉眼睛，沒看錯，地底下有一長方形的祕密空間，高度不高，傑克跟小史都得駝背走，頭才不會撞到天花板。狹長的地底空間有許多金屬架子，堆滿罐頭、瓶裝水、蠟燭、酒，走到底會看到烹煮設備、雙層床鋪。床鋪旁邊有一小門，裡面有馬桶與簡易淋浴設備。

傑克拿出打火機點蠟燭，燭光幽微，照出他身上淺色的毛髮。地下密室空氣濃稠，如膏狀油脂。燭火焚膏，燒出淡淡的、甜甜的焦味。好靜，風聲潮聲皆消失。小史從沒去過這麼靜的空間，他終於聽到傑克身體的聲音：心臟用力撞擊胸腔，潮溼鼻毛拍打鼻腔，上下嘴唇撞擊，睫毛像貓爪不斷刮著濃稠的空氣，下體漲潮充血。

傑克一直無聲笑著，門牙齒縫裡的百香果籽蠢動，即將發芽。他的口氣如醋酸甜，呼出潮溼溫暖的季風，小史雙眼擺脫長年乾旱，終於雨季。住海邊的男子，眼珠盛藍海，專注看著小史。

從來沒有人如此看著小史，眼神伸出軟管，探進他的鼻腔、喉嚨、耳朵。

小史抱住傑克，指尖潮溼飢餓，如貪婪的嘴不斷分泌唾液。指甲刮過毛髮旺盛之地，眉，臉頰，胸，腹，大腿，小腿，胯，腋下，股溝。

密室裡的雙層床鋪，發出咿呀聲響，金屬床架撞擊牆壁。牆角的螞蟻隊伍以為地震，驚慌向彼此釋放危機訊息。牆上的相框擋不住震動，掙脫釘子，摔在地上。

小史忽然想到了母親。

她總是穿長褲套裝，炎夏依然不露手臂與雙腿，高瘦清爽，威嚴敏捷，眼神稍有惱怒便能讓佛堂裡的千百信徒安靜。她髮絲安穩綁好，一身拘束，表情慎重，說話徐徐，介紹佛堂與基金會，毫無侵略性，不強制，不迫近，聽者臣服。她能把自己置放在高處，雕琢一臉和善，優雅睥睨，介紹創辦人出場，把舞台留給創辦人，適切扮演扶持者的角色。她穿義大利名牌訂做套裝，純絲、喀什米爾羊毛、駱駝毛，鬆緊恰當，款式時尚。她臉上的淡妝起一層薄霧，讓人看不透。

他見過霧散後的母親。髮掙脫髮帶，螺旋蜷曲，臉徹底變形。身體交疊時刻，她依然是指揮者，手臂肌肉結實，一個，兩個，或三個，或許還有更多，皆聽令於她。

他不確定，那是真正的母親嗎？他只知道，母親從未在他面前把霧驅散。

在地底密室裡，他臉上的霧散了，修長的四肢鉤住傑克，決定從此不放手。他不要外頭的藍天了，他一直想往南，去路的盡頭，覺得那裡一定有什麼等著他。原來，那條筆直的跨海公路通向一個地底空間。原來，父親的明信片帶他來到了這裡。台北的那個家根本不是家。台北那個家好乾淨，每天都有人打掃，母親盯著他練小提琴，眼神嚴峻。在邁阿密濱海中學打電話回家，母親說已經幫他找好高一導師了，全班同學也是挑過的，大家都有相似的背景，是龍年菁英班。一想到菁英班，他只想把未來同班同學的皮夾全部偷走。這裡好亂，滿地是動物大便，還有地下密室。他可以把偷來的東西全部都藏在地底，絕對不會有人發現。這裡是家，他終於有了睡意，他要留下來，不走了。

當時小史還不知道，這地下密室，不是長方形，而是L型。

傑克驚醒，腦中核爆，蘑菇雲衝破頭顱。摸頭，沒摸到蘑菇雲，亂髮失蹤，身旁的小史緊抱著他。他慢慢掙脫小史，撿起地上破碎的相框。玻璃碎裂，照片仍完好。照片裡的父親舉槍，槍管對準鏡頭，彷彿隨時會扣下板機。

他爬到雙層床的上鋪。上鋪是他的，下鋪是父親的。

這地底空間是他和父親一起挖掘建造的。父親開怪手，在空地上挖出大洞，說要打造全世界最安全的地方。

父親禁止他看卡通，逼他反覆觀看廣島與長崎原子彈爆炸、核彈試爆畫面。原本長滿椰子樹的熱帶島嶼，在核爆之後出現一個大坑洞，蘑菇雲衝破天際，核子落塵覆蓋周遭海域，輻射波及漁船與軍艦，萬物皆毀，新生兒畸形。電視螢幕上的核爆閃出橘色的火光，他以手遮眼不想看，父親拍掉他的手，逼他張眼看核爆。父親說，核彈來自四面八方，從古巴、莫斯科、北京射向美國，要活命，我們必須蓋一個地下碉堡。睜眼看完，否則不准吃晚餐。哭說不想再看一次，眼睛好痛，父親的蟒蛇皮帶忽然復活，溜出褲頭，咬他的臉。被蛇毒牙咬過的眼依然必須睜開，不准哭，看核爆。

地下碉堡造價昂貴，完工之後，父親揹沉重債務，動物園計畫永遠擱淺。核彈一直沒來，父親說，不只防核彈，還防黑人、古巴人，等著瞧，那些深色皮膚的人種繁殖，根本是蟑螂。新聞報導愛滋病毒，父親說真的末世了，同性戀要來了，進入碉堡，好幾個月都不肯出來。討債的人上門，找不到父親，掐著他逼問。

他們不定期演練，啤酒喝了半瓶，雞肉剛進油鍋，鬧鐘還沒響，他剛放學回到家，洗澡洗到一半，電視影集剛開始，剛在馬桶上坐下，半夜，日出，日落，父親會忽然大叫「DRILL」，兩人必須拋下手邊一切，伏地匍匐到百香果藤蔓，打開暗門，躲避同性戀、病毒、黑人、颶風、殭屍、政府、銀行、外國人、核彈、軍隊、女政客、外星人、地震、末世降臨。演練期間，一天一夜不准回到地面。

後來，父親說，要在碉堡裡殺了他。

颶風突襲佛羅里達，他們躲進地下避難空間，一如以往演練，父親睡下鋪，他睡上鋪。父親說，別擔心，食物存量夠，我們在這裡可以躲至少四十天。父親又說，我們回到地面之前，一定會殺了你，你這個死變態，等風雨停，我就會殺了你，絕對不會有人知道。地底下聽不見風聲，只能靠收音機收聽地面狀況。他不擔心父親說要殺他，他只擔心犀牛、貓、紅鶴，會不會乖乖待在屋子裡？那些被父親扭斷脖子的紅鶴呢？有被颶風吹走嗎？

他昏睡好久，收音機宣布颶風朝北，終於遠離佛羅里達。他從上鋪往下看，父親不見了。回到地面，海平靜，房屋毀壞，犀牛安好，清點貓，有幾隻貓不見了。父親睡在沙灘上。只剩下一隻紅鶴。

他看著手裡的照片，覺得臉上炸開一個洞。照片裡的父親終究扣下了板機，子彈掙脫照片上的槍管，射穿他的鼻子，在他腦中爆炸，蘑菇雲炸開。床鋪晃動，他暈眩想吐。他再度探頭，朝下鋪看，依然沒有父親。小史睜開眼睛，看著他。

傑克不知道，他熟睡時，小史發現了地下密室裡，有一道暗門。

就在床鋪旁的牆面上，沒有門把，金屬架子遮蔽，密室光線昏暗，不仔細看，不會注意到牆面上有細細的縫。他移開架上的啤酒，手指沿著門縫移動，尋找可推動之處。輕輕推，感受牆面推力，終於找到一個點，稍微用力，門往內推開。

地下密室裡，還有密室。

他把門關上，回到雙層床鋪。每次解鎖、打開一扇陌生的門，他會特別渴望小提琴，飛快演奏一首，跳弓、抖音、撥奏，玩弄各種技法。演奏比賽日接近，他總會開始物色值得下手的門。學校裡厭惡的同學，長相歪斜的老師，熱烈追求母親的男子，公園裡推娃娃車的爸爸，咖啡館的刺青老闆，書店清秀店員，工地的工人。他一路跟蹤到住處，確定哪扇門，觀察作息，確定家裡無人，開始動手。

他曾經潛入喜歡很久的男同學家中，進入他的臥室，穿他的衣服，在他的床上跳舞，讀他的日記。隔天演奏比賽，他手臂手腕手指都好亢奮，得了冠軍。

密室裡沒有小提琴，沒關係，他有傑克。

燭火將盡，傑克爬到上鋪去。地底失歲月，此刻外面是白天或黑夜？

開門聲。

關門聲。

腳步聲。

腳步不均勻，節拍異常。

小史看到她，就知道此刻外面是幾點。她總是準時出現。

BK把手上的啤酒放到架上，以頭巾擦拭臉上、脖子的汗水，哼歌，話語滔滔，抱怨八月熱天，脫鞋揉腳。她的聲音撞擊密室的牆壁，嗡嗡不絕。小史聽不懂，但他知道，她在跟傑克說話。

原來她也知道暗門。

古巴女孩走到狹長密室的盡頭，話語休止。見鬼。雙腳踉蹌，跌坐在地。

小史從暗處冒出來，頭撞到天花板的小燈泡，燈泡搖晃，他的臉忽明忽暗，忽笑忽怒，高高在上，看著地上的她。那雙冰冷的眼伸出手，掐住她。

18

胸罩裡的螞蟻咬了她一口

二〇二〇年

阿曼達找不到百香果。

她試圖重建當年的路徑，是這棵椰子樹嗎？不見木瓜樹，地上找不到螞蟻，面海往右走還是往左走？時間擰乾記憶，忘了。但她記得有一個簡陋的百香果棚架，腳踩在蟻丘旁，螞蟻爬上腳，在皮膚上尋找同伴。螞蟻緩緩往上爬，像是有好多小手撫摸著她，突破褲管，伸進內褲。

新的Coconut Tree Motel好乾淨，一間一間的潔白度假小屋，全都面海。飯店的工作人員身穿全白制服，不斷清掃環境，她到處都看不到螞蟻。她把房間裡的水果切開，去廚房要了蜂蜜加水稀釋，倒在水果周遭，靜置桌上，等螞蟻。

有次接受訪問，樂評家問她：「演奏時，腦中有顏色嗎？」

「紅色。」

「為什麼？」

她說謊。明明是藍色。但她不知道怎麼形容那種藍。

地下空間裡，有一台小小的電視機。按下開關，會有藍藍的光線從電視機螢幕流瀉出來。藍光如波浪，拍打牆壁天花板地板，熄滅燭火，染藍整個狹長的空間。她有暈眩感，像是搭上碼頭的小船出海，小史站在船頭迎風吼叫，她閉眼揉揉太陽穴，不敢看海。海不斷發出邀請，要她跳進去。

小電視螢幕持續釋放藍光，注意看，螢幕上有人影飄移。那人影細長，輪廓逐漸顯影，是安妮。安妮在螢幕裡踱步，畫質不佳，看起來像是鬼片裡的女鬼，在沙灘上來回飄移。

藍光淹上她的口鼻眼，她仰頭深吸一口氣，把氧氣困在胸腔裡。傑克坐在小電視旁，手指撥吉他，唱他自己寫的歌。那歌聲裝了海洋，歌詞裡有翅膀，鯨魚，獨木舟，槳，去很遠的地方，學新的語言，淋異國的雨，等雪，遺忘熱帶，搞丟自己。胸罩裡的螞蟻咬了她一口，皮膚破了小洞，洩漏她閉住的氣。她不想閉氣了，她想游過藍海，伸出舌頭去舔傑克的藍色小鬍子。但是螢幕上的安妮阻止了她。安妮對著她招手。不。安妮對著傑克招手。安妮知道監視器的存在。安妮來過這裡。安妮知道地底下有一台小電視，把地面上的畫面傳送到地底。

她坐在冰涼的地板上，聽傑克唱完一首歌。歌聲裡的槳打到她，獨木舟翻覆，她掉進水裡。不行了，地下密室的牆壁往她逼近，小電視裡的安妮釋放出更多的藍光，一直招手，她無法呼吸，快滅頂了。她衝向樓梯，打開暗門，滾到百香果棚架上。

「因為，紅色是我的幸運色，讓我充滿自信。」

一旁的經紀人與母親點頭，眼露嘉許。謊言呆板，機械制式，總是獲得贊許。真相太生動了，讓人承受不住。

每次演奏，她就會想到那樣的藍。她坐在鋼琴前，與密室藍光並肩。藍光從記憶湧出，氾濫舞台，音樂廳成藍海，水淹到她耳朵，觀眾的咳嗽、喘息、低語瞬間靜音，指尖有螞蟻，身體進入地下密室。

去年聖誕節音樂會，觀眾席鬧如市集，她躲在舞台紅色布幕，聽觀眾寒暄。紛雜話語裡，有尖細的笑聲特別突出。她記得這笑聲，她記得這張嘴。冷峻瘦臉，細眉薄唇。這張嘴開口笑，笑聲有時硬如果核，有時輕如灰土。果核擊中身體，灰土黏附皮膚，聽過難忘。

那晚的笑聲是尖銳的果核，從觀眾席某處擲出，穿越百人，撕裂布幕，擊中她的太陽穴。頭上破了洞，藍光從她身體裡排掉，揭幕，她坐在鋼琴前，完全無法召喚藍光，一直回不到那地下密室。

被擋在密室之外，舒曼枯窘，彈琴像說謊，死板無光。

她刻意等到觀眾全部都淨空才離開音樂廳，她知道，笑聲一定在外面等她。

小史一身黑大衣，像把鋒利的刀，割開堅硬如冰塊的紐約冬夜，緊緊抱住她。

「妳今晚彈得真爛。帶我去喝酒。」

沒目的，不搭計程車，他們在曼哈頓走了一整夜。沒說話，就是一直走。看到酒吧就走進去，喝一杯就走。週六夜人群騷動，酒吧裡笑鬧橫流，兩人看著彼此，默契是不說話。不言不語，就不用說謊，今晚難得誠實。其中一家酒吧裝滿了藍色LED燈，藍色人影在彼此的瞳孔裡流動。小史哭了，流出藍色的眼淚。小史笑了，笑聲是藍色冰塊。她用酒杯盛小史的笑聲，熱酒降溫，入喉順滑。

酒在她膀胱裡大潮，小史拉她進暗巷，打開黑色大衣遮住她，像一隻黑鷹。她脫裙蹲下，尿還沒排出，先放了一聲響屁。屁聲驚動暗巷住戶，有人開了窗，看到她蹲在地上，胯下雨潺潺，大聲咆哮。

兩人狂笑逃離暗巷，狂奔了好幾條街才停下。她不敢相信自己竟然在街頭排尿，而且放了響屁。與男友住了幾年，她根本沒在他面前放過屁。今晚彈的舒曼毫不真誠，都是謊言，但是這聲響屁卻是真心話。

餓了，在時代廣場附近吃了二十四小時營業的日本牛丼。餐廳日光燈慘白，照亮彼此的輪廓。她的妝殘敗，吃光兩碗牛丼，臉頰飯粒當腮紅。曼哈頓夜色把小史臉上長年的疲憊藏了一夜，此刻紋路潰堤，橫躺在臉上。她用手擠他的皺紋，擠出些許佛羅里達陽光。舔手指，指尖暖暖的，有牛丼味，有陽光味。

小史說：「傑克快不行了。」

這些年，小史時常會違反當年的約定，來紐約找她。明明說好不再聯絡，但小史總是會忽然出現在音樂會。每次出現，都是說傑克。

第一次。我決定回去佛羅里達了，去找傑克。我知道我們誰都不該回去，但過了這麼久，我還是想著他。是他，幫我們收拾爛攤子。我要去找他。我殺了人。我殺了人啊。

第二次。我找到傑克了，他好蒼白，看起來很多年沒晒太陽，沒有出門，全身白得跟鬼一樣，好瘦，幾乎不肯吃東西。一直喝酒，看到我一直哭。

第三次。我決定留在佛羅里達，整修汽車旅館。傑克情況好多了，願意吃藥，幫我粉刷牆壁，彈吉他。

第四次。妳要不要來佛羅里達玩？我買了很多很多紅鶴喔。但不是真的紅鶴。塑膠的紅鶴。紅鶴肚子裡都有燈泡，插上電，幾百隻紅鶴在夜裡發光，好美。

第五次。紐約真的 fucking cold！妳受得了嗎？這個冬天，佛羅里達也好冷，我開車載傑克去看醫生，看到好多綠鬣蜥從樹上掉到地面，牠們被凍壞了，抓不住樹枝，咚咚咚咚掉在路面上，好像下了一場蜥蜴雨。傑克那個神經病，抱起好幾隻摔在路上的大蜥蜴，說要帶牠們回家。

第六次。妳記不記得犀牛？我們幫犀牛洗澡，餵牠吃萵苣。但是傑克說，什麼犀牛，沒有犀牛。他說我瘋了，根本沒有犀牛。我說他才瘋，逼他跟我說，到底犀牛屍體在哪裡。我們打起來。我快瘋了。阿曼達，我真的快瘋了。妳記得吧？不要跟我說妳不記得犀牛，我會瘋掉。

第七次。他不肯跟我來紐約找妳，他一輩子都沒離開過熱帶，機票都買好了，飯店訂好了，出發前他還是反悔，就是不肯出門。

最後一次。去年。他最近精神狀況很不好，吃什麼吐什麼，夜裡拿槍，對著海射擊。我也不知道該怎麼辦。阿曼達我該怎麼辦？妳來好不好？帶男朋友來，就當做度假。我跟傑克從來沒聊過那個夏天，好像都忘了。是不是根本什麼都沒發生過？

在牛丼餐廳裡，小史說，傑克快不行了。腫瘤，憂鬱，酒精，藥物。

「我也快不行了。」

牛丼吃完，陽光闖進曼哈頓。她開了手機，男友一夜焦急訊息闖入，手機發瘋顫抖。她回訊息，一如往常說謊。日光街頭，小史抱住她，道別。小史黑色大衣包覆她，驅趕紐約冬天，好暖，像熱帶。

「答應我，來找我。」

小史，我終於來了。你怎麼這麼會選？選了瘟疫蔓延的這一年。

今年三月紐約成病毒重災區，她和男友決定離城避禍，在超市裡買生活物資。他們跑了五家超市，依然買不到任何衛生紙。報紙訪問平日便囤積物資、準備迎接末日的人，稱之Prepper。她不認識這個字，上網查詢，「末日準備者」，堅信世界末日、外星人攻佔地球、核爆毀滅、病毒黑死病，囤積幾個月的物資與糧食，裝設雨水過濾器，挖掘地下避難所。

原來，傑克是個Prepper。她記得地下密室裡堆滿了罐頭食物與飲用水，似有通風設備，沙灘上架設監視攝影機，畫面傳到地下密室裡的小電視螢幕上。原來，那是個避難碉堡。

離開森林小屋之後，她回到曼哈頓，一個人生活。她焦急的父母與經紀人都在海外，無法飛來紐約。她身邊總是有人，從來沒有一個人生活。忽然一個人，她不知道怎麼操作洗衣機，微波爐的按鈕比鋼琴鍵複雜，閉眼可蕭邦，煎蛋卻差點燒了廚房。她爬到公寓屋頂看紐約，大家都在家躲病毒，各家屋頂上有人彈鋼琴、拉小提琴、做瑜伽、跳舞、唱歌、尖叫、裸晒。經紀人希望她能把電子鍵盤搬到頂樓去，他安排空拍機拍攝她在曼哈頓屋頂彈琴的畫面，影片可發布給媒體，上傳到網路。她拒絕了，她一點都不想彈琴。她帶酒到屋頂上，讀村上春樹，忽視父母來電，跟對街屋頂的陌生人隔空舉杯。聽到男友在森林小屋舉槍自殺那晚，她不知道該如何反應，在公寓裡踱步，睡不著，想到日後必須不斷說謊，以悲傷的臉回憶男友，覺得疲倦。她打開電視，拔掉所有的訊號線路，讓電視螢幕充滿雜訊。燈全暗，藍色的光，慢慢從電視螢幕上爬出來。她打開男友的保險櫃，拿出槍枝。

終於，螞蟻出現在嶄新潔白的Coconut Tree Hotel了。一排螞蟻受甜味吸引，爬上她房間的桌子，對切蘋果上布滿黑色螞蟻。她拿起蘋果，咬一口。

克莉絲丁來了。她把單車停在椰子樹下，看萊恩跟凱文餵松鼠。

安妮來了。她一身輕便，只有一個背包。

萊恩指著阿曼達的房間，克莉絲丁和安妮順著他的手指，看到了房間裡的阿曼達。

大家都來了。除了小月。

阿曼達有一次結束巡迴，回到紐約公寓，男友在客廳看影片，音量開到最大，影片裡所有人都大聲喊叫，說著一串髒話。男友沒注意到她回家了，電視螢幕上剛好出現小月。導演特寫小月的臉，說了一段短短的台詞，說著說著，眼睛出水，眼淚滴到胸前，阿曼達跟著哭。有什麼神祕的引力拉扯她的腳步，她跟隨引力，哭著走到陽台上，抬頭，紐約月圓。好圓好圓的月亮，小月，妳今晚也在看月亮嗎？

阿曼達吃掉爬滿螞蟻的蘋果，對窗外的人揮手。她去丹麥開演奏會，知名大廚為她上菜，甜點裡出現了許多螞蟻。餐盤上的螞蟻似乎睡著了，躺在甜點上，遠看像是黑胡椒粒。她說謊，搖頭說不敢吃。騙人。其實十六歲那年，她就吃過螞蟻。安妮坐在蟻丘旁，抓起一把螞蟻，往嘴裡送。她也抓了一隻丟進口中，螞蟻在口腔中攀爬，想逃生，趕緊用舌頭把螞蟻掃到牙齒，用力咬，螞蟻碎裂，土香芬芳。

你們看，螞蟻。我找到螞蟻了。我們跟蹤牠們，說不定能找到蟻丘，接著找到百香果。記得嗎？

你們都來了，表示你們都記得。

安妮，好久不見，妳的背包裡，依然裝滿了藥丸嗎？

19

直到對方身體翻騰失序

一九九一年

天花板漏水打醒小月，有某種堅硬的物質掙脫海洋地殼，撥開洋流，從身體深處浮到眼前。

臉汪洋，以為是天花板裂縫掉出來的汙水，抓床單擦臉，才發現眼睛在漏水。剛剛夢裡身處銀白昏暗曠野，有潮聲卻看不到海，有笑語卻見不到人，天與地極速膨脹。她朝人聲狂奔，摔倒又站起來，站起來又摔倒，不斷重複，身體持續撞擊堅硬的岩石地面，痛楚真實，滿嘴苦味。地表貧瘠，無樹無花無草。天空廢棄，無月無日無雲。視角切換，她看到自己在荒原中奔跑，鏡頭越拉越遠，她的身體快速變小，天地擴張，她還在跑，還在找。荒原吞噬她的身體，她消失了，但哭聲還在。

她時常做這樣的夢，從夢裡哭到夢外，總是一個人，找不到任何人。浮到眼前的，是母親的電話號碼。

漏水越來越嚴重，黑色的水從天花板細縫擠出來，被子、沙發、床鋪都濕了，阿曼達、安妮、克莉絲丁熟睡。現在幾點？白天還是夜晚？這裡是哪裡？往窗外看，夜將盡，破曉時刻，薄霧逗留，淡淡的月亮睡在雲朵上。

她往外走，想找電話，看到BK睡在沙灘椅上，身邊堆疊許多圖樣鮮豔的紙盒。近看，是一盒一盒的煙火。盒子上字體粗大誇飾，寫著火山，炸彈，魔術，爆炸，彩虹，雷電，煙，噴泉，簾幕，瀑布。

犀牛醒了，或者根本沒睡？忙著吃萵苣。她撫摸犀牛，請問Coco，你知道哪裡有電話嗎？

BK也醒了，手扶著臉頰道早安，說牙痛，太痛了，受不了，乾脆睡在這裡。什麼？電話？我記得幾天前有看過。

BK在廚房翻找，鍋子砸地，驚醒所有沉睡的貓，最後在流理台裡找到浸在油水裡的電話。BK用吹風機吹乾電話，接上一條破爛的線，不通，拿電話敲桌面，不通，把電話往地上摔，還是不通。BK說，電話不乖，貪睡，不肯醒，晒一下太陽，罵幾句髒話，就好了。

安妮醒了，走出綠屋，伸展呵欠，揉眼揉出許多眼屎，抓頭抓出飄雪頭皮屑。低頭看手，沙粒、眼屎、頭皮屑，在掌心裡自成星雲。她幾天沒洗頭了？每天在海裡游泳，在沙灘打滾，全身都是沙。她問：「妳們在幹嘛？一大早。現在幾點啊？」

「我想打電話。」

安妮在沙灘椅上躺下，用指甲刮晒傷的頭皮。小月的話是鬧鐘，吵醒她。是，該打電話了，夏令營要結束了，他們必須離開了。她好餓，好想吃炸雞。她想吐，去海裡吐，吐出盛宴，招待熱帶魚。她想吃藥，好幾天沒吃藥了，忘了藥味。有隻肥黑貓走來，咬住那條連接電話的線，細碎的線路外露，貓嚼幾口就跑了。那條線連接外面的世界，撥通電話，霧立即散去，Coconut Tree Motel 地點暴露。他們要來了。

「安妮，妳有帶止痛藥吧？」

BK張口，讓安妮看牙。安妮不懂牙，但BK齲齒明顯，缺牙、蝕洞，狀況不輕微。她給BK止痛藥，請小月翻譯：「怎麼不去看醫生？」

BK聳肩，吞藥，轉開收音機，跟著熱帶曲調哼唱扭動，整理煙火，準備早餐。廣播主持人說，今晚是夏日煙火節，家家戶戶都會燃放煙火，今日天氣古怪，時晴時陰，晚間可能有暴雨，希望不要影響到煙火。

安妮看著背包裡的藥丸，一小包一小包，每一種藥的名稱、效用、副作用，她都很熟稔。幾天沒吃藥了？手心裡有頭皮屑、沙粒、眼屎、藥丸，仰頭，搭配廚房裡的啤酒，隨便抓一把藥，通通吞下去。

電話在太陽下晒了幾小時，用力敲打，再接線，果然通了。

小月打電話到邁阿密，親戚口氣毫不有異，問她要不要過來吃中飯，根本不知道她人跟車消失了好幾天。再打電話到濱海中學，電話轉了幾次，終於找到認識的老師。夏令營的老師說，我們知道妳跟家人去度假了，玩得開心！

該回家了。她從來不覺得邁阿密那間小屋是家，但她不能一直留在這裡。她聯絡計程車、灰狗巴士，明天一早先搭計程車去Key West，接著搭往北的巴士回邁阿密。

電話吸收高溫，在手心裡發燙。撥了那串號碼，隨即掛上。算了，不打電話到台灣，母親一定不在家。最近她忙什麼？新唱片？新電影？新男友？

母親很少打電話給她。偶而打來，都是喝醉，語言混亂，小月沒機會回答。

「喂，小月啊，吃飽了沒？我們這裡有強烈颱風，好可怕喔。我吃飽了。整個台北停電，我們這棟大樓好像在搖，完蛋了。是不是要死了啊？我好無聊喔，不能出門。妳那邊沒事吧？風不會吹到妳那邊去吧？」

「喂，小月，有地震！我要死了，我要死了。妳那邊沒事吧？」

「喂，小月，是我。要跟妳說，好險喔，幸好，本來妳要多一個弟弟，說不定是妹妹。我今天去醫生那裡，很順利啦，不然妳就倒楣了，要幫我照顧嬰兒，哈哈哈。警告妳喔，在美國小心一點，不准給我懷孕，要用保險套，不要像妳媽這麼笨，人家說不要，就真的沒用。白痴啦！妳吃飽了沒？」

她不記得台灣的颱風，但她喜歡佛羅里達的颶風。颶風襲擊佛羅里達，她偷偷離開親戚家，去海邊觀浪。風飛踢民宅，屋頂捲入狂風，客廳、臥室裸露。她拿起相機拍攝空中飛舞的櫥櫃、磁磚、腳踏車，拿錄音設備錄下風聲雨聲。有幾個年輕人在狂風中跳舞，笑鬧喝酒，拿出槍枝，朝颶風開槍。她期待回到親戚家，一切夷為平地，洪水沖走所有房屋，徹底歸零。可惜社區淹水迅速退去，樹傾花殘，門窗碎裂，車子輕微刮傷，無人傷亡，幾天後，新樹取代老樹，車庫門修好，玻璃明亮完好，社區又回復精巧模樣。

她把颶風的聲音錄進錄音帶，用耳機聆聽。她喜歡大大的耳機，遮住她畸型的耳朵。在學校的餐廳、走廊、廁所、體育館，聽到同學背地裡嘲笑她，笑聲在地板潑汽油、點火，她踏不出下一步，站不起來，身體僵硬，雙腳顫抖，她立刻戴上耳機，聆聽風暴摧毀民宅的聲音。風暴帶來豐沛雨水，滅掉地板的火，終於可以踏出步伐，找沒有人的角落，聽著颶風，一個人吃午餐。

她從來沒跟母親說颶風。颶風季節，母親從來沒有打電話來關心。明天回去邁阿密之後，她也不會跟母親說車子撞毀的事。一回到邁阿密，她立刻重新買一輛一模一樣的車。但衝進紅樹林裡的那輛車呢？想到那輛車，面前的沙灘著火，她困在火裡，聞到自己身體的焦味。

怎麼辦？隨身聽被她留在邁阿密，沒有颶風可救她。

「安妮，我頭好痛。妳有沒有什麼藥？」

白色的圓形小藥丸，飯後吃一顆。安妮給了她五顆。白色小藥丸在掌紋裡滾動，像是小行星。白色小行星吸收了太陽光能，閃出細微的光。小行星碰撞口腔壁，被牙齒碾壓，進入身體軌道，破碎，溶解，化成更小的發光星體，進入血液。

一顆，反而助長周遭火勢。兩顆，火勢依然。三顆，火稍滅，有水聲，有風聲，屋頂掀開，民宅裸露。四顆，洪水來，怒濤擊打。五顆，火滅，她身體離地，漂浮在沙灘上。

小月腳離地，像顆氣球往上飄升，攀登雲朵，穿越大氣層，俯看熱帶。熱氣蒸騰，人影溶糊，聲音碎裂，薰風厚重，汗水奔流。木瓜熟透離樹落地，在地上摔出慘案。蒼蠅與安妮爭食木瓜屍，安妮滿臉橙橘果肉，揮趕蒼蠅，像非洲獅子驅趕獅群，獨享嘴上的小牛。小史手上的水管噴出清涼的水柱，噴自己的身體，再噴向其他人。水柱伴隨小史的笑聲，瞄準凱文在沙地上的畫作，驚醒克莉絲丁，驅逐貓與紅鶴，再噴向阿曼達與安妮。小史的笑聲如尖銳的小石頭，精準擊中每個人的頭顱。

有什麼被連根拔起。有什麼觸地碎裂。有什麼被一刀截斷。

小史的笑聲擊中了每個人身體裡的蟻丘、蜂窩，憤怒的虎頭蜂、火紅蟻傾巢，亮出毒針、螯針，朝彼此穿刺。

「幹，你白痴啊，你知不知道我畫了多久？」

「Fuck！你幹嘛噴我！」

「我的藥都濕了！你神經病啊！」

「小史你有病啊！」

「對，說對了，你們都說對了，拍拍手，好聰明，我就是他媽的有病。」

「瘋子，都是你啦，要不是你，我們會搞成這樣嗎？」

「對，都是你。」

「拜託，搞清楚狀況好不好？撞車的是我嗎？還不是小月？開車跟烏龜一樣，超白痴的，烏龜竟然也會出車禍。」

「對，小月，都是妳！妳是不是根本沒有駕照，騙我們的對不對？」

毒針朝小月刺過來，但她漂浮在空中看大家吼叫，身體如水柔軟，閃過毒針。

「Fuck！Fuck！Fuck！」

「幹！」

「你們不要再罵髒話了！」

「我要留在這裡，你們明天自己走。」

「你在說什麼鬼話？你留在這裡，那我們回去怎麼解釋？說你死了？」

「好啊，就說我死了，說你們殺了我。」

「你真的有病！每次在佛堂看到你，我就覺得你有病！神經病！」

「對，我就是他媽的有病。你們都沒病，哇哈哈。她每天在廁所吐，沒病啦，院長的女兒，模範生，第一名，聽說是榜首啦，沒病！拍拍手！」

安妮變成犀牛Coco，全身銀光閃亮，鼻子長出堅毅的犀角，朝小史衝撞。小史身體離地，重重摔在沙地上，發出更尖銳的笑聲：「哈哈哈，榜首原來這麼厲害，哇，拍拍手，第一名！」

「你不要再笑了！」

「那妳先也不准笑。」

「笑屁，我沒有笑。」

「哈哈哈，妳自己忘了是不是？沒關係，我們幾個都沒有忘記，那幾個美國大學生輪流在乒乓球桌上幹妳，妳笑得好開心。還有還有，每次萊恩偷偷在半夜進去妳的房間，妳也是……」

「Shut up！」

「幹！你們通通給我住嘴！」

萊恩也變成犀牛，把小史撞到牆上。

「哈哈哈，我有說錯嗎？都是妳這個賤人。」

「你才賤！」

小月抓住了高大的木瓜樹，身體像是旗幟迎風飄揚。她好喜歡這種感覺，失去骨骼，身體輕柔如絲綢，嘴巴不苦了，不怕一個人睡了。她不理會地上爭吵的人們，緩緩下降，飄向安妮的背包。那背包是宇宙，她需要更多的白色小行星。

紅鶴Coco加入爭吵，呱呱呱呱奔跑，細長的腳在沙地上留下慌張的蹼印。一隻短吻鱷從百香果藤架竄出來，追趕紅鶴，尾巴揚起沙塵。

看到短吻鱷，安妮尖叫，身體猛烈抽搐，雙臂扭曲，拳頭緊握，雙腿猛烈地震。安妮覺得自己就要死了，眼前的熱帶急遽放大又縮小，地上的黑影擺脫人體，在熱空氣裡漂浮，像是穿著黑袍的死神，在她的身體上方盤旋。她控制不住雙腿的地震，身體失衡。黑袍死神用大鐮刀割下天空的雲朵，在她摔向沙地之前，雲朵成枕，飄移到她的後腦杓。

傑克抓了沙灘椅上的軟墊，枕住安妮的頭。

雲好燙，沾了沙，軟黏如裹了花生粉的熱麻糬，支撐她的肩頸。她好餓。她餓好多年了，總是吃不飽，身體內在有個巨大的洞穴，努力用食物填洞，把洞塞滿，身體就不會掉進去。但洞穴深處總會吹來一陣強風，把所有的食物噴出。

她身體好久沒地震了。上次地震是什麼時候？母親準備進手術房切除乳房，跟父親在病房裡吵架。語言鬥爭時刻，他們總是有辦法一臉微笑，遠看融洽，近距刀劍。她在書包裡找到麵包，咬一口，母親嘴巴的劍指向她：「那種垃圾不要吃。」她把麵包吐出來，雙手在胸前麻繩纏繞，震央在腹部，全身地殼強烈震動。地震消退後，父親說：「妳在搞什麼？幸好沒人看到。」

暴雨掙脫雲，穿越空氣阻力，衝向地面，轟炸這佛羅里達的熱帶小島。雨滴衝撞Coconut Tree Motel的小屋，雨聲癲狂，溫度驟降，午後白晝突變成黑夜，雷聲如摔瓷，盤碗的碎片撞進耳朵，腦中嗡嗡。

安妮躺在床上，痙攣逐漸退散，身體溫度稍降。窗戶敞開，外面的天空灰黑凶惡，海面猙獰。雷聲威嚇，閃電割裂天空，擊中海面。一群女生在綠屋裡看雷，聽雷尖叫。叫喊逐漸變成笑鬧，大家一起擠在床上，想像身處怒海中的孤島，手拉著手，迎接邪惡的黑色浪濤。暴雨把島連根拔起，島在海面沉浮，朝世界的盡頭飄移。快到了，就快抵達盡頭了。

天花板的漏水越來越嚴重，雨破門而入，地板積水逐漸升高。安妮覺得屋裡有水蛭蠕動，隨著逐漸升高的積水，爬到她身上。水蛭吸盤貼著她的指尖、嘴唇、腳趾，口器刺穿她的皮膚，開始吸血。鮮血流淌，紅色蔓延，白色床單染血。紅色在她的面前不斷擴散，熱帶染紅，木瓜鮮紅，犀牛鮮紅，閃電鮮紅。

紅色指甲油在白色床單上翻覆，紅色口紅在安妮的嘴唇上來回，小月、阿曼達、克莉絲丁幫彼此擦口紅、塗指甲。大家的笑聲有熱度，像是蒸汽熨斗，在她身上來回燙。她喜歡熨斗，凹凸起伏都能瞬間燙平，舊衣逆反時間，平整回春。皮膚上的隱形疤痕除不了，牙菌斑繁星，心裡的爛攤子開展成士林夜市，催吐在食道縱火，她全身上上下下裡裡外外都需要熨斗燙過。她每天出門前都在房間裡用蒸汽熨斗把委靡的衣物燙平，穿上無皺衣物，遮住坑疤凹凸的身體，才有辦法走出房門。好幾次，她差點拿熨斗燙自己的臉。五官燙平，面目嶄新，無人知曉，終於不再是院長女兒。

這個熱帶小島就是個蒸汽熨斗，燙過她的臉，平穩她身上不規則的起伏，地震過後，沒有人責備，大家按摩她的四肢頸肩，幫她擦上紅色指甲油、口紅。指尖豔紅，終於有了氣力，抓取剛剛離鍋的炸雞，大口咀嚼。她不需要照鏡子，她知道自己的臉已經被熱帶燙到變形。怎麼辦？這張變形的臉，這個嶄新的身體，該如何回到台北那個家？

小史衝進來，嘴巴啣一塊炸雞，大喊說他也要擦指甲。他躺在床上，任所有女生在他指尖、腳趾塗色，血紅放肆，大家指甲都染血，笑聲張狂。他的口袋掉出一大堆糖包，上面寫著Hong Kong，是Key Largo那家香港餐廳。阿曼達撕開糖包，往嘴裡傾倒。

傑克在雨中炸雞、跳舞、彈吉他，他說這是大家在Coconut Tree Motel的最後一晚，派對不歇。音箱接上收音機，放送快節奏的舞曲。BK穿著粉紅色洋裝，在雨中打鼓、跳舞，洋裝喝飽雨水，緊緊貼在她豐滿的胸部上。她吃下安妮給的止痛藥，宛如新生，殺死腳裡的壞蟲，牙不痛了，頭像氣球漂浮，身體貼上傑克，親吻他的小鬍子。她對著綠屋叫喊，來，來，不要待在裡面，出來跳舞。

熱風從小史口腔吹出，拂過未乾的紅指甲。他說：「難怪，會被拖去強暴。」好幾顆新鮮的青春痘在他的臉頰、額頭、鼻頭冒出。

克莉絲丁說：「什麼？強暴？」

「小月跟我說的。」

克莉絲丁用手指擠小史額頭的青春痘，指尖沾滿黃白色的膿。有幾顆青春痘噴濺鮮血，像是小火山群。她喜歡擠男孩臉上的青春痘，擠破發炎紅腫的痘，釋放她身體裡悶煮的憤怒。青春痘在她指尖火山爆發，留下永遠的坑洞，這是她標記領土的方式，表示她來過，征服，留下印記，專屬於她。此刻她身體燒燙，憤怒翻攪。萊恩呢？萊恩在哪裡？她想擠萊恩臉上的青春痘，來佛羅里達之後，萊恩臉上長出了許多痘子。她一定什麼都不用說，拋擲一個眼神，萊恩就知道了。萊恩總是知道她要什麼。萊恩一定懂，會立刻幫她拿回來。

雨中，BK戴著克莉絲丁的草帽。

克莉絲丁故意把草帽留在地下碉堡裡。這樣她才有藉口，再掉進去那個暗門。想不到BK這個大賤人，竟然拿了她的草帽。

小史從小就見過很多BK。

跛腳的女孩。沒有腳的女孩。失學的男孩。被父母打到聽力受損的男孩。被性侵多年的女孩。被想得子的父親不斷強暴，生了好幾個女兒，最後終於生到兒子的女孩。被同學丟進餿水桶的男孩。缺腿的女孩。四肢萎縮的女孩。被母親賣到妓院的女孩。雛妓女孩。雛妓男孩。全身都是菸疤的男孩。外表男孩，其實擁有雙重性器官的男孩，或者女孩。聾啞女孩。全身燙傷的男孩。一句中文都不會，沒有任何身分證件，研判來自東南亞的女孩。精神障礙的女孩。剛出獄的男孩。

創辦人指示母親找來這些男孩女孩，請來專業心理學家評估，安排他們住進佛堂宿舍，供應三餐，協助復學或者參加職業訓練。他們負責佛堂所有粗重的工作，打掃、烹飪、修砌，每週固定聽創辦人說佛，不聽佛，就不准領薪水。

母親不准小史跟這些男孩女孩來往，她說他們是「下等人」。

「下等人」適應佛堂生活之後，會被安排入院，接受絕育手術。手術完成可加薪，宿舍升等，職位升級。

有不少父母主動把孩子送來佛堂，簽署同意書之後，再也不來探望。這些孩子，稱創辦人為「恩人」。佛堂不斷擴建，這些「下等人」在工地裡奉獻勞力，領取微薄薪水，不得抱怨。

BK很適合垂蓮小佛堂，她很勤勞，一臉傻，叫她在文件上簽名，一定不會想太多。

BK是「下等人」，那傑克呢？

小史喜歡「下等人」。他們教他開鎖，翻牆，偷竊，裝子彈，上膛，吃藥。他喜歡他們身上的汗味，腳指甲縫裡的黑色土壤，耳背的油垢，肚臍裡的沃土，腳跟的厚繭，煥發的鼻毛，酸臭的口氣，粗厚的手肘。

有個剛到佛堂的男孩，躲在床下哭，拒絕進食，浸在屎尿湖泊裡。男孩利牙如鯊，狂咬任何試圖拉他的手。小史也把手伸進床下餵鯊，利齒刺進他的手掌，他沒喊痛，手沒抽回。鯊咬累了，齒鬆開。他滑進床下的屎尿湖泊，陪男孩哭，陪男孩尿。哭泣男孩收斂鯊齒，伸出舌，舔小史手掌上的齒痕傷口。男孩不哭了，說：「怎麼辦？爸爸不要我了。」

小史看男孩全身都是傷痕，拉他離開床下，洗澡，剪髮，吃兩大碗飯，喝兩大碗湯，打嗝如響雷。

小史說：「跟你說，我爸爸也不要我了。但沒關係，我自己去找他。」

小史喜歡舔傑克的肚臍。鹹鹹的，像海。海沒被舔過，縮了一下，隨即膨脹，迎接舌頭。

停電了。

傑克檢查電箱，看來無異狀。沒繳電費嗎？雷擊？還是整個島嶼都停電了？他今天多抽了幾根大麻，昨天才到貨的白色粉末進入鼻腔，腦中暴雪。他沒離開過無雪熱帶，沒見過雪。雪是結冰的雨滴嗎？雪落地有聲嗎？雪能拿來當刮鬍泡嗎？啤酒加雪滋味如何？伏特加加雪滋味如何？古柯鹼加雪滋味如何？海水加雪滋味如何？牙膏加雪滋味如何？炸雞加雪滋味如何？萊姆派加雪滋味如何？若是熱帶一場大雪，沙灘積雪，他鏟雪當飼料，犀牛肯吃嗎？貓愛吃雪嗎？熱帶海洋遇雪會結冰嗎？彩虹遇雪會結冰嗎？雲朵遇雪結冰，會不會變成一大塊冰塊，重重砸到地面？大雪覆蓋熱帶，他還找得到沙地上的暗門嗎？

幾年前，父親死的那天，也是這樣的天氣。白晝忽暗，地上的螞蟻隊伍被暴雨沖散。父親死前咆哮，罵他 fairy，sissy，fag，virus，原來醫生騙我，我這根本不是癌症，什麼腫瘤，是你這個死變態傳染給我的病毒。父親罵累了，子彈沒了，去沙灘上喝酒淋雨。

父親不肯化療，說紫外線可滅腫瘤，每天脫光衣服在沙灘曝晒。父親也說酒精可殺菌，每天幾瓶烈酒下肚。實情是父親根本沒保險，沒錢付醫藥費。存款剩幾塊美金，他還去借錢買了十幾隻紅鶴，說可以收門票賺大錢。父親讓紅鶴自由在沙灘上奔跑，餵牠們吃貓飼料，直到連買貓飼料的錢都沒了。父親要他去商店偷飼料，沒得手不准回家。他不敢偷竊，只好睡在附近超市的停車場，不敢回家。他知道沒帶飼料回家，父親一定會毒打他，皮帶抽打是小事，父親最近病情加重，脾氣更差，拿棒球棒追他。他真的沒錢買食物，隔壁是富裕人家的度假別墅，游泳池、跑車、派對、水晶吊燈、遊艇，他趁夜去翻找別墅的垃圾桶，找到許多剛剛過期的火腿起司。有一晚，他躲在樹叢裡，看富裕人家的青少年小孩坐在垃圾桶旁抽大麻，跟他年紀相仿，身上的睡衣在月光下閃耀著美金的光澤。他看看自己，好幾天沒洗澡，衣服破爛，吃垃圾維生。在學校，大家都謠傳他這個外號是「孤狼」的怪人有尺寸驚人的生殖器官，有男同學在廁所裡想偷看，他隨口說，看一次五美金，摸一次十美金，嘴巴碰一下二十美金。想不到行情傳開，他在校園的廢棄廁所裡賺了一筆錢，終於能買好幾包飼料、萵苣，回家餵紅鶴跟犀牛。回到家，裸身晒太陽的父親抓了棒球棒追上來。他從口袋掏出鈔票，父親摔掉手上的棒球棒，立刻拿錢去買酒。

男同學、女同學，只要先付現金，都是好顧客。其中最大方的顧客，是隔壁別墅人家的兒子，躲在垃圾桶旁抽大麻的那個富家子弟，以後要去讀哈佛的高材生。富家子弟拿出一百塊美金，跪地張嘴，最後懇求，如果射在他嘴裡，他就多給五十塊美金，但拜託絕對不能說出去，他已經申請上哈佛了，以後要投入政壇。

他這個「孤狼」本來就寡言，當然不會說出去，所有顧客的身分他都絕對保密，才能繼續收取現金。男同學。女同學。男老師。女老師。誰的媽媽。誰的爸爸。誰的舅舅。誰的表妹。教會裡的神父。直到校園廢棄廁所拆除，他沒地方見客人，就把顧客帶回家，價碼提高，服務升級。他發現自己隨時處在亢奮狀態，男的，女的，介於男與女之間的，他都有辦法立即找到讓對方尖叫的點，緩緩進攻那些點，直到對方身體翻騰失序。生意好的時候，他一天可以用掉一打保險套，依然不累。他覺得這就像是抽菸，或者是那些白色粉末，上癮，越抽越多，越吸越多，越做越快樂，讓他忘了好多事。

父親透過窗戶縫隙，看到長髮女孩坐在他身上。看著長髮女孩起伏的身體，父親暫時遺忘腫瘤，身體發熱。看著看著，父親發現，不，不是女孩，在兒子身上呻吟的，是男孩。父親等長髮男孩付錢離開，拿了來福槍，朝兒子住的小屋射擊。子彈用盡，他抓起棒球棒衝進去，發現兒子不在房間。

來福槍沒子彈，父親的嘴丟出手榴彈，咒罵，變態，死同性戀，病毒，用棒球棒砸窗戶，抓了紅鶴，扭斷紅鶴的脖子。天色突變，黑夜摔在沙灘上，驟雨凶猛。父親在沙灘上淋雨，不斷咒罵，說醫生騙他，原來身體裡面那些壞東西根本不是腫瘤，其實是自己的兒子帶回來的愛滋病毒。他躲在樹上，遠遠看著父親在暴雨中追逐紅鶴。

颶風來了，父子躲進地下碉堡。父親說，等雨停風走，就會殺了他，保證不會被任何人發現，你這個死變態，難怪當初你媽拋下你，她就是不要你這個死同性戀，我倒楣還要繼續養你，結果你是個變態，我一定會殺了你。雨停了，熱帶秩序回歸，父親不見了，碉堡只剩他一人。他離開碉堡，熱帶藍天白雲，沙灘閃著金色的光芒，椰子樹倒，父親睡在沙灘上。

沙灘上的父親終於睡著了，臉朝下，停止呼吸。平靜的湛藍海面上，有好多紅鶴屍體漂流。數一數，只剩一隻。存活下來的那隻紅鶴從紅樹林冒出來，在淺灘上踱步，對著海面上的同伴發出悲鳴。

處理完父親的後事，他把自己關在地下碉堡裡，整個夏天都沒回到地面，靠乾糧、罐頭維生，彈吉他唱歌，聽自己的回音，不斷在狹窄的空間裡舉重伸展，直到沒力氣哭。他每天都會打開監視器電視，看地面發生了什麼事。他想像地面上終於發生父親預言的核戰，或者病毒生化戰，一切皆滅，人類消失，只剩下殭屍。但少了父親的沙灘非常平靜，小電視螢幕藍藍的，外面的世界，無論日夜，看起來都是藍色的。吃完所有罐頭之後，他終於爬上階梯，回到地面。紅鶴還在，犀牛還在，多了幾隻貓。

世界還在，沒毀滅。

顧客還在。

夏天結束之前，他賺了一筆足夠的錢，讓他可以在這裡蓋度假小屋，取名為Coconut Tree Motel。

雨停了。雷聲消失。熱帶迅速變形，方才邪惡暴烈，此刻好溫柔，陽光伸出長長的指甲，在人們的皮膚上來回輕輕刮。

屋外雨停，度假小屋的天花板卻繼續哭。裂縫似乎越來越大，原本只是小水滴，現在是瀑布了。地板水位越來越高，枕頭浮起來，背包變成魚，人像是水面浮屍。

鮮紅指甲油都乾了。

明天要離開了。

明天要回去那個原來的世界了。

紅鶴在淺灘踩水，對著海面鳴叫。

肥白貓躺在銀亮的犀牛身上打呵欠。

好靜。不尋常地靜。

BK把盒裝煙火搬到沙灘上。她拿起頭上的草帽搧風，好熱啊，好想吹冷氣。

傑克升營火，吹氣球。他在地下碉堡找到一大堆氣球，全部都是白色的。沒錢為父親辦喪禮，他買了好多好多白氣球，在沙灘上灌入氦氣，釋放氣球。氦氣進入他的喉嚨，他用變質的聲音對天空喊：Fuck you！

阿曼達聽到了不尋常的雷聲。連續雷聲悶而短促，來自遠方的紅樹林。

20

穿上一層又一層的隱形香味盔甲

二〇二〇年

克莉絲丁坐在馬桶上釋放響屁，腹部的窘迫終於稍微退潮。這聲屁是莫札特的夜后，嘹亮驚動熱帶。深深吸一口氣，天哪，一定是昨晚的牛排，臭味堅實，撞擊鼻腔與雙眼，逼出眼淚。不只昨晚，昨天中午，前天中午，前天晚上，早餐。沒人知道她在佛羅里達，沒人認識她，終於可以大口吃肉。吃素去死。她厭惡仿肉，什麼Beyond Meat，去死。在美國，早餐就可以點一大塊牛排，medium rare，三分熟，血水放縱，牛排刀、嘴唇、白齒、餐巾沾血，全身舒暢。有一次抗議活動，肉商讀了她的吃素憤怒標語，笑說：「牛吃素，我吃牛，所以，我跟妳一樣，也吃素。」她好想笑，但鏡頭對準她的臉，不能笑，必須嚴肅，拉扯喉嚨怒吼，呼喊吃素救地球。她忍住笑意，趕緊衝進廁所狂笑。她後來找到這位肉商，約在汽車旅館的床上，擠他鼻頭的粉刺、青春痘。

夜后繼續引吭，氣體奔放，卻無實體排泄。她便祕好幾天了，肚子微微隆起，像是懷孕。她敲敲肚子，歲月在鬆垮的肚皮上狂草，當年懷孕初期，肚子也是這樣的表情嗎？紋路迴繞下垂，搭配肚臍，像一張哭臉。蒼老的哭臉。忘了。真的生過小孩嗎？真的忘了。什麼都忘了。

繼續用力，等待便意。手機自拍，陽光穿越薄薄的藍色窗簾，染藍她的臉。還不錯，美，看不出是四十幾歲的老女人。剛剛看到當年遊學團的所有成員，她肢體僵挺，嘴巴吐不出任何寒暄，肚子卻咕咕叫。趕緊說該回房間換衣服，喪禮就要開始了。藍色的陽光在她臉上釘耙，鬆開堅硬的土壤，臉部線條逐漸柔軟，幾張馬桶自拍都很成功，挑了一張，用修圖軟體加工，去除臉上的滄桑，貼上社群網路。當然，不標明地點。噓，沒人知道她吃牛排，沒人猜得到這藍色的熱帶是佛羅里達。

今年冠狀病毒洶洶，所有計畫好的抗議活動都休止。一直待在家讓她覺得荒涼，她需要喧鬧，人群齊唱能填滿她身體所有的細縫。她在網路上看不幸染病的人在病床上自拍，點閱百萬，哭著呼籲大家要乖乖待在家裡，不要出門去狂歡派對，說自己短時間內瘦了好多，畫面上了新聞，接受各國媒體連線專訪。她決定騎單車出門，尖峰時段進入台北捷運，去人多的地方用餐，搭擁擠的電梯，偷偷把口罩往下拉，大口呼吸。上公共廁所，伸出舌頭，舔馬桶座。在無人的電梯裡舔樓層按鈕，來回摸百貨公司的扶手、辦公大樓的門把，不洗手，不斷摸臉，等待染疫，排練自拍獨白，哪個角度淌淚，呼籲大家正視病毒的威脅。

無論怎麼舔怎麼摸，該死的病毒一直沒來，她毫無症狀，透過關係自費檢測結果為陰性，自拍腳本都寫好了，就是派不上用場。

透過藍色窗簾往外看，彩虹圖樣的摺疊椅排放，各色鮮花堆疊，白色氣球拱門，小史的照片，傑克的照片，兩人的合照。剛剛一陣短促的雷陣雨，把熱帶洗淨，彩虹椅上布滿細小晶瑩水珠，紅樹林閃閃發亮。紅樹林裡，還有石蟹嗎？還有綠鬣蜥蜴嗎？照片上的傑克，是當年的小鬍子傑克，高中生模樣，皮膚黝黑，眼珠海水淺藍。當年意外來到Islamorada這個熱帶小島，睡前看海，醒來看海，身體在碼頭上的跳板騰空，躍入藍色的溫暖海水裡，在水中張開眼睛，看藍色的泡沫，抓藍色的魚。但後來她就忘了海，她把目光轉向傑克。傑克的眼珠就是海，淺藍汪洋，誘人入海。一掉進去那雙眼睛，身體冒出愉悅的藍色泡沫，她在地下碉堡裡大聲呻吟，溺斃又重生。

後來，從沒有任何一個男人，讓她墜海滅頂。

當年聽說小史放棄台北佛堂的一切，回到佛羅里達，她嫉妒。她也想回去。但她一直想到小月。小月在月光下尖叫的臉已經變成她身體裡的某個隱形器官。深夜，清晨，途中，人群中，這個隱形器官會忽然腫脹跳動，在她身體裡快速膨大。

小月，妳來了嗎？我好像聞得到妳。但妳怎麼可能會來？妳就住在我的身體裡，隨時踢我一腳。

如同當年肚裡的孩子。

釋放所有拘禁的屁，便祕依然。她把冷氣調到最低溫，浴缸放滿滾燙的熱水，磨砂膏全身搓洗，頭髮洗三次，刮體毛，熱水放掉再淋浴，擦乾之後塗上厚厚的身體乳液，止汗噴劑噴灑全身，噴香水，這是除臭的過程，穿上一層又一層的隱形香味盔甲，絕不能讓別人聞到她身上的異味。穿上精心挑選的黑色連身無袖裙裝，在鏡子前確認姿容，剪裁遮住隆起的腹部，黑色顯瘦，托高胸部，搭配黑色高跟鞋，算是可以見人。贏不了阿曼達，至少，比安妮美。

只是忽然屁又來訪，房間裡瀰漫辛辣臭味，趕緊脫掉裙裝，衝去馬桶繼續與便祕對抗。她從來沒在任何男人面前放過屁，連萊恩也沒聞過她的屁。只有傑克。傑克的手心接住她的屁，靠近鼻子嗅聞，微笑，閉眼，像是聞一朵香花。

馬桶擂台，便祕高舉勝利獎杯，來自台灣的克莉絲丁慘敗，被便祕一拳擊潰，面朝下，倒地不起。

再穿上黑色裙裝，調整髮型，補一下粉底口紅，嗅聞腋下，確認香味盔甲都在。戴上草帽，走出房門，高溫如惡犬，立即咬住她。深深吸一口氣，她聞到了好多複雜的味道，熟悉的，陌生的。

彩虹摺疊椅快坐滿了，全身亮片的非裔變裝皇后在舞台上測試麥克風，DJ播放舞曲，許多人搖擺身體，這是個妖嬈派對，沒有任何死亡陰霾、病毒威脅。一對手牽手的男同志戴著彩虹口罩，上下打量克莉絲丁，對她眨眼，比出大拇指。許多陌生人前來攀談，問她是傑克還是小史的朋友？來自哪裡？天氣很棒吧？等一下會有好美的夕陽，真是好美的喪禮，妳不覺得這些彩虹椅子好可愛嗎？

人群讓她亢奮，笑聲，問候，說小史，談傑克。好多人稱讚她的黑裙還有草帽，問她哪裡買？巴黎，親愛的，等該死的疫情過去，我們一起去巴黎吧。

她環視座位，當年遊學團的成員分散坐。一群人圍住凱文，稱讚他的電影，拜託下一部電影讓我試鏡，不，找我啦，不，導演，我，不用給我錢，我免費，不不不，我，讓我試鏡，導演，我很有錢，很願意出資。她真的不懂，凱文拍的那些電影那麼難懂，原來真的有人看？小月演的電影才好看，才刺激，那才會賺錢吧？

她先確認阿曼達的位置，阿曼達換上白色褲裝，遠遠的，她聞到阿曼達身上的香氣，不是乳液香水止汗劑，是微粒汗水，是筋骨肌膚，是內臟血液，是毛髮指甲，熱帶引一把小火，在阿曼達身上到處焚燒，油脂燃燒揮發，幽香飄散。那樣的香氣讓她作嘔，絕對要離阿曼達遠一點。安妮身旁有空位，她走過去，安妮低頭凝視地上。

「妳旁邊有人嗎？」

安妮身體抖一下，沒力氣抬頭，真的很想拒絕克莉絲丁，但能說什麼？叫她滾開？她說不出口，只好繼續看著地上的螞蟻隊伍說：「沒人。」

非裔變裝皇后請大家坐定，隨即一聲尖叫，歡迎來到Stanley的告別派對，唱歌，跳舞，游泳，戀愛，親吻，什麼都可以，就是不准哭，誰要是哭了，滾出去！請記得填寫小卡，把想對Stanley說的話都寫在卡片上，有人會負責把這些卡片綁在氣球上。

許多人上台，說小史的故事。他們口中那個小史，不是佛羅里達遊學團記得的那個小史。這個小史長年資助當地同志社群，提供被逐出家門的年輕同志住處與工作，參加少數族裔抗爭，總是站在遊行隊伍的最前線，飽受保守人士的攻擊。

克莉絲丁低頭看手機，查詢小史的社群網路頁面，單一張照片，熱帶島嶼夕陽，他的背影。沒有抗爭，沒有文字，沒有台上訴說的任何事蹟。再切回自己的帳號，剛剛的馬桶自拍，目前有三千多個讚。

蒼白的大學生違反規定，在台上哭了。十七歲那年出櫃被父母痛毆，逃出家裡，睡在樹林裡，聽說這附近有一間Coconut Tree Motel，兩位男主人一定會伸出援手。他們給我炸雞，一張床，聽我說故事，幫忙聯絡同志團體，安排我完成高中教育。炸雞，全世界最好吃的炸雞，你們大家都吃過吧？天哪，拜託告訴我誰知道炸雞的食譜？沒有他們，我早就死了。我永遠都會記得，我覺得我就要死了，他們端出來一大盤炸雞說，吃完炸雞，你就不會死了。真的，我吃完炸雞，就覺得我可以活下來了。

克莉絲丁記得炸雞。當年生下小孩之後，母親問她想吃什麼，她說炸雞，佛羅里達的炸雞，傑克的炸雞。母親說剛生完不准吃炸雞，她大哭大鬧，拉住醫生的領子，大喊要吃炸雞。醫生表情驚嚇，怎麼這麼瘦的亞洲少女有這麼大的力氣，趕緊說可以可以，妳可以吃炸雞！

想到這段，她趕緊在手機上做筆記，這段還沒有寫進書裡，下一本。不然真的不知道要寫什麼，腦子空虛，沒有任何新的題材。

非裔變裝皇后大叫，不准哭！DJ調大音量，彩虹椅子撤走，沙灘海洋游泳池都是舞池，比基尼小泳褲，肢體妖嬈。

克莉絲丁拿了一杯酒走上碼頭，高跟鞋在木板上鏗鏘。服務生端著食物酒水到處繞，炸鱷魚，炸海螺，生蠔，古巴三明治，萊姆派，芥末石蟹，緬甸蟒比薩。她每一種都吃，特別喜歡炸鱷魚跟緬甸蟒比薩，沾辣醬，鱷魚與蟒蛇在胃裡互咬，多貪幾口，等待蟒蛇一路咬過胃腸，帶領排泄物衝出她的身體。

一群青少年在碼頭上奔跑，站上跳板，騰空翻轉身體入水，比賽誰濺起的水花大。凱文坐在碼頭上，領帶鬆，襯衫有紅酒漬，髮裡有沙，雙腳在水裡，臉上戴著蟒蛇口罩。她在凱文身邊坐下，看著青少年不斷奔跑跳水尖叫。青少年的身體沒有歲月拖拉感，沒有明確的目標，沒有時間在背後催促，就是往前衝。青春不知痛，皮膚晒傷了，四肢攤開正面入水，完全不喊痛，出水後一臉燦爛，歡呼再來一次。曾經，她也擁有這樣的身體，跟遊學團的孩子在這個木造碼頭上不斷跳水，正面入海，越痛越開心。

那個晚上。不斷跳水的那個晚上。最後一場派對，一切失控。

太陽慢慢往海面掉，雲著火，海面橘紅。非裔變裝皇后抓了麥克風，喊說時間到了。一台機器吹出白色粒狀物，熱帶沙灘飄起白雪。白雪乘風飄到了碼頭，黏在克莉絲丁的臉上，她伸出舌頭舔，原來是糖。果然是小史，她記得他口袋裡總是有四處偷來的糖包。

綁著手寫小卡的白色氣球升天，地上有白雪，天上有白色氣球。白色氣球快速往上飛昇，直到變成星星小點，消失在橘紅雲端裡。

凱文轉頭過來看著克莉絲丁，摘下蟒蛇口罩，五官捲入眼淚漩渦，袖口黏滿鼻涕。他連續打了五個噴嚏，口沫在海上聚成一朵哭泣的雲。

克莉絲丁不懂，凱文哭什麼？凱文跟小史根本看彼此不順眼，那年夏天之後，除了在佛堂裡偶而碰到面，兩人應該沒有任何交集吧？

無人機從沙地升空，帶著小史的骨灰飛向海面。DJ停止播放舞曲，改放一段音檔，簡單的吉他撥弦，傑克的歌聲。那歌聲裡有皺紋，嘶啞碎裂，唱著唱著，小史的歌聲加入，卻抓不準曲調，歌聲飄忽，背離吉他和弦，傑克笑，小史笑罵髒話，戀人對唱，與熱帶雪比甜度。夕陽點火，燒焦空氣中的雪，戳破天空的氣球。無人機在海面上傾倒小史的骨灰，小史像是一朵海上的雲，隨風上下飄，猶豫了一下，似有眷戀，似有遺憾，抖動散裂，終於墜入海面。

阿曼達走到碼頭上，抱著凱文哭。哭什麼？妳哭什麼？關妳什麼事。妳怎麼練的？為什麼每顆眼淚都玲瓏精巧，像是刻意雕出來的珠寶，而且有香味。為什麼？為什麼我不想哭？為什麼？為什麼我的眼淚是臭的？為什麼我好想推妳入海？

夕陽迅速掉入海面，大風起，吹來濃密烏雲，月亮露臉。風厚重鋒利，剁碎周遭細碎人語，吹進耳朵裡，聽不清楚，像咒語，不祥呢喃。廚房的大廚忘了爐火，緬甸蟒、鱷魚肉焦黑。風夾帶焦味，蟒蛇與鱷魚的冤魂在熱帶島嶼飄散。

沙灘點燈，迪斯可球不斷旋轉，沙灘上晃動的七彩光影，引出了貓。許多貓從暗處跑出來，追著光影。沙灘上人影流動，舞動的人們伸長舌頭，品嚐著甜甜的熱帶雪。海鳥成群在空中亂飛，列陣凌亂，倦鳥拒歸巢，沙灘上的貓朝天喵喵怒吼，鳥鳴聽起來像咒罵，鳥與貓齊唱。

一定是喝太多杯了，克莉絲丁眼前的熱帶沙灘開始扭曲變形。月亮一團火燒成太陽，豪華遊艇變成破爛小船，濱海度假小屋白漆脫落，露出原本的顏色，紅色，綠色，藍色，黃色，所有小屋開始漏水，滴滴成洪水，踢破門窗衝出小屋。洪水銀亮，像是流動的水銀，佔領沙灘。水銀快速匯集，尾巴，厚皮，肥身，四腳，兩耳，頭，角，銀亮的犀牛復活，閃閃發亮，憤怒衝撞跳舞的人們。海面上有紅色的屍體漂浮，揉眼睛，紅紅的，再看一次，有羽毛，原來是一大堆紅鶴。死掉的紅鶴忽然復活，拖著斷掉的脖子，爬上碼頭，朝她奔過來。嶄新的濱海度假村消失，面前是多年前的 Coconut Tree Motel。

她丟掉酒杯，在木造碼頭上狂奔。斷頸紅鶴速度好快，快追上來了。

她看到萊恩在沙灘上追貓。

Coco。

萊恩！救我！

不。

不是貓。他追的不是貓。

看錯了吧？

她在沙灘上跌倒，紅鶴的蹼踩過她，犀牛衝過來。

萊恩不理會她的呼叫，往暗處跑去。

一定是看錯了。

21

黑色的浪濤洋流有手

一九九一年

最後一場派對。

傑克用盡手邊所有的現金買煙火、啤酒，牛仔褲口袋一直有洞，賺來的錢進口袋，消失在洞裡。夜太靜了，海潮閉嘴，風沉默。石蟹在泥沙上滑動，像是尖指甲刮黑板，鳥羽毛輕觸海面，如鐵鍋撞地。抬頭看天上，濃重黑雲頂撞月亮，在月亮身上留下許多坑洞與裂痕。

母親離開那晚，也這麼靜。

那晚母親多買了幾打酒，不斷幫父親倒酒，直到父親熟睡。母親抓了酒杯往地上摔，父親沒醒，好，很好，終於睡著了，估計一天一夜之後才會醒。母親在沙灘上教他升營火，熱海風助陣，一團火熊熊。他們繞著營火彈吉他，母親把身上的破洋裝丟進火裡，乳房偷了月光的色澤，飽滿光明。火很快吃掉母親的洋裝，不夠不夠，火依然喊餓，他也跟著脫上衣，丟進營火。火點亮母親的身體，陳年疤痕、新增傷口都在月光下跳舞。母親為皮膚上的傷口命名，左手臂上有彼得、湯姆、伊恩，右手臂上是凱文、哈利、亞當、托比，背上那一大塊烏青是肥胖路易，肚皮上那道疤是傑米，雙腳有布雷克、羅伊、路克、哈維，都是父親跟她一起生的孩子，都是男孩。母親說她好想生女孩，但幸好沒生女孩，不然你猜，你爸會怎麼對待女兒？傑克在小學沒有朋友，沒有人要跟他說話，有人嫌他臭，說他髒，時常不穿鞋，長指甲像殭屍。但傑克不介意，母親身上的那些孩子都是他想像的朋友，是他的兄弟。那麼多想像的兄弟，他最喜歡凱文。父親把他綁在椅子上，說要教他怎麼教訓女人，接著用燒燙的平底鍋重擊母親，她沒喊叫，握緊雙手，把早餐通通吐出來。母親踏過嘔吐物，走到他身邊，解開繩索，帶他去上學。那晚，母親指著被燒燙平底鍋親吻的皮膚說，傑克，你有新朋友了，這是凱文。凱文結痂之後像一張老皺笑臉，有眼有鼻有嘴，嘴巴流膿。

營火死了，母親說，時間到了。

母親翻找衣櫃，穿了碎花洋裝，拿了乾裂的過期口紅往嘴上塗，一臉笑，像嘴巴流膿的凱文。她帶他走去車站，朝北的灰狗巴士，只買一張票。她說對不起，以後會來找你，帶你離開這個小島，相信我，記住我，不要忘記我，爸爸問，就說你睡著了，什麼都不知道。她給他一張鈔票，叫他好好保管，餓了買東西吃。

凱文跟母親一起搭上巴士走了，US一號公路，筆直一條線，串起佛羅里達礁島群所有破碎的島嶼。US一號公路在他的視線裡不斷延伸，看不到盡頭。

回家的路上，鈔票不見了。原來短褲口袋有個洞，鈔票掉進洞裡。他哭著沿路找鈔票，喊媽媽，喊肚子餓，天地好靜，雲不理他，風不理他，月亮不理他。口袋裡的洞越來越大，他覺得可以鑽進去，進入另外一個時空。那裡，說不定有鈔票，說不定有媽媽跟凱文。

好幾個月，他放學後就坐在巴士站等。他想不起來凱文的臉，母親的臉也逐漸模糊。

明天一早，這些台灣來的新朋友就要離開了。道別時刻，他總是升營火，他不記得母親的臉，但記得母親教他的升營火妙招，火迅速在沙地上壯大，開始吃木頭。

他受不了這麼靜的熱帶夜，音箱接上音響，大聲播放癲狂的搖滾音樂。他用氦氣灌了一大堆白色氣球，全部綁在椰子樹上。白色氣球染月色，靜靜發光。

這群台灣來的新朋友，是他的朋友，真的朋友。他從來沒有真的朋友。他們看他的眼睛，跟他說話，聽他唱歌。

他在沙灘上揮舞拳頭，踢打空氣，像是父親打母親。父親當年教他的招數，他身體牢牢記住。他擊打空氣，踢破氣球。營火吃掉桌上堆積的待付帳單，褲子口袋裡的洞越來越大，他想要鑽進去那個洞，消失在這個世界。

椰子樹的影子掉到他背上，尖尖的，刺刺的。

一雙手伸過來，指甲刮搔他的背。

男孩對他說，明天不走，他要留下來。

安妮趴在蟻丘旁，整顆頭顱擋住螞蟻前進陣列，邀螞蟻進入她嘴巴。蟻群慌亂，隊伍散落，四處竄爬，但就是不爬上她伸出的舌頭。

沒有人知道她舌頭很尖很長，用力往下伸展，能溢出下巴，往上拍打，可覆蓋鼻頭。學校才藝表演，同學們彈鋼琴拉小提琴彈琵琶彈豎琴吹長笛跳芭蕾舞唱義大利歌劇，但她什麼都不會，她在樓梯間聽見同班同學笑說院長女兒只會背書考試，連吹直笛都不會，笨死了，長那麼高，不然打籃球總可以吧？結果連籃球也不會，體育課就是坐在旁邊裝死，沒有一個老師敢管她，拜託，院長女兒哩，這麼嬌貴，晒太陽會死，游泳會死，跑步會死，亂吃東西會死，喝含糖飲料會死，不喝過濾的水會死，不可以隨便吃外面的便當，只能吃家裡準備的食物，不然會死，這麼容易死，拜託，不是院長的女兒嗎？大醫院院長，女兒卻這麼弱，那誰敢去給他看病？而且也沒死啊？那麼會裝，噁心死了。

樓梯間回音很大，那些笑語在樓梯、牆壁之間灑細碎的小圖釘，她踏不出任何一步。但她真的很想踏出步伐，加入他們的笑鬧，她想跟同學們說，不，不，不，其實我有一個沒有人知道的才藝，連我爸媽都不知道，你們看了絕對會嚇死，我可以把舌頭拉出來，在上面放一瓶水，或一碗湯，或一本莎士比亞全集，或一把小提琴，我不會拉小提琴，但我可以表演舌頭上放小提琴，厲害吧？她身體卡在樓梯間，直到笑鬧聲散去，她只能想像同學臉上驚恐的表情。可惜，只能想像，她真的好想表演長舌特技。

她吞了好多藥，明天要離開這個奇怪的地方了，她決定把背包裡的藥都吃光光。她終於在別人面前表演了絕招，把舌頭拉出來，在上面端出藥丸盛宴，不是一顆兩顆，是擺二十顆，左邊十顆，右邊十顆，各色藥丸在舌頭上穩立，像是長長的餐桌擺滿一大堆佳餚，三、二、一，舌頭急速收回，藥丸席捲入嘴，一顆都沒掉落。

大家拍手歡呼，直呼安可安可安可，安妮妳好強大！妳是江湖傳說的長舌女！這是什麼神功！妳可以去拉斯維加斯作秀！我也要試試看！

沒有人的舌頭能碰觸下巴、鼻頭，只有安妮的舌頭能特異超群，她覺得自己好特別。

傑克加入吃藥的行列，安妮把所有的藥都倒到沙拉鐵盆裡，藥丸在盆裡熱烈鏗鏘，節奏歡快，拿出湯匙舀藥丸，治頭痛的、止鼻水的、抗過敏的、退燒的、鎮痛的、鎮靜的、制酸的、止瀉的、抗憂鬱的、止咳化痰的、止便祕的、抗焦慮的、消炎的，你一匙我一匙，搭配冰鎮啤酒，通通吞下去。幾顆藥丸掙脫湯匙，跌落地上，浪費，不可以浪費，身體趴在地上，吃地板，也吃掉藥丸。

傑克記得母親也是吞藥高手，身上的凱文和哈利發炎了，身體灼熱，沒保險看醫生，去超市的藥局買成藥，一顆沒用，兩顆沒效，三顆依然無感，只好一次吞十幾顆。

傑克拿出白色粉末，手伸進口袋撈，那個洞越來越大，深廣如汪洋，他抓到珊瑚礁、小丑魚、海豚、龍蝦，撈啊撈，終於撈到一張一塊美金鈔票。這張鈔票破爛，喬治・華盛頓面目模糊，沒關係，能用就好。他把鈔票捲成圓管，以鼻腔吸取白色粉末。腦中激流湍急，水波銀光流竄，不痛了，不哭了，笑了，想起母親的臉了。

白色粉末進入大家的鼻腔，最後一夜，最後一次放肆。啤酒加烈酒，乾杯！傑克來，學這一句中文，乾杯！

身體裡的齒輪上了油，時間轉速變快。各色顏彩匯集，熱帶變形，一切是新鮮模樣。沙灘凝結成果凍，身體躺下，陷入膠狀的沙子裡。海洋沸騰，魚蝦皆熟，抓一罐辣椒醬入海，隨便抓隨便吃，海鮮吃到飽盛宴。椰子樹開始抽長，戳入雲端，目標是月亮。犀牛飛翔，紅鶴潛入海中捕魚，貓爬上椰子樹，衝上雲端，吃掉天空的烏雲，雲在貓身裡不斷膨脹，貓在天空爆炸成一朵一朵毛茸茸的雲。

終於有螞蟻爬上了安妮的舌頭，一隻，兩隻，忽然三十隻。她收回舌頭，一口吃掉所有的螞蟻，大聲吼叫唱歌。好好吃啊！

阿曼達在一旁笑，凝視自己手臂的皮膚，毛細孔都擴張成小喇叭，叭叭叭叭，銅管音域高亢，嘹亮音符不斷從皮膚上冒出來。她好餓，真的好餓，她把頭埋入蟻丘，嘴巴如鯊，大口咀嚼螞蟻。螞蟻在口腔裡搭衝撞，咬破牙齦，掉進喉嚨，滑進胃腸，進入血液，最終從小喇叭毛細孔掉出來。真好吃，好香，辣辣的，癢癢的。

凱文大口吸氦氣，聲音變異，身體充氣，骨骼輕盈飄忽，腳離地，必須抓住木瓜樹，否則就要被風吹走了。順便抓一顆熟成木瓜，大口吃，木瓜汁液噴濺，滴成橘色溪流，沖向溫暖的大海。誰在吹小喇叭？誰在唱歌？誰說螞蟻好好吃？搖滾樂癲狂，大家都在跳舞，四肢散裂。

黑暗的天空綻放花朵，銀光金光炸裂，天空留不住花朵，隨即枯萎消逝。沒關係，地面的人們繼續點火，花苞衝向黑夜，拖曳一條長長的尾巴，到達頂點之後碎裂成短暫的花。熱帶小島上的每戶人家都在點燃煙火，天空擠滿七彩流光，炸裂聲佔領小島，海面上瀰漫著一層厚重的硝煙。

傑克把買來的煙火都排放在沙灘上，引營火點燃，Coconut Tree Motel上空炸開繽紛孔雀羽毛。煙火在天空炸開，地上的人們喉嚨炸出尖叫，他們不知道自己身體裡藏有這麼嘹亮的聲音，笑聲吼聲逼熱帶雷聲走避。大家輪流點煙火，天空有火山、花朵、瀑布、流光，那是個銀閃閃的光亮世界，我想去，他也想去，她也點頭，那你想不想去？一起去，我們手牽手，一起去。那一定是世界的盡頭，最南端，翻越國界之後的奇異土地，光彩華麗，花火斑斕。

一大盒煙火吞納火苗，在沙灘上發出巨大的聲響，快速衝向天際，拉出一條特別長的尾巴，飛得特別高，穿越雲朵，穿越氣層，一直不肯炸裂，快要登月了，終於忍不住綻放，散出萬千橙金色火光，如濃密的金色流星雨摔向地面。地上的人們展開雙臂，迎接金光流星。

熱帶不只天空開花，地上也萬紫千紅。凱文在岸邊的紅樹林裡綁了許多爆竹煙火，以引信連接，岸邊點火，火竄入紅樹林，一一點燃所有煙火，紅樹林炸噴出紅色金色藍色銀色火花，枝葉猛烈晃動，驚動所有生物，靜靜棲息的石蟹、綠鬣蜥、水鳥、小蛇全數驚逃，他在岸邊看著百隻綠鬣蜥從紅樹林裡跳出來，躍入水面，朝外海瘋狂遊去。

有恐龍。你們看，有恐龍！

暴龍？迅猛龍？三角龍？劍龍？

恐龍速度驚人，在沙灘上像一團黑影移動，凱文加快速度，身體向前撲，終於抓到恐龍。萊恩衝過來幫他制服掙扎的恐龍，凱文拿出膠帶，把恐龍長長的嘴綁起來。

「我們抓到恐龍啦！我們等一下來吃恐龍肉！」

短吻鱷被倒吊在廚房屋簷，身軀不停扭動。凱文從冰箱拿出傑克出海釣到的魚，魚身塞爆竹，塞進短吻鱷的嘴巴裡。點火，燦爛的火花從短吻鱷嘴巴裡冒出。

「我餵恐龍吃魚！」

小史抓了一堆煙火鞭炮，點燃丟進藍屋。犀牛受驚嚇，衝撞牆壁，藍屋外牆震動，玻璃碎裂。犀牛衝出藍屋，在沙灘上狂奔。牠銀亮的盔甲像一面鏡子，映照出燦爛的煙火。煙火在天上開花，也在犀牛身上開花。

沙灘上到處都是會走路的火。凱文獵捕壁虎與綠鬣蜥，在牠們身上淋烈酒，把牠們丟進營火裡，著火的爬蟲類在沙灘上到處竄爬。

笑，小史站在營火旁，一直在笑，嘴巴越張越大，像是要吞掉面前的海。笑聲從他充滿酒精的嘴裡衝出來，分貝可比飛機引擎，笑聲穿過營火，立即著火，在空氣中成為火球，撞到每個人的身體。所有人都被點燃了。

除了小月。

小月在綠屋裡醒來，四下空無一人，地板積水，枕頭在地板上漂浮。她覺得自己睡了一世紀，身體去了好遠好遠的地方，睜開眼，應該已經是新世紀。屋外煙火吵鬧，小史的笑聲拉她回到現實。揉揉眼，她還在一九九一年。她涉水走到屋外，看到犀牛跑過沙灘，往黑暗的海邊森林奔去。一隻著火的綠鬣蜥朝她奔來。

滿地都是爆竹屍體。還有焦黑的綠鬣蜥。

打雷了。閃電割裂黑夜，搭配煙火，天空徹底失序。

大家光腳衝上木造碼頭，沒有目的地，不找終點，就是往前跑，比賽看誰先跑到盡頭。

碼頭不斷往外海延伸，好像怎麼跑都跑不到盡頭。

安妮先跑到了碼頭的盡頭，她轉頭，澎湃汗水洗去她的表情，整張臉熔成陶土，沒嘴沒眼沒鼻沒眉，她十指戳進臉裡捏勾形塑，快速拉坏，拉出一張全新的臉，高溫窯燒，全新的安妮，不害羞不駝背不沉默，挺胸如女巨人，迎接天上灑下來的金色火花，皮膚黏滿金粉。她跑上碼頭盡頭的跳板，用力一踩，身體飛躍騰空，飛起來，在空中轉圈，四肢張開，嶄新的臉朝下，身體重擊海面。

劇烈的痛楚像是電流灌滿她全身，海洋漆黑，她在水底睜開眼睛，指尖的紅油彩在水中暈開，抬頭看水面上的煙火，像是一幅剛完成的金彩油畫。大口喝一口鹹海水，快速浮到水面上。強烈的撞擊讓她肌肉骨骼重組，她不再怕水，她要再跳一次，不，她要跳很多很多次。她以為自己會像花瓶一樣碎裂，但她摸摸自己，手還在，頭還在。原來自己並不那麼易碎，原來身體能承受這麼猛烈的重擊。

傑克也站上跳板，雙手抓住點燃的煙火，身體往上翻飛，煙火隨著他在空中亂舞，畫出螺旋亮光，墜海熄滅。

萊恩、凱文、小史、克莉絲丁，一個接著一個，把彼此都推入海。爬上樓梯，再跳一次，奮力與地心引力作對，在空中翻跟斗、旋轉。雙人跳水，三人跳水，四人跳水，雷聲當裁判，誰的跳水姿勢獲得最響亮的雷聲，就是今晚的贏家。不累，就是不累，在碼頭爬上爬下，不斷跳水，身體裡面的那把火還是無法熄滅，只好繼續跳，繼續把身體拋向天空，墜入黑色的海。

雷聲威脅，肥大雨滴降下，天空煙火擋不住雨勢，逐漸稀疏凋零。

誰在尖叫？

誰在碼頭上狂奔，朝著所有人尖叫？

小月尖叫。

但沒人聽得懂她說什麼。那不是語言。那一串從她嘴巴滾出的聲響不是字詞，沒有文法，是純粹的生理驚恐。恐懼破壞了她的語言系統，她無法組織句子，只能尖叫。一開始喉嚨發不出任何聲響，雙腳被海面上的人影驅動，摔倒爬起繼續跑，熱帶逼出汗，乾枯的喉嚨沾染濕氣，終於喊出了驚恐。

她一直朝海洋拋擲驚恐，手指海洋，持續吼叫。海面上有什麼東西？鯊魚？鯨魚？海豚？潛水艇？紅鶴？犀牛？她到底看到了什麼？

什麼啦，哎喲，大家說，別理她，小月瘋了啦。

朝她手指的方向看去，不過是一頂草帽。克莉絲丁的草帽。

傑克聽懂了小月的驚恐。

閃電擊中海面上的漁船，船桅斷裂，帆布破散。彷彿有誰用力拍了傑克的後腦杓，他看到了草帽，在海面上漂蕩。

火光，跳水，胸腔撞海，水波進耳，鹽份蝕眼，笑，鬧，海面上壓彼此的頭入海，海上騎馬打仗，身體迎接浪濤。所有人都下水了，包括根本不會游泳的古巴女孩。不行。她不能下水。她怎麼可以下水。

傑克閉氣入海，但海洋太黑，他什麼都看不到。出水吸一大口氣，再入水。怎麼可能。不可能。她怕水，怕碼頭，不肯跟他搭船出海釣魚，在岸邊踏浪，水超過腳踝就一臉驚駭。她怎麼可能會跟著大家跳海。但他想起來了。她身體撞擊海面。她的尖叫聲被煙火爆炸聲遮蔽。

大雨。風來。風趕不走海面上那層厚厚的硝煙。天空的花都不見了。碼頭周遭能見度極低。小史還在笑。風鬆動了沙灘上的白色氣球。氣球掙脫樹幹，往天空飛去。熱雨如針，戳破飛翔的氣球。

萊恩跳進海。凱文跳進海。他們也聽懂了小月的驚恐。

想起來了。似乎想起來了。方才的煙火記憶太零碎。一群人在碼頭上推擠笑鬧，安妮先下水，然後你也下水，她也下水，大家都下水。只有BK不下水。BK搖頭。一直搖頭。

有人推BK。

誰？

萊恩在海面上抓到了草帽，爬上碼頭。克莉絲丁接過草帽，大喊：「阿曼達，對，就是阿曼達！我看到她推BK！」

「啊？妳亂說，我沒有！」

「就是妳！我明明看到了！」

克莉絲丁聞到了一股臭味。不是硝煙。不是貓屎。不是犀牛大便。不是鳳梨木瓜萊姆腐爛。是屁。誰放屁？不，不是她的屁味，她不可能在這麼多人面前放屁，她只願意在一個人面前放屁。這屁味笨重，撥開紅樹林，攔阻雨勢，嚇阻閃電，移島開山，走進了Coconut Tree Motel。

找到了。看到了。在那裡。她在那裡。海洋與海風聯手，把BK推到了岸邊。海浪泡沫織成了溫熱的毯子，覆蓋在她身上。她身上的粉紅色洋裝被洋流染黑，腋下的毛髮像死去的水草，雨滴戳破她豐滿的乳房，身體洩氣。意識已經離開她的軀體。意識截斷之前，她有幾秒鐘的時間。誰推她下水？手？還是腳？似乎是腳？熱熱的腳，黏滿沙子的腳，踢上她的背。入水那刻不覺痛，但身體在海裡掙扎，臉好痛，海洋好像在她肚子穿洞，腳徹底壞了。腳一定斷了。完了。是壞掉的那隻腳？還是健康的那隻腳？要是兩隻腳都壞了，她明天如何工作？腳壞了，沒錢沒身分沒保險，怎麼看醫生？

很多人說，瀕死分秒，人們腦中會快速重播一生。但BK沒有一生。她不知道自己的來歷，不知道未來的可能。她在這個偉大的國家的南端島嶼，是個沒有名字沒有證件的女孩。外星人。不，鬼。不存在，沒面孔，沒聲音。這不算一生。在這個不存在的生命的最後幾秒，她心裡一直在想到底是手推她，還是腳踢她。手還是腳？腳還是手？觸感熱熱的，像極速的光。她以為傑克一定會把她拉上岸。他一定會游過來救她。但他爬上碼頭，在空中放煙火，身體筆直刷進海。她叫他，Jack！Jack！用盡所有力氣揮手。他笑著回應。沒有游過來。她一直好怕海。尤其是夜晚的海，漆黑神祕，看起來是個巨大的無底洞。她終於知道自己為什麼怕海了。黑色的浪濤洋流有手。是手沒錯。邪惡洋流知道她腳不好，抓住她的痛處，把她往下拉。浪濤的手伸進她的喉嚨，伸進她的鼻腔，伸進她的耳朵。像是硬把她壓在地上的陌生男人。她停止掙扎。最後意識殘留時刻，她並不痛苦。她的腳終於不痛了。

熱帶時間凝結，長出了多刺的濃密灌木，擋住去路。熱帶海洋暫停，人們卡在時間的縫隙裡。無法前進。游不動。跑不動。手腳被時間羈絆。找不到來時路。踏不出下一步。

游了好久。跑了好久。掙扎了好久。大家終於抵達了岸邊。這裡，是他們想去的盡頭嗎？這裡有個屍體，是盡頭了吧？

傑克按壓BK的胸部。手指探進她嘴巴，清除沙跟海草。親吻。雙手按壓胸部。親吻。雙手按壓胸部。親吻。反覆再反覆。

小月一直抓著BK的腳。洋裝被浪濤掀開，露出她的身體器官。小月把洋裝拉好。小月一直哭，嘴巴依然吐不出完整的句子。喉嚨持續發出驚恐的聲響。

無效。沒用。傑克說。傑克癱在沙灘上喘氣。沒力氣了。怎麼辦。完了。我的天。怎麼辦。

小月搖頭。不不不。不不不。換她來。她在邁阿密濱海中學認真學習了心肺復甦術。換她來。BK眼睛張開。一定還活著。天上的月亮掉到BK的眼睛裡了。眼睛還有光澤。眼睛還有月亮。一定還活著。檢查頸動脈。雙手按壓胸部。人工呼吸。親吻。BK的嘴鹹鹹的，像是醃黃瓜。

小月用盡力氣。再換傑克。傑克哭了。換凱文。

BK毫無反應。完了。完蛋了。怎麼辦。大家都毀了。死了。

阿曼達聽到了。

這次她確定，不是雷聲。是屁聲。她聽過這屁聲。夾雜著金屬敲動的屁聲。

蛋頭走上沙灘，車鑰匙在指間轉動。他放了一個屁，屁聲悠長，力道凶猛，長達數十秒，比天空的雷還響亮。他的屁驅逐了風，在熱帶盤旋。幾隻燒焦的綠鬣蜥聽到屁味，忽然驚醒復活，尾巴抖動，用力呼吸，以為就此復活，卻隨即被屁毒死。

蛋頭開車，載著遊學團開上US一號公路，從Islamorada出發，往南，抵達美國國土最南端，Key West。

小月不肯上車，萊恩說要陪小月，也拒絕上車。蛋頭管不了小月，但萊恩必須上車。蛋頭眼睛裡布滿血絲，一頭油髮如蛇，眼鏡破裂。他不再是那個卑躬屈膝的領隊，他掐住萊恩說：「Mr. Ryan，你給我聽清楚，我是來救你的。你要留下來？好啊，怎樣，現在死了一個人，你要怎麼辦？留下來坐牢？在美國坐牢？青少年監獄？你用你的笨腦子想一下，拜託，龍年生的小孩怎麼這麼笨，家裡這麼有錢怎麼這麼笨，你想要坐牢？那好啊，你留下來，你留下來啊。你不要耍白痴，你媽已經飛來美國了，我帶你去找她。走，上車。」

離開Coconut Tree Motel之前，大家都回頭。晨曦露臉，月亮還高掛天空，海如明鏡，海面有第二個月亮。犀牛Coco在沙灘上緩緩走動，眼神疑懼。牠身上有好多傷口，像是開了好多朵豔紅的鮮花。紅鶴羽毛凌亂，對著海亂啼，像是在跟海對罵。海面上的硝煙遲遲不肯散去，鼻息裡都是焦味。小月口中喃喃，完全不看他們，不斷用力搖頭。傑克抱著BK哭。

蛋頭在車上一路抱怨，話語濤濤，口氣濃烈，不斷放臭屁。我在濱海中學發現全部人都不見了，接著連萊恩都跑了，馬上呈報台北基金會，這麼丟臉的事，當然不能傳出去，不然以後基金會跟佛堂還能運作嗎？而且萊恩竟然偷了廚師的車子，我必須馬上安撫廚師，拜託他不要報警，我一定會立刻把車找回來還他，但那廚師說沒車不能工作，無法接小孩，一定要去報警，我只好塞錢，結果根本不夠，廚師直接說買一輛新車給他就沒事，就答應不報警，學校也不會知道到底發生過什麼事，王八蛋！基金會那邊說既然我這個領隊搞丟了一堆人，我就得負責買車給廚師，光是買車給廚師就差點搞死我，幸好美國這個地方就是灑錢好辦事，搞定廚師之後，完蛋了，根本不知道你們這些死小孩到底開車去哪裡，只好進去每一間房間找線索，日記、塗鴉、小紙條，拜託，誰想要看你們這些死小孩的東西，但終於拼出線索，原來是要去Key West，我立刻租車往南開，一路飛奔衝往佛羅里達最南端，到了之後在街上亂開車，想說島就這麼小，要找一群亞洲青少年難度不高吧，結果根本找不到，只好睡車上，每天去海明威的房子等，看你們會不會出現，幸好，幸好我這個人好狗運啊，在海邊喝啤酒，隔壁桌一群騎哈雷機車的，大聲說著一群亞洲小孩，我一聽就知道是你們，天助我也啊，跪下來問他們，趕緊開車再往北開，找到了那輛撞進紅樹林的車，超白痴的，到底誰開的車！台北基金會的董事長要求我把這台車處理掉，不能讓警方發現，你們知不知道這有多麻煩！搞死我！幸好讓我找到你們了，我躲在紅樹林裡面偷偷觀察你們，差點被蛇咬死，根本不能洗澡，每天拉肚子，還踩到螞蟻窩，你們看我皮膚上到處都紅紅的，癢死了，什麼鬼地方，都是你們這群死小孩！

車開入Key West，島嶼城市剛醒，馬路上有雞隻逛街，太陽緩緩爬升。小史也剛醒，他終於到了Key West，他一直想來的地方。但他此刻想不起來，到底為什麼他這麼想來這裡？

車子開進海邊的白色木造別墅，蛋頭大嘆一口氣說：「終於到了，我終於可以把你們都交給家長了。我現在要去拉肚子。」

蛋頭衝進別墅後方的花園，從此，他們沒再見過他。

木造別墅在陽光下閃耀，白漆新穎，花園裡種滿了熱帶樹木，每一棵樹都像是被仔細擦拭過，葉面樹幹發亮，沒有任何一點灰塵。清澈游泳池冒著水泡，桌上擺著素雅鮮花，地上沒有任何落葉，空氣中有烤可頌的香味。

用力揉眼睛，這才是真實的世界。他們已經離開了Coconut Tree Motel那個平行時空，一踏出這台車，他們就回到了他們原本的世界。

昨晚發生了什麼事？

克莉絲丁摘下草帽遮臉，開始大哭。

小史笑了：「哭什麼？妳哭什麼？妳把這個醜死人的草帽拿回來了，不是很爽嗎？哭什麼哭？假仙。」他持續大笑，身體振動，車子變成海上的船。小史的笑聲讓人暈船，很多很多年以後，大家忘了很多事，但就是忘不了小史的笑聲。一想到他的笑聲，天地旋轉顛倒，腳離地。

克莉絲丁把哭聲埋在草帽裡。草帽偷渡海沙、海草，聞起來像是清晨海洋的氣息。她哭什麼？其實她根本不悲傷，有什麼好哭的。她不太知道什麼叫做悲傷。臉埋進帽子裡，是為了掩飾假哭。

阿曼達抱著安妮哭。但她們也不太知道為什麼哭。為了死亡哭？身體裡眾多藥丸還在狂歡，把沙灘上的屍體趕出腦子。昨晚到底發生了什麼事？

萊恩想著小月。不，大家都想著小月。車子發動，他們都看到了小月狂哭的樣子。他們大喊停車，但是蛋頭不肯，車子急速離開 Coconut Tree Motel。

想到小月，不哭了，不笑了，沉默擠入車子，熱帶從窗戶急速滲入，額頭滴汗。

小史知道，母親在面前這棟別墅裡等他。他感覺得到。她存在的地方，表面總是如此有秩序，一切潔淨無垢，連氣味都是精心安排。他懂母親，他知道她一定什麼都不會問，只會微笑對他。他就不相信他這些年做的那些爛事，母親完全都不知道。但她從來不責備，一臉淡然。冷漠？放任？反正他無論做什麼，母親都維持優雅，自持莊嚴。

她等一下一定會說：「我們回家吧。」妝容完美，熱帶無法侵害她的高冷。

下車前，小史說：「不准說出去。誰都不准說出去。」

把昨天晚上忘了吧。大家都要回去上高中，忘掉就好。傑克跟小月怎麼辦？小史要大家不用擔心，他會拜託他母親去處理。她神通廣大，人脈這麼廣，搞不好這裡也有佛堂的信徒。

約好，一起閉嘴，一起遺忘，假裝什麼都沒發生過，彼此不認識。

不過是一則青春小插曲。沒人知道 BK 為什麼會跳到海裡。沒人知道就好。犀牛不會說話。綠鬣蜥幾乎都死了。那片到處都是動物大便的白色沙灘，被他們燒毀了。既然燒了，就燒得更徹底。忘了，不准再提。

他們走下車，高溫熱烈迎接。別墅門打開，萊恩的母親，克莉絲丁的母親，阿曼達的父母，凱文的兩個父親，安妮的父親，最後，是小史的母親。

所有的家長愣在原地，花了一些時間，才認出自己的孩子。

才短短幾天，所有孩子都變形了。

原本白皙的皮膚，此刻炭黑光亮，兩頰出現了星光斑點，青春痘熱烈，嘴唇枯葉，牙縫塞滿肉渣葉菜，身體散發著生猛的氣味。不是臭味，而是類似雨林的凶猛氣息。大家好像都長高了，女孩沒穿胸罩，腋毛成叢林，男孩赤裸上身，長指甲塞滿泥垢，下巴長出粗硬的鬍子。衣物破爛，頭髮裡有沙粒，眼鏡不見了，眼神裡有煙霧有閃光有火焰。身上晒出的斑點會動。再看一眼。啊，不是斑點，是螞蟻。

他們坐下來用餐，精緻的瓷盤，當地專業大廚掌廚，身穿西裝的服務生服務。這群孩子連續幾天都用手抓食物，見桌上刀叉，手指猶豫糾結，忘了怎麼用刀切牛排。餐點精心，入口卻無情緒，太乾淨了，吃起來像消毒水。傑克的炸雞、炸龍蝦、蒸石蟹，豪邁隨意，蒜辣酸甜。不行，搖搖頭，剛剛在車上說好了，不可以再提起。

餐桌冷靜，孩子們閃避彼此的眼神，低頭用餐。但他們都可以看得出來，所有的家長對小史的母親畢恭畢敬。她是核心。她的眼神，能決定所有人的下一步。

洗澡，換上乾淨的衣服，穿上胸罩，沖掉螞蟻，用手抹起霧的鏡子，看看鏡子裡的潔淨身體，似乎回復到原本的人生設定。龍年的孩子，閃閃發光的美麗孩子。

每個家庭各自驅車去機場，有的航班從Key West飛，有的必須回邁阿密搭飛機。所有家長跟小史母親鞠躬致謝道別。台北見。佛堂見。

只有小史跟母親留下來。

「你不是想見你爸？」

的確是照片裡的那個父親，只是蒼老了，四肢瘦長，肚凸駝背。隔條街，在中式餐館忙進忙出，卸貨，擺桌，招呼客人。餐館午間生意清冷，父親站在門口等客人，疲憊在臉上投彈，炸出一個呵欠窟窿，臉起皺紋風暴。餐廳老闆看到父親抽菸，大聲責備，父親踩熄香菸，鞠躬致歉。

沒錯，是照片裡的那個父親。不是，不是照片裡面的那個父親。身體不英挺，軀幹不自由，不斷鞠躬，眼神無光澤，髮稀，用髮油把後腦杓的髮梳黏上來，頭頂一盤西洋棋，珠豆汗粒是胡亂橫行斜走的棋子。看得出來，那張臉曾經英氣風發，如今臉上的燭火被時間捻熄，僅存縷縷白煙。

小史和母親坐在對街的咖啡館。太陽直射，小史全身汗，額頭皮膚鬆動，一顆新鮮肥美的青春痘如鼴鼠撥土冒出。母親穿著優雅白色亞麻褲裝，頭頂巴拿馬帽，熱氣不侵，冷靜乾燥。

「我本來想說，等你長大，再跟你說。或者，永遠都不跟你說。但反正我們都來了，你自己決定，要不要走過去認他，但拜託，不要拖我下水，我不想見到這個人。他就住在餐館的樓上，小小的公寓，一個人住，連張床都沒有，睡破沙發，每個月賺不了幾塊美金，欠房東好幾個月房租。你要是真的想要留下來，我也攔不了你。唉，我實在是沒想到，你這麼想見你爸，你真的還記得他？你看這間爛餐館，誰要來吃啊？他以前是老闆，現在是服務生。他離開的時候，你才幾歲啊，根本不記得吧？我看，他根本忘了你這個兒子，一開始寄玩具寄明信片，後來呢？大概連買郵票的錢都沒了。」母親說父親的語氣平穩，情緒控制得宜，臉上無波浪。但掀開平靜的表面，往下探，嫌惡潛流。

隔一條街，就是缺席的父親。才不過幾天前，這是他最想見的人。現在呢？泛黃老照片，長皺紋的明信片，來自美國的包裹，紙牌UNO，腦中殘存的記憶，都是遙遠的父親想像。想像成真，終於在熱帶立體成形。想像的父親在身體活了好多年了，不老不皺，有自己的身世，住在海明威故居隔壁，衝浪自由奔放，另組快樂家庭，不是對街那個真實的父親。再看一眼對街鞠躬的父親，再看一眼存放心裡的老照片，對照一下剛剛鏡子裡的影像，輪廓拓印，時光快轉，對街的父親，就是未來的他。理應不記得，他的記憶卻鮮明。爬上父親的身體，抵達胸膛。牽父親的手，在日式房舍庭院奔跑，脫鞋跑進屋子裡，大腳小腳在深棕色木質地板上踏出輕重的聲響。午睡時光，榻榻米散發著藺草香，雲的影子被窗戶篩成粉，灑進他的眼睛，催眠。父親以為他睡著了，爬上母親的身體，父親的膝蓋陷入榻榻米，眼睛緊閉，喉嚨悶住愉悅聲響，母親知道他沒睡，轉頭看著他，眼神冰涼。他的眼神翻越交疊的父親母親，還有第三個人。再探入記憶夾層，前往記憶切片的死角，第四人，第五人，第六人。

記憶跳接，來到了密閉電梯。許多孩子以指尖探索世界，看到按鈕就想按，電梯裡有許多按鈕，每一顆按鈕都如糖果誘人，勾引孩子的指尖。但他的指尖不受誘惑，舌尖卻蠢動。他想舔看看，所有的按鈕，所有的金屬表面。他踮腳，伸出舌頭，舔舔舔，身形太小，只能舔到五樓的按鈕。父親笑，母親卻用力推了他一把，眼神比所有舌尖碰觸的金屬冰冷。他倒在地上，抵抗冰冷的眼神，伸舌舔電梯的地面，母親的手掌撞擊他的臉。他清楚記得電梯裡的母親表情，短短一瞬，冰冷崩解，臉上浪濤洶湧。他笑了，他好喜歡這樣的浪濤，繼續伸舌，等待母親臉部再度潰堤。

與母親兩人之間隔海，這麼靠近，卻如此遙遠。妳是誰？妳到底是誰？

這裡是美國國土最南端。到盡頭了。他一直都想衝向盡頭。走進死路，他想開怪手衝撞，他想知道死路後面是什麼。圍牆另一邊是什麼？雲端上面是什麼？濃霧背後是什麼？鎖住的門後是什麼？簾子後面是誰？

是母親。

是父親。

都不是。

22

永遠抵達不了的地方

一九七六年

貓的名字是Telemachus。

純種俄羅斯藍貓，這棟房子的女主人透過特殊管道購買，綠眼毛灰藍，稀有昂貴，午覺之後精力特別旺盛，在房子裡到處跑跳。房子座落在台北市精華區，富人政客群聚之地，一九二〇年代的殖民日式獨棟房舍，圍牆高聳，茂盛的熱帶大樹與灌木圍繞房子，前院鋪鵝卵石，玄關地板是珍貴的木地板，室內鋪藺草榻榻米，後院石砌蓮池，花相清麗。牆外台北喧鬧，牆內夏蟬輕唱。女主人的名字有「蓮」，前門掛有木造門牌，寫著「蓮社」。

盛夏傍晚，陽光威力稍減，房舍傳出Carole King的歌聲，《Tapestry》專輯黑膠唱片不斷旋轉，播放到〈Smackwater Jack〉這首歌，兩個女人手牽手，在榻榻米上搖擺身體。貓躺在榻榻榻米上看她們跳舞，尾巴晃動。兩女抱起貓不斷旋轉，直到兩女一貓皆暈眩，趴在榻榻米上大笑。其中一女不斷打噴嚏，手臂、胸前出現了紅疹，她當時還不知道，自己對貓嚴重過敏。女主人在哈佛大學讀書時，去了Carole King的波士頓演唱會，巨星在台上邊彈鋼琴邊撥髮，小小身體掌握千萬人情緒，女神樣貌。女主人說，台上的男樂手都留長髮喔，好迷人，真可惜，我們有髮禁，不然我真希望大家都留長髮。女主人說她想當Carole King，掌握萬千人。《Tapestry》專輯唱片是女主人從美國買回來的，據說光是在美國就賣了超過千萬張。

貓躺臥在兩女之間，呼嚕呼嚕，輕咬兩女的耳朵。兩女拿起相機，對照《Tapestry》的唱片封面，學Carole King跟貓拍照。貓不合作，不看鏡頭，不安份，追著榻榻米上移動的樹影。

兩女月子都還沒做完，實在不該起身，但她們躺臥數天，真的忍不住，聽最喜歡的唱片，當然想跳舞。

是不准跳舞的禁錮年代，不可公開跳舞，男女身體擁抱，乃傷風敗俗之事。關起門來也不准跳舞，若是家中有音樂傳出，舞姿人影晃動，鄰居舉報，大批警察持槍上門，逮捕入警局。

但這戶人家有特殊的黨國關係，女主人為國家高階軍官獨生女，房舍時常傳出美國搖滾、民謠、嬉皮音樂，無人敢舉報。禁錮時代，人民無出國自由，這家的女主人卻時常出國旅遊，哈佛高材生，台北上流社交圈的神祕名人。女主人行事低調，不張揚不鋪張，房舍時常有年輕男女出入，衣著摩登，滿口英文，乘坐德國進口車。附近有耳語謠傳，「蓮社」裡住了一群嬉皮，學美國年輕人，劇場表演，吉他鋼琴，讀佛打坐，清談朗誦詩歌。

兩女調整唱針，重複播放〈Smackwater Jack〉，一起唱著You can't talk to a man with a shotgun in his hand，手比開槍姿勢，瞄準彼此的心臟，扣板機，發射子彈。一男抱著兩嬰孩，加入兩女跳舞的行列。Carole King吵不醒熟睡的兩嬰，兩女一男兩嬰一貓，相機拍攝全家福，幸福定格瞬間，女嬰的母親又打了一個雷噴嚏。

兩女是大學的同窗好友，搬入蓮居之後，說好要一起燙Carole King的髮型，一起受孕，一起生龍子。一切都順利，兩女龍年順利生產，一前一後只相隔幾天，生下一男一女，中文名一直還沒決定，英文名先取好，Ryan，Christine。

風來，庭院裡的竹搖曳，榻榻米上的光影飄移。貓追光影，跑到隔壁的房間。

隔壁房的小嬰兒叫Amanda，五個多月大，臉色粉嫩，見人便笑。她的父母把貓抱起來，靠近小嬰兒。貓舔嬰兒的頭，嬰兒在床墊上翻身，笑聲咯咯。Carole King的鋼琴聲傳來，Amanda笑聲停，貓叼走她的奶嘴，沒哭，睜大眼睛專注聽鋼琴。

「我剛聽他們說，名字決定了，叫Annie。」

Annie兩週前出生，總是一臉愁苦，時常發燒，皮膚過敏，吐奶如銀河流瀉。貓不喜歡

Annie，從不接近她。貓喜歡Amanda，全身白皙發亮，散發著奶香。「蓮社」裡無人知曉，只有貓知道，Amanda的父母決定要離開了，新加坡有很好的工作機會，但他們不知道怎麼跟女主人說。怎麼開口呢？當初搬進來，大家約好在台北成立一個私密的社團，共同互助生活，與外面的俗世切割，打造城市淨土。但是有人死掉了。死了，榻榻米上出現了屍體，淨土怎麼還是淨土呢？

起源是大學詩社。社長是極有魅力的學姊，招募了一群家境優渥的社員，外交官之女，商場大亨之子，高官之女，地產大王之子。在社長的領導下，大家學美國戰後詩人，舉辦私密聚會沙龍，閱讀西方詩作，導入佛學思想，喝酒抽菸聽搖滾樂，高談自由主義。社長偶而有辦法弄到大麻，一群人深夜開車上擎天崗，月暗霧濃，草原上有不明黑影湧動，火柴點燃大麻，大家在草原上大笑大哭脫衣親吻跳舞，跳著跳著撞到了黑影，黑影哞哞，原來是牛。社員平時都是正正當當名校高材生，外表孝順乖巧，成績超群，儼然國家未來棟樑。但他們每天最期待的就是來到社團，外面世界黨國威嚇，他們關起門來批評國家領導人，大罵黨獨裁，親吻喝酒，試探彼此的身體。社長親男生，也親女生。

社長畢業出國到哈佛深造，社團少了核心人物，快速崩解。大家各自畢業，攻讀研究所或者進入產業，果真成了棟樑之材，接下家中事業，財團接班人，日子正軌，卻渾渾噩噩。

幾年後聽說社長從美國回來了，帶回令人稱羨的學歷光環，以及許多新鮮的美國故事。

社長繼承了獨棟日式房舍，舉辦沙龍，邀請當年社員團聚，播放美國帶回來的唱片。走進「蓮社」，就是走進平行的時空，這裡有稀有的紅白酒、義大利橄欖油、法國鵝肝、德國香腸、日本漬物，搖滾樂放浪，跳舞不怕警察破門，書架上擺滿禁書。社長訴說著美國故事，參加反越戰遊行，女朋友，男朋友，結婚離婚結婚離婚，獨自開車從東岸開到西岸，在大西洋、太平洋、墨西哥灣裸泳，美國最北最東最西最南都去了，拿美國護照，燒美國護照，回台灣。解散多年的大學社團復活，社長精心過濾社員，家境富裕，外貌精緻，受過高等教育，甚至要求社員接受健康檢查。社長邀請大家一起住進「蓮社」，打造淨土，揚棄一夫一妻制度，互助共榮，每天打坐，聽她講佛、朗誦詩歌。

「蓮社」不再是校園的清談社團，社長計畫逐步建立龐大宗教組織。第一步是「優生」，生養優質的下一代，算準龍年，集體生孕。

這一年，六個龍子龍女陸續在這棟日式房舍誕生。Stanley是第一個出生的孩子，哭聲掀開屋頂的瓦片，庭院的圓滑的鵝卵石日夜被嬰兒尖銳啼哭剁碎，變成扎腳的碎石。

夏天來的時候，Stanley的母親自殺了。

Stanley的父親是美國華裔，在美國公路旅行時遇見社長，一路追到了台灣，在榻榻米上實施龍年生育計畫。

但社長無法生育。

「蓮社」內部從不鎖門，房間互通，身體也流通，推開拉門就能進入其他的身體。社員訪問了社長的身體，發現社長擁有雙重性徵器官。社長想要孩子，精挑細選，找來大學詩社的長髮學妹，美國華裔。很快，長髮學妹懷孕了，順利在「蓮社」產下第一個龍子，命名為Stanley。Stanley日夜嘹亮啼哭，喝奶哭，吐奶哭，熟睡哭，醒來哭，見貓哭，見人哭，刮風哭，下雨哭。醫生檢查不出任何病狀，只說是個成長階段，過去就好了。長髮學妹跟著哭，吃什麼吐什麼，夜裡無法入眠，抱著啼哭的嬰孩在庭院踢石頭。夏天降臨台北，母親抱著嬰孩爬上庭院的大樹，哭聲震動百年老樹，綠葉一夕枯黃，蟬猝死墜地。母親不肯下來，威脅樹下的人們，如果誰再靠近一步，她就把嬰兒從樹上摔下來。她再也受不了了，為什麼孩子一直哭一直哭一直哭，每晚她都想拿枕頭悶死嬰兒，切蘋果，腦中出現嬰兒肚子上有一把刀的畫面。母親哭累了，像是惡夢驚醒，問自己為何在樹上。但嬰孩不累，哭聲持續刺穿母親的身體。母親摔下來，骨折挫傷，嬰孩從母親的懷裡滾出，忽然大聲笑了。那是Stanley第一次笑，日後，每遇混亂時刻，他就會放聲大笑。幾天後，母抱子爬上了屋頂，踢掉了幾片屋瓦。貓也跟著跳上屋瓦，但隨即吼叫跳開。瓦片吸收了台北夏天，灼傷了貓掌。赤腳母親卻不怕燙，踢屋瓦，哄啼哭的嬰兒，差點摔下屋頂。不行，不能繼續這樣下去。但母親不願交出嬰兒，她緊緊抱著他，不肯鬆手。

母親服用了過多的藥丸，在榻榻米上進入永恆的夢鄉。她身旁的嬰孩沒包尿布，屎尿在榻榻米上竄流。她身體永遠睡著了，眼睛卻睡不著，似乎一直看著身旁的嬰孩。那嬰孩看著冰冷的母親，一直笑。

喪禮過後，社長成為嬰孩母親，立即更新所有的榻榻米，驅逐屎尿味，藺草香重回「蓮社」，其他龍子龍女陸續降生。她請來專業保母，她不碰嬰孩，懼怕嬰孩稀爛的屎。其實她最怕的是Stanley的笑聲。屍體是她先發現的，Stanley一直笑，彷彿屍體是全世界最好笑的東西。

從此沒人提起長髮學妹。

入秋，Kevin誕生。Amanda和Annie都跟著父母離開了。「蓮社」不平靜，爭吵聲讓貓躁動，榻榻米上到處都是貓的抓痕。

Ryan的母親與Christine的母親日夜爭吵，兩女一男身體拉鋸，Carole King的唱片對半折斷。一男重新買了兩張《Tapestry》專輯唱片，一張給妳，另一張給妳，乖，兩女別再吵了，我很公平。可惜公平無用，兩女爭吵演變成肢體搏鬥，社長已經快被嬰兒哭聲煩死了，她受不了更多的噪音，終於介入，把兩女一男逐出「蓮社」。

計畫生育的龍寶寶，只剩下Kevin與Stanley依然留在「蓮社」。Kevin的兩個父親是大學摯友，因在社團同時追求一女而反目，切斷聯絡。幾年後三人在「蓮社」重逢，聽社長講佛，打坐禪修，找到了三人共處的平衡點。三人沒說出口，但社長知道，他們也想離開。核心社員都走了，他們留下來幹嘛？

「蓮社」風土空氣丕變，那棵百年老樹一直沒長出新葉，瓦片在深夜掙脫屋頂，砸落地上。貓不吃不喝，死在榻榻米上。

後院的蓮花凋謝，綠葉枯死，一池蕭瑟。熱鬧的日式房舍好靜，少了貓叫，嬰兒不哭了。社長在庭院散步，思索失效的佛堂藍圖。她腦中有個縝密的計畫，優生學，分級人類，高等與下等，以慈善為名目，針對都市人的空虛，逐步建立龐大的集團，吸收高收入的信徒。她錯估了什麼？這些社員是佛堂未來的核心，為何紛紛離去？「蓮社」是家，大家的家。為什麼大家都想離家？

她知道自己是個特殊的存在，醫學認定她「畸形」，但她知道自己擁有感染周遭的強大力量，她想把這樣的力量商業化。她清楚自己腦中的那套系統根本不符合科學邏輯，但她是哈佛畢業的，說什麼大家都信。那是個鑽石閃亮的招牌，人們根本不知道哈佛在哪裡，什麼，哈佛大學在劍橋？不是吧，劍橋在英國吧？沒人看過她的畢業證書，反正聽說她哈佛畢業，「聽說」就夠了，「聽說」比查證更有力。沒人關心她在哈佛修習的科系，反正哈佛一定什麼都好。沒人知道她曾在哈佛被男同學痛毆，只因為她裙子下的特殊構造。男同學後來又回來找她，跪求原諒，這次換她痛毆他，想不到他露出歡愉的笑容，雙臂高舉投降，打我，拜託打我。她打他的時候，完全控制了他的笑與哭，她覺得自己掌握了什麼嶄新的力量。她好喜歡這種力量，她想要控制更多人。

她知道島國處境幽微，外交飄搖，人們渴望自由，對於遙遠的境外之地，有許多投射與想像，哈佛、美國、歐洲、淨土、樂園，全都是遙遠的想像。永遠抵達不了的地方，是最美的地方。

投射與想像。

讓他們走吧。有一天，他們一定會回家。

不想回來?沒關係，她握有黑白兩道的人脈，一定有辦法讓他們在外面的生活遭遇各種困難，總有一天，他們都會回到她身邊。她太懂這些核心社員了，生在富裕之家，擁有龐大資源，心靈卻易碎，渴望歸屬。她打算派許多美麗女人接近Christine跟Ryan的父親，讓兩女一男的關係徹底失衡。找黑道長期騷擾Kevin的兩個父親與母親。利用人脈，讓Annie的醫生父親儘快當上院長，一路威脅利誘，直到他們發現，一切只能靠社長。Amanda的父母呢?算了，新加坡有點遠，暫時想不到招數。很多很多年後，她才透過管道，找到了德籍鋼琴家，成為Amanda的鋼琴家教。

一九七六年，民國六十五年，龍年，台灣出現了驚人的嬰兒潮，各地父母搶生龍寶寶。

什麼是「龍」?那就是投射與想像，神話，虛幻，不存在，無法證實。她懂了，她不能親自當社長，她必須發明神話。

那天，她發明了不存在的「創辦人」。

23

那雙大眼睛徹底崩解了

二〇二〇年

一定是看錯了。

克莉絲丁跟著萊恩跑，離開燈火人群，面前一大片黑暗，萊恩速度飛快，身體被黑暗吞沒。她停在黑暗與亮光的交界，不敢踏出下一步，海風踢打她的背部，催促她往前。鞋子呢？草帽呢？一定是留在碼頭上了。回頭看，海面上一層煙霧，遠方碼頭上人影溶糊，燈火斑斑，喪禮尾聲，人群散去。皓月推開烏雲，姿態圓滿。一定是小史刻意挑的日子，滿月在熱帶鋪金箔，海面與沙灘都閃著金屬光澤，彷彿科幻電影的末世場景。幾輛大卡車與吊車駛入，引擎轟隆低吼，其中一輛卡車載著巨大的招牌看板。

看錯了。她以為看到小月。怎麼可能。青春容顏的小月。在遠方的沙地上飄動。像鬼。

十七歲的小月。那雙大眼睛。這麼多年來不斷闖入她夢境的小月。不是電影裡的小月。車子開走。大家尖叫。司機不願意踩煞車。小月不在車上。小月被留在原地。小月不肯走。小月跟她一樣都是賊。扒手。偷別人的東西。小月偷了凱文的東西。小月妳這個白痴。又不是妳推的。人又不是妳殺的。關妳什麼事。妳什麼都沒做。是我們。一定是看錯了。不是小月。

沙子儲存白日的高溫，她雙腳發燙。熱沙忽然活起來，一粒一粒滾動翻攪，搔她腳掌，爬上她的小腿。她尖叫往前跳，身體因此越過黑暗與亮光的交界，摔入幽深黑暗的境地。原來是踏進了蟻丘，驚慌的螞蟻爬上她的身體，像是電流在雙腿皮膚表面往上奔竄。瞳孔逐漸適應前方的黑暗，紅樹林的輪廓慢慢現形，椰子樹晃動，似有人影，誰在唱歌？一定是喝太多酒了，嗅覺失靈，什麼都聞不到。

一雙粗大的手把她從沙地拉拔起來，拍掉她身上那些驚慌的螞蟻。她無需視覺就知道手的主人是誰，她熟悉這雙手的溫度與觸感，掌紋的手汗溪，淡淡的貓味。

「這裡變好多，這邊再走過去，不是那一棟大別墅嗎？我就記得有個游泳池，不是嗎？再過去有個森林？現在是個超市，我走來走去，完全不認得。還是我記錯了？」萊恩的臉在黑暗中慢慢成形，她摸摸他的臉，胖了，皺了。

「你剛剛……為什麼跑那麼快？」

萊恩沉默。應該是喝多了吧？他以為看到當年的白肥貓。毛茸茸的白影閃進暗處，他追不上。好像不止一隻。唉，真的喝多了。沒說出口，但，他好像，看到小月。

這麼多年來，小月一直在他身邊。他蒐集所有小月演過的電影，反覆觀看。他想念她的耳朵。電影裡，小月髮遮耳，從不露耳。有一部電影在游泳池拍攝，小月跟兩個男主角入水出水，依然不見耳。

周遭有黑影聚集，在黑暗中滾動，刮過沙地，拂過他們的身體，留下冷硬的觸感。有水流聲，紅樹林枝葉微微騷動，波浪隱隱有光。天上的星星墜到水面上，變成灼亮紅星，朝他們閃爍。紅星成雙，浮在水面上，像一盞一盞的小夜燈。不，不是星，視線撥開夜的布幕，那一雙一雙的紅星，是貓眼，萊恩剛剛追逐的那些貓，怎麼都跑到水裡去了？不，揉眼睛看清楚，不是貓眼，月光移步，終於照亮水塘，水面上紅眼熠熠，皮膚紋路黑亮。一群短吻鱷現身，眼睛在夜裡點火，赤紅閃亮，直視著他們。

他們站起來快跑，黑暗有強大的拉力，把他們扯向更黑暗的地方。不是在空曠的熱帶島嶼？為何他們覺得身處隧道？天空、沙地都往他們簇擁，擠壓他們的身體。

黑色地表張開嘴，一道微弱的藍光射出，克莉絲丁的嗅覺回歸，她聞到了百香果的酸甜氣味。

找到了。原來一直都在。那道通往地底碉堡的暗門，忽然打開了。

安妮的頭從暗門冒出來，一臉驚恐，嘴巴洞開。她的尖叫無聲，卻貫穿了熱帶，逼退步步迫近的短吻鱷，驚擾沉睡的水鳥，黑色的天空被狂啼的鳥佔據。

阿曼達坐在暗門旁，摘百香果，她旋轉百香果頂端的蒂頭，直到蒂頭離果，再以虎口與手心擠壓果實頂部，百香果立即裂開，橙黃色的汁液流淌。這是那年夏天凱文教她的訣竅，不動刀便能剝開百香果。她拿百香果沾黏地上的螞蟻，入口吸吮，哼著歌，對萊恩與克莉絲丁微笑揮手，手指明亮處：「你們看！開花了！」

萊恩與克莉絲丁循著阿曼達的手指，轉身回看，一朵巨大的蓮花，在熱帶島嶼明亮盛開。吊車把巨大的看板高高舉起，置放在招牌架上，通電，點燈，看板亮起，亮度刺眼，一朵清麗的蓮花佔據熱帶天空，鮮豔綻放。

他們熟悉的蓮花。曾在他們胸前綻放的蓮花。Coconut Tree Motel的新主人，是一朵蓮花。此蓮花身晶亮，通電之後永不凋謝。

地上的暗門吞掉安妮，她消失在藍光裡。

阿曼達哼著歌說：「下面好多東西喔，你們想不想看？」

萊恩問：「什麼東西？」

阿曼達回：「好多好多東西。我的，安妮的，大家的。我猜，一定也有你的東西，好像一個地下博物館，你自己下去看看就知道啦！但是沒有小月的東西，我剛剛要問她，怎麼沒有妳的東西？但是她跑好快，我跟Annie都追不上。這百香果好甜喔，你們要不要吃百香果？」她的語調跳躍，神情恍惚，眼神無焦距，身體旋轉，哼著歌，一隻螞蟻從她的齒縫脫逃。

沙地上的暗門發出邀請，萊恩踏進藍光。克莉絲丁不肯往下走，她全身開始噴汗，臭味即將竄出皮膚，不行了，要趕快回房間洗澡，好想放屁，但絕對不能在阿曼達面前放屁。她覺得黑暗中有什麼凝視著她，不懷好意。不遠的水面上聚集更多的紅星，似乎緩緩朝這邊移動。阿曼達繼續哼著歌，滿臉百香果籽，像皮膚出疹。

「妳神經病啊，不要再唱了。」

「啊？為什麼？妳不喜歡這首歌嗎？這是我小時候，德國鋼琴老師寫給我的。」黃焰樹下譜寫的曲子，怎麼會在這個熱帶小島出現呢？不是都丟掉了嗎？不是都忘記了嗎？還有那些獎座，明明都丟掉了啊。不管，她想唱歌。

「妳聽不懂人話是不是？白痴啊，不要再唱了。」

「不喜歡嗎？那我換一首。」

阿曼達轉換曲調，身體在沙地上不停旋轉。

克莉絲丁聽過這曲調，但一時想不起來是哪首。那朵巨大蓮花繼續盛開，搶過月亮風采，照亮熱帶夜晚，從此，蓮花取代月亮。阿曼達全身都是汗，但她的汗一點都不臭，香氣飄散。克莉絲丁想把阿曼達推入水塘餵那些紅眼鱷魚。

「妳真的不下去看看嗎？有妳的書喔。還有還有，妳跟Annie的照片。」

書？照片？

克莉絲丁決定走進暗門，腳一踏上階梯，傑克的體味就闖入鼻腔，指關節的魚腥與菸味，背上的汗水有大蒜的滋味。走下階梯，瞇眼，眨眼，適應地底的微弱光線。她當然記得這狹長的地底空間，走到底，有床，架子上擺滿罐頭與啤酒，吉他，一小台電視。

但這些都不見了。沒有罐頭啤酒，沒有吉他，沒有雙層床鋪。

萊恩衝過來抓住她的手臂，力道凶猛：「妳這個瘋子。」

「什麼啦，好痛。」

「一定是妳，不然誰知道我有這些東西。」

「放開我啦，你神經病喔！很痛啦！」

萊恩手拿著兩張Carole King的《Tapestry》唱片，眼鼻嘴扭曲，克莉絲丁沒見過他這麼憤怒的模樣。牆上掛著梵谷的畫，是《耳朵綁上繃帶的自畫像》。萊恩掛在台北山中別墅的畫，怎麼跑來這裡了？

梵谷旁邊，是克莉絲丁跟安妮的拍立得合照，裱框，釘掛在牆上。病房裡，剛生完小孩。負責領養手續的人說，要不要拍一張照片？抱著孩子，對著鏡頭微笑。拍完照，大哭，嘔吐，她不肯交出孩子。一直吐，一直吐，嬰兒被抱走。吐到昏倒，醒來，想吃炸雞，嬰兒不見了。

這張拍立得照片並沒有底片，只有一張，被她鎖在家裡的抽屜，誰都沒看過這張照片，連安妮都沒看過這張照片。照片怎麼會跑來這裡？照片怎麼會出現在這個地下碉堡？

阿曼達哼的曲調飄進碉堡，克莉絲丁想起來了。

那是BK哼唱的曲調。騎著單車，輕輕哼唱的曲調。

阿曼達的鋼琴獨奏會，安可曲目出現了這段曲調。小小一段隨意，節奏輕快，像是即興。這個神經病，為什麼會記住BK哼唱的曲調，還在獨奏會上演奏？鱷魚快去吃她！

驚恐在安妮的臉上挖出好大的洞，她嘴巴完全闔不起來。她沒看過牆上這張拍立得照片，她不記得這張照片。當年有拍這張照片嗎？她完全不記得了。但照片裡的她，對著鏡頭慘笑。她身體裡有什麼炸開了，波及克莉絲丁。

克莉絲丁被安妮猛烈撞擊，身體撞進一大堆金光閃閃的獎座。獎座有大有小，尖銳刺進她的身體。什麼啦，為什麼這裡會擺一大堆獎座！痛死了。哪個神經病幹的好事？

這些都是阿曼達小時候得到的鋼琴比賽獎座。明明都丟掉了，現在全部出現在這個地下碉堡裡。獎座依照年份排放，上方的牆掛著手寫的曲譜，當年黃焰樹下的曲子。

克莉絲丁喊痛，阿曼達那個神經病沒亂說，果真像個地下博物館，有好多東西，分類擺放，像是誰的珍寶收藏。那張她跟安妮的合照下方，有一疊她寫的書，依照出版年份擺放。這些年她出版的書籍全部都出現在這個地下碉堡，包括已經絕版的書。有幾本書她自己都沒留存，竟然跑來這裡。她怔怔翻這些書，很多本封面上都是她自己的臉，每一本書名都很像，主題不斷重複，為什麼還是有出版社願意出版？真奇怪，怎麼還是有讀者願意購買？她寫書就是在說謊啊，那些勵志金句都是空虛的謊言，她自己都不想留。寫空虛，目標就是賣給空虛的讀者。現在竟然每一本都齊了，謊話依照編年堆排在地下碉堡，提醒她說謊很有用，虛假能賣錢。

安妮持續對地上的大紙箱無聲尖叫，舌頭掉出嘴巴，覆蓋下巴，越拉越長。她認得這紙箱，裡面裝滿醫療用口罩。不可能。她已經整箱捐出去了。都捐給醫院了，怎麼會跑來這裡？她想吃藥。一定是因為今天沒吃藥，腦子損壞，需要藥物修補。藥呢？她得爬出去，藥在房間的背包裡。

凱文走下樓梯，他遠遠看到阿曼達在沙地上跳舞，地上張開了嘴巴。他以為，他一直以為，傑克跟小史，已經把碉堡填平了。怎麼那道暗門還在？他也看到了那朵蓮花，真是躲不過，他不論去哪裡都會遇到這朵蓮花，斯里蘭卡，巴黎，舊金山，阿根廷，現在這朵蓮花來到了佛羅里達。佛堂規模龐大，全世界都有據點，難道Coconut Tree Motel是全新的據點？小史今年出版的那本書，沒有毀掉佛堂組織嗎？

凱文戴著蟒蛇皮口罩走進碉堡，眼神掃過獎座、書籍、梵谷，他往最裡面走，雙層床鋪不見了，現在是一大疊VHS錄影帶。什麼鬼？這些是？他拿起錄影帶，標籤、片名、包裝，全都是他以前老家販賣的同志色情錄影帶，不是都銷毀了嗎？錄影帶上的標籤歪斜，一看就想起童年貼標籤的時光。錄影帶的最上方，有相簿與素描本。相本裝了一九九一年他用相機亂拍的照片，黃色水蓮，黑色男孩，被噴漆的綠鬣蜥。怎麼可能。他已經忘記這些照片，不是都丟掉了嗎？誰把這些照片洗出來，還依照時間精心排放。翻閱素描本，碳筆亂畫，筆觸稚氣，安妮游泳，克莉絲丁跳舞，阿曼達騎馬，萊恩在垃圾桶裡，百香果花朵，大鳥吃蛇，佛羅里達壁虎，綠鬣蜥，黃色蓮花。怎麼可能。那年離開邁阿密濱海中學，就再也沒見過這本素描本。

他翻到小史那頁，上面潦草寫著：「Stanley，綽號小史。」十六歲的小史，戴著耳機，眼神憤怒，盯著凱文。素描本掙脫他的手，在地上炸出轟隆聲響。

十六歲的素描小史在地上盯著他。海明威在牆上看著他。

牆上掛著一張黑白照片，蒼老的海明威，持雙管來福槍，打赤膊，白髮稀，嘴角下沉，眼神哀傷。他十六歲第一次在邁阿密濱海中學圖書館看到這張照片，從此忘不了。一九五二年，攝於古巴。

沒有人知道。

小史知道嗎？

小史一定不知道。

怎麼可能不知道？

沒有人知道，當年，對傑克說要留下來的男孩，是他，不是小史。那年夏天，他在沙灘上對傑克承諾，明天不走，他要留下來。但隔天他搭上蛋頭的車。

沒有人知道，他後來回來了。在這裡住過一年。

當時Coconut Tree Motel已經成為廢墟，度假小屋彩漆剝落，窗破門毀，床被枕頭的棉絮羽毛脫落，熱風吹來，長霉的黑羽毛飛出小屋，漫天飛舞。犀牛已死，貓全跑光了，碼頭小船沉沒，只剩半截船身在水面上。傑克眼裡的藍海乾涸，灰濁無光，身體像是木炭，焦黑瘦瘠，躲在地下碉堡裡，不肯回到地面。

他付清傑克桌上堆積的帳單，下廚，上漆，抓漏，修船，清理沙灘，吉他換弦，丟掉所有的白色粉末，帶傑克看醫生，每天拿碳筆畫熱帶，也畫傑克。慢慢地，紙上的傑克眼神有了一點光，進食，起床，洗澡，伸展，回到地面，哭泣，微笑，游泳。月夜，傑克開船，帶他進入紅樹林深處，水道曲折，深入無人小島。傑克什麼都沒說，凱文知道，BK在那裡。

船引擎熄火，船隨浪漂流。墨西哥灣的月光灑在兩人的身上，視線昏暗，兩人的唇閃閃發光。一定是因為剛剛吃了好多炸雞，滿嘴油脂。凱文學會了炸雞，依照傑克媽媽留下的食譜，重現母親的滋味。兩人油亮的唇碰觸，明明風平浪靜，引擎死寂，船卻劇烈搖晃。月亮難得害羞，躲到雲後，鳥眠魚靜，熱帶閉嘴，天地無聲，只剩下他們熱烈的喘息聲。

是美好的一年。汽車旅館重新營業，客源穩定，炸雞名聲遠播，很多人遠道而來，就是為了吃炸雞。石蟹限定，只給熟客，臨時來的客人絕對沒得吃蟹。沒人訂房的淡季，兩人開車往南，去Key West，拜訪海明威的六趾貓。傑克讀了每一本海明威著作，蒐集海明威擁有過的同款槍枝，想跟海明威一樣，養六趾貓。兩人爬上窄窄的階梯，參觀海明威的書房。你看，那是他的打字機，牆上的鹿頭，應該是他親自獵殺的吧？傑克親了他。不顧後方排隊人潮，不管旁人眼光，在海明威的書房前，傑克親了他，手牽手，走下樓梯，一隻六趾貓在樓梯盡頭等著他們，喵一聲，拂過他們的腳踝。藍海重回傑克的雙眼，髮豐盛，比較少哭了，還是愛吃大蒜，熱帶無冬，胯下日夜瀑汗，凱文鼻子湊上去，毛髮囊皮長出許多新鮮的蒜瓣。

凱文最後還是離開了。傑克沒有挽留。夜裡兩人抱得好緊，手瘆骨痛，繼續抱，彷彿一鬆手，身邊的一切就會瓦解。睡不著的夜晚，就說話。真的說話，把彼此胸腔剖開，心挖出來，認真說話，說過去，說來處，說痛楚，說悔恨。明明兩人語言不盡相通，但他們的語言超脫文法字詞。他們的話語刷洗心裡陰暗死角，不迴避，哭著說那年夏天。凱文想拍電影，去很多地方拍電影。傑克清楚，熱帶留不住凱文，而他離不開熱帶。

盛夏最熱的那天，高溫破紀錄，凱文離開了。

小史知道嗎？

小史一定知道。槍響之後，小史在醫院打電話給凱文，髒話咒罵。傑克持雙管獵槍，朝自己臉射擊。小史哭著罵幹：「幹！他開槍前一直說你的名字，Kevin、Kevin、Kevin，就是你對不對？他什麼都不跟我說，幹！是你對不對？」

凱文正在剪接室裡，幸好一個人，不能讓任何人看見他這模樣。他讓小史吼叫，把燈全部關掉，眼淚掉出來，眼淚好吵，不可以，不可以讓小史聽見眼淚。

「不是我，小史，你先不要激動。他說的Kevin不是我，真的不是我。他說的Kevin，是他媽媽身上的疤。」

「他媽？幹你娘，他什麼時候有媽，幹！他什麼都不跟我說！」

原來，小史什麼都不知道。他不知道，傑克嚮往海明威離世的方式。雙管獵槍射擊頭部，那就是海明威。他原來什麼都不知道。

小史今年自費出版了書籍，厚厚一大本，沒有書名，但印刷精美，揭露了蓮觀基金會與垂蓮小佛堂的所有祕辛，創辦人根本不存在，是個幻象，以慈善之名斂財，內部階級嚴明，上等至下等，以金錢、家世、血統畫清階級界線。基金會的董事長是個高學歷的幹練女子，政商資本雄厚，外表清簡，私下的模樣卻駭人，作者附上偷拍的照片，董事長與多人身體組合。小史把書郵寄給所有的佛堂成員，當年遊學團的成員也都收到了。書中寫到了他們的父母，當年的清談結社，嬉皮生活，優生理想，中途離席，最後又回歸佛堂，可見基金會董事長的深厚魅力。她打造了一個不屬於塵世的虛幻境界，以宗教包裝，收取高額入會費。冠狀病毒肆虐全世界，佛堂販賣高價神水，號稱可抵禦病毒。

書引起了小小風暴，上了新聞，基金會立刻解散。小史一輩子都試探母親的限度，無論他怎麼試，母親依然優雅從容。這本書終於衝破底線，母親斷絕一切金援，據說爬上樹，好幾天都不肯下來。

阿曼達停止跳舞，蓮花光芒照耀下，人影逼近。

是他嗎？不是吧，長高了？旁邊那是誰？

地底的人們爬出暗門，滿地螞蟻亂竄，蟻丘被人類踩踏，家園毀壞。

是他嗎？為什麼是他？他在這裡做什麼？

蓮花照耀下，蛋頭現身，一身素色長衫，像是北非的傳統服飾吉拉巴。大家記憶中的蛋頭，是個矮小猥瑣之人，如今身高似乎拉拔，身上的長衫隨海風輕輕擺動，還稱不上瀟灑俊逸，但看得出來經過多年的調節與整頓，終於成功變形，如今至少人模人樣，且刻意一身芬芳，不再響屁驚天。

蛋頭露出精心排練的微笑。這些龍年的孩子啊，外表美麗，其實都是笨蛋。當年這些孩子害慘了他，他決定要報復，學習開鎖技術，開始跟蹤他們，潛入他們的住處，遠或近，持續觀察接近他們。說報復是說謊，接近他們，總讓他全身灼熱。跟蹤發展成了嗜好，失控成了迷戀。去東京聽阿曼達音樂會，意外在男廁遇見村上春樹。假扮書迷參加克莉絲丁新書發表會，提問，簽名，合照，手肘刷過克莉絲丁的手臂肌膚，偷她用來簽名的筆，放在褲子口袋，下部忽然堅硬。去美國成人影展參加首映。帶佛堂的孩子去醫院看診，安妮仔細檢查小孩，沒看他一眼，他趁安妮起身，偷了她桌上用過的面紙，回家嗅聞。喬裝成記者進入山中豪宅拍攝貓屋，請萊恩跟貓合照，複製《Tapestry》的專輯封面。在凱文的電影裡當臨時演員，可惜都沒入畫面，通通被剪掉。住進小史跟傑克經營的汽車旅館，在他們房間塞隱藏攝影機，拍他們身體交疊，回房間反覆觀看。從來沒被揭穿。他什麼都知道，小史那本書他也讀了，書中所有細節，他早就完全掌握。這些年來，他慢慢取得董事長的信任，接收了小史在佛羅里達的這塊濱海黃金地段，在這裡開設佛堂分部，結合度假與靈修，打造熱帶人間淨土。他是熱帶的新主人。地下碉堡裡的所有物品，都是他的珍藏。有些物件，例如梵谷，前幾天才運到佛羅里達。

這些笨蛋不知道的事，他都知道。

例如小月。

例如傑克跟凱文的事。

例如萊恩跟克莉絲丁的事。

例如萊恩跟梵谷的事。

例如安妮跟克莉絲丁的事。

他愛這些孩子。他覺得他們都是他的孩子。他一直覺得他們好香，好想親近嗅聞。他更想伸手撫摸他們。小史死後，他終於可以好好摸他了，他幫忙處理屍體，化妝，更衣，穿鞋，跟蹤多年，他就是在等這撫摸時刻。終於，他可以盡情摸小史的身體，凝視他身上的傷口，舔他的毛髮。他拿剪刀剪小史的陰毛，珍藏保存。摸完，就是他的了。這些龍年出生的美麗孩子，有一天，都會是他的。

克莉絲丁認出來她了。

蛋頭身旁的女人。飯店的接待。指揮喪禮布置的那位雪髮亞裔女人。海風吹散她的長髮，她仰天甩髮，微笑盛開，如同當年那個紅遍台灣的洗髮精廣告。老了許多，但那張臉依然富麗，曾經鮮豔璀璨，絕不肯輕易熄滅。小月的明星母親。

克莉絲丁忍不住了，屁聲花腔女高音。

不只克莉絲丁，大家都認出她了。那個女明星。

小月的母親重複仰天甩髮的動作，在蓮花的光芒下，白齒燦笑。她就是在等這一刻。終於。

蛋頭幾年前找到她，說可以幫忙找到小月。沒人知道她這個過氣的明星有個女兒，但是蛋頭卻知道一切，包括小月在瑞士山中住過的精神療養院、在美國住過的每個地方、拍攝的片場、合作過的演員導演、待過的療養院。她這個母親其實什麼都不知道，小月從來不跟她說到底發生了什麼事，不是去瑞士讀戲劇？結果精神崩潰，花了一大筆錢去山中精神療養院治療。不是好了嗎？都花了這麼多錢，請最好的醫生，吃了一堆藥，不自殺了啊。瑞士醫生建議她身為母親要來療養院探望女兒，但不行啊，要是被人發現怎麼辦？精神療養院、私生女，被拍了照片，她一生的名譽就毀了。小病，吃藥就好了啦。什麼憂鬱不憂鬱，小女孩長大就好了啊。後來回美國，又搞了一堆事，長大後事情更多。煩。

她想不到小月會做出那種事。

真的是無意間發現。真是。其實要是沒交那個男朋友，她就不會知道。不知道就沒事。反正已經跟女兒失去聯絡了，根本不知道她人在什麼地方。

那個男朋友說要看片助興，打開電腦搜尋，說有一個好厲害的亞洲女生。是小月。長髮小月，在游泳池裡，身上有兩位壯漢，嘴巴呻吟，表情冷漠。男朋友說，就是這樣的表情，這個賤人最有名的就是這個表情，哎喲，兩根插進去，爽歪歪，表情還這麼冷，這女生喔，賤。

她能說什麼，難道說那是我女兒嗎？丟臉！而且聽說在美國還得了個什麼成人電影女主角獎。她在網路上看了那段得獎影片，小月整個人冰凍，臉部崩解，在台上眼淚一直掉。拜託，我生的，怎麼這麼沒出息，至少也是個獎啊，連致詞都不會。

聽說得獎作品是破紀錄作品，小月在有限的時間裡，與打破人數紀錄的男性身體結合。她實在是不敢看那電影，好奇看了幾秒，一堆噁心的男人排隊，等著進入小月的身體。鏡頭有幾秒停留在小月的臉上，好悲傷的特寫，那雙大眼睛徹底崩解了，玻璃體、水晶體、瞳孔、角膜、視網膜、視神經、眼瞼、睫毛全部都崩解成眼淚，眼睛不見了。她忽然覺得好驕傲，難怪會得獎，到底見證過什麼樣可怕的東西，才能在鏡頭前演出這麼悲傷的雙眼？她自己演了一輩子，眼睛的戲一直是她的大弱點，就是沒深度，最怕導演說要拍特寫。想不到女兒的眼睛這麼有深度，掘了兩個黑漆漆的隧道，讓觀眾掉進去。

反正沒戲演了，也不可能有唱片公司願意幫她發片了，她就答應蛋頭來美國，在鄉下療養院找到了小月。小月不認得她，雙眼依然黑漆漆，隧道無盡頭，沒有光。

終於，她等到這一刻，看到面前這一群人，眼睛徹底崩解。他們一定跟小月看過一模一樣的東西，才會有這樣的驚懼眼神。

安妮忽然尖叫，推倒克莉絲丁，指甲在克莉絲丁的臉上留下抓痕。克莉絲丁掙脫安妮，大吼：「妳神經病啊！」

安妮拿起克莉絲丁的書，砸向克莉絲丁：「妳這個騙子。妳寫那些爛書，有問過我嗎？有經過我同意嗎？」

克莉絲丁偷了安妮的故事。

當年懷孕的，其實是安妮。

回到台灣，才剛到北一女報到，安妮嚴重暈眩嘔吐，吃什麼藥都沒用。跟父母到佛堂祭拜，遇見克莉絲丁，相對無言。安妮在佛堂的廁所昏倒，幸好被克莉絲丁發現，醒來才知道自己懷孕了。父親怒，母親哭，互相怪罪，在病房推打。安妮不肯墮胎，執意要生下孩子。裝病，休學，飛到美國待產，尋找領養父母。預產期前幾週，克莉絲丁出現了，陪她吃甜點，看電影，散步。兩人依然無言，能說什麼？不是才過了一個夏天，怎麼兩個十六歲的少女都有腐敗之氣。

安妮不記得嬰兒的長相，不記得跟克莉絲丁拍過那張照片。但她記得，男嬰的眼珠，是海的顏色。那張拍立得照片裡面，沒有男嬰的臉，她一直看照片，等照片裡的男嬰轉頭。照片飄出炸雞的香味，當年她生產完，拉住醫生的領子說要吃炸雞。好想吃炸雞啊。嬰兒呢？我的嬰兒呢？母親說，忘了吧，就當做，孩子被鱷魚咬走了。

真的忍不住了。克莉絲丁在沙地上往度假小屋狂奔，沒跑幾步就摔倒。蓮花在她身上照出繽紛的聖潔光暈，彷彿這軀體從未腐臭。啊，好美的光，非常適合自拍。但真的不行了。她決定不裝了。都別裝了，我不裝了，你們也別裝了。

她站起來，拘束多年的身體完全放鬆，釋放好幾天的便祕與多年的謊言，屁股一股熱流傾瀉而出。

身體終於輕盈，她覺得背上有翅膀，可以飛離這個該死的熱帶，飛向世界盡頭。盡頭是哪裡？這裡一切崩解，一定就是盡頭了。遠方的碼頭上，有清瘦的人影，看著月亮。不是吧。看錯了吧。小月是妳嗎？不可能是妳吧？小月，真的是妳的話，但不可能是妳，怎麼可能是妳，但如果真的是妳，要不要抓住我的手？那句話誰說的？春分而登天，秋分而潛淵。我們手牽手，一起飛上天，像小史那樣。

克莉絲丁大笑，笑聲洪亮。

那笑聲他們都聽過。那是小史的笑聲。

「說我是騙子？哈哈哈，你們哪一個不是騙子？我們全部都是騙子。」

24

海面上飄著一朵紅色的雲

一九九一年

盛夏，陽光下最後一場派對，青春開始腐敗。

車抵達Key West，蛋頭衝下車，沿途留下一道滾動的屁味氣流。

臭味驅逐他們身體裡的眾多藥丸，瞬間清醒。

想起來了。

克莉絲丁假哭。小史大笑。約定，一起遺忘。

但都是騙人的。

在車上約定，一起篡改。

篡改需要合作，一起粉碎記憶，集體說謊，對彼此說謊，矇騙全世界。

車子停在Key West，蛋頭不見了。怎麼辦。說謊是唯一策略。謊稱，BK是自己淹死的。誰知道她為什麼會出現在水裡。不會游泳幹嘛跑到碼頭上。竟然還跳水。拜託，當時那麼吵，煙火，打雷，尖叫，誰聽得到她在求救。說不定是自殺。誰都救不了她。

騙自己，騙彼此，說那是溺水意外。跟大家無關。沒有人需要負責。

大家身體微微顫動。看彼此的眼睛，約好了，用眼神打勾勾，一起說謊。BK自己溺斃，跟我們毫無關係。以後要忘了彼此，在記憶裡刪除這個夏天，再也不見。

踏出車子，他們正式穿越了時空，告別派對，回到常軌，日子正規。

小史用力關車門，碰的一聲，所有人的身體振動，抖落沙粒與螞蟻。

記得，當然記得，就算六人約好篡改了記憶，那聲響像個大釘子，牢牢釘在腦子裡。白色氣球爆破的聲響。

BK根本不是溺水身亡。

記住，必須遺忘。安妮把所有的藥都倒到沙拉鐵盆裡。傑克拿出白色粉末。有恐龍。煙火。碼頭。跳水。

真相。就算身體裡的眾多藥丸到處亂竄，他們其實記得，到底發生了什麼事。

小史衝到地下碉堡，看到安妮跟阿曼達正在吃螞蟻。他說，噓，我要跟妳們說，一個祕密。他笑著走進碉堡，狹窄的空間盡頭，床旁邊，還有一道密門。地下碉堡已經不是祕密，地下碉堡的地下碉堡，才是祕密。小史的笑聲好驕傲，大家都不知道，只有他知道。

密門打開，一個小斜坡，微弱的小燈泡指路。斜坡轉彎，金屬味、油味刺鼻。牆面上，地面上，到處都是槍枝。雙管，單管，長管，手槍，好多好多子彈。都是傑克父親留下來的槍枝。

小史說，佛堂裡，有人教過他，開保險，上膛。

怎麼會有這麼多槍？

很多年後，小史回到了這個熱帶小島。他會發現，在美國，買槍就跟買肉一樣方便。很多大型超市就設有槍枝部門，買完牛排、雞肉，順便買手槍，反正都是殺戮。

當年，吃了很多藥的小史，跟阿曼達、安妮一起把一堆槍枝搬到地面上來，射殺天空中飄蕩的白色氣球。

傑克釋放椰子樹上的白色氣球，氣球偽裝成月亮，天空都是閃閃發亮的圓滿月亮。

碰。

子彈射下一顆氣球月亮。

滿天都是白色氣球，阿曼達喊，好想好想戳破氣球喔。

小史躺在沙灘上，手上一把槍，對天空射擊。

傑克當然認得那把槍，那是他十歲生日，父親送他的禮物。父親說，男人一定要有把槍。女人不聽話？敵人不聽話？歹徒侵入？槍枝是永遠的解答。沒錢買食物沒關係，但一定要買槍。沒錢買子彈沒關係，拿槍去搶。

小史射擊神準，擊中了好幾顆氣球。傑克笑了，來，我教你。

安妮手上也有槍。背上有長管獵槍。

阿曼達懷裡抱了一堆槍。她瞄準天上的白色氣球。擊發。Fuck，沒戳到。哈哈哈，沒戳到，誰幫我啦。

傑克繼續笑，來，我教你們。他手勢俐落，解保險，裝子彈，對熱帶天空擊發。

槍聲密集，吵醒了小月。是煙火嗎？聽起來不像啊。

後來，小月在瑞士山中的療養院，一直試圖重建那晚的爆破聲響。她喉嚨開槍、點煙火、打雷、暴雨，心理醫生都無法拆解。那晚的回憶太破碎，場面太荒誕，她無法用言語組裝。就是那晚，她徹底壞掉了。

小月看到好幾把槍。大家笑著，鬧著，輪流朝天空開槍。

笑聲。

槍聲。

槍不只戳氣球，還瞄準紅鶴，綠鬣蜥，犀牛，椰子樹，螞蟻，雲朵，壁虎，螞蟻。子彈充沛，無論怎麼擊發，槍身發燙，都還有彈藥可用。子彈不斷擊發，所有人都在笑。是誰。到底是誰。誰把槍對準了草帽。碼頭上的草帽。尖叫的草帽。

草帽感覺有熱熱的光掠過她的身體，打雷嗎？不是，雷從天上來，這些熱熱的光，來自沙灘，瞄準她。草帽尖叫，眼前是她最怕的海，背後有熱熱的光，朝她發射。

是誰在唱歌。萊恩，對，小月記得是萊恩。萊恩開槍的時候，大聲唱著Carole King的〈Smackwater Jack〉，You can't talk to a man with a shotgun in his hand，他大笑說，終於聽懂這首歌了！

很多年後，小月對心理醫生唱這首歌。

紅鶴快跑閃躲子彈。犀牛亂竄撞倒了一棵椰子樹。

草帽中彈。

白熱的光穿過草帽的身體。

草帽身體失衡，跌入海。

小月看到了。古巴女孩，站在碼頭上，中彈，入海。

小月尖叫。

很多很多年後，小史重建了這個場景。他在沙灘裝設了自動開槍裝置。他站在碼頭上，等待子彈穿過他的身體。他在一九九一年擊發的子彈，穿越時間與空間，終於抵達二〇二〇年。子彈在熱帶空氣裡變成一道一道的光，像許多細長尖銳的手指，戳進他的臉，撕碎他的五官。

小月記得一輛車。忽然開進汽車旅館，帶來一陣臭味。

傑克哭。傑克抱著BK哭。BK頭上的草帽不見了。傑克叫大家走。現在。走。GO! NOW!

大家都上車了。

小月記得自己一直搖頭，不要不要不要，我不要上車。

草帽上車了。但不是BK。是克莉絲丁。

傑克衝進海裡，把BK拉回岸上。BK身上多處湧出鮮血，沒有生命跡象。血染紅海浪，也染紅傑克。

傑克抱著洩氣的古巴女孩，他是哭，還是笑？古巴女孩臉部中彈，臉上多了好幾張血紅大嘴，朝著小月尖叫。那幾張嘴說著西班牙文，對小月說，我知道妳口袋裡有什麼東西，我好痛，但是牙不痛了，腳也治好了。

紅鶴從紅樹林跑出來，像是後方有敵追趕，在沙灘上亂跑，奔上碼頭，對著海面瘋狂啼叫。那叫聲破爛，像是鑼往地上砸。

傑克受不了紅鶴亂啼，舉起腳邊的槍，瞄準紅鶴。

紅鶴發出最後啼叫，掉進海。

海面上飄著一朵紅色的雲。

這個畫面定格，裱框，掛在小月的腦海，永久陳設展覽，畫面中央一朵紅，鮮豔從不褪色，吸收記憶，不斷隨著時間膨脹。幾年後，她精神崩潰，自殺獲救，在瑞士深山的療養院裡住了一段時間。

曾有成人雜誌記者問她是否接受過正統戲劇訓練？怎麼能說哭就哭？臉部肌肉的細微表情很有戲，是這成人電影很少見的。她謊稱在瑞士阿爾卑斯山的劇團裡工作了好幾年，在山裡學了很多。其實那是昂貴的山中療養院，她每天必須服用大量藥物，才能截斷自殺的強烈意念。在瑞士療養院，她能用言語、清晰的字詞，對心理醫生訴說這個一朵紅雲的畫面。後來，許多男人女人在鏡頭前進入她的身體，緊繃的身體像是鬆緊帶忽然鬆開，她腦中也會出現這個畫面。

記者問，當初為何踏入成人電影的世界？她說離開戲劇學校之後的第一份工作，就是在成人電影公司打工，演員們身體敞開，引領觀眾前往愉悅世界，讓她非常佩服，不久後決定加入，成為美國色情片工業裡少見的亞洲女性面孔，想不到片約不斷，就一直拍下去。記者繼續問，有沒有想過演「正常的」電影？她聽不懂什麼是「正常」，她壞掉了，怎麼可能正常。的確有好萊塢導演找她試鏡，提供她「正常」的角色，說看她在成人電影裡的特寫鏡頭，發現她有很獨特的戲劇特質，像個悲傷黑洞，但她拒絕了，她沒辦法「正常」，她只能繼續崩壞。這些都是經紀人教的制式答案。難道她要老實說嗎？說她每次在鏡頭前敞開身體，邀陌生人進入，眼前就會出現一朵紅色的雲。她自殺過很多次，心理醫生、各種藥物、催眠都幫不了她。但那朵紅色的雲讓她活下來。陌生男人女人進入她的身體，身體跟記憶一起撕裂，那朵紅色的雲從視線的邊緣飄出來，逐漸佔據眼前所有的一切。她想要看清那朵雲。她想要看清楚，當年在那片燒焦的沙灘上，到底是誰開的槍。那是她青春崩壞的時刻。

一九九一年，夏天，蛋頭的車發動。引擎吼叫，拍打她的腦。

小月不肯上車，開始哭。她的車子呢？她為什麼在這裡？哪裡可以打電話給媽媽？為什麼古巴女孩洩氣了？為什麼古巴女孩身上有好多血紅噴泉？為什麼古巴女孩臉上有好幾張嘴？傑克放棄了，藍眼睛湧出藍海。但小月不放棄，她抓住古巴女孩的身體，她會心肺復甦術，她一定可以救活古巴女孩。但，怎麼辦，古巴女孩臉上有好多嘴巴，她該朝哪一張嘴吹氣？

為什麼面前這台車擠了這麼多人？為什麼車上的人都看著她？為什麼犀牛身上有這麼多的傷口？為什麼沙灘上有這麼多焦黑的大蜥蜴？為什麼自己身上穿著一件亮黃螢光低胸緊身短裙？這根本不像是她會穿的衣服啊？等一下，這件衣服，不是那次在邁阿密開車迷路，胡亂買下的洋裝？

她好想回家。但她根本沒有家。

她無法克制，身體猛烈搖晃，開始尖叫，狂哭。

萊恩想要開車門，拉小月上車。車猛然加速，萊恩跌回座位，車快速奔馳，目標國境南端。

很多年後，萊恩買了一幅梵谷複製畫，掛在臥室裡，藏在Carole King的專輯封面背後。他收藏小月演出的所有色情影片，躲在臥室裡反覆觀看。看一眼牆上的梵谷，他身體堅硬，全身著火，手握緊下部，想著小月的耳朵，還有那個夏天海面上的紅色暗流，手抽動，以下部噴發的水柱澆熄身上的惡火。他身體在十六歲那年就失去了光，他需要在這些影片裡找那個小小的探照燈。小月身上的探照燈。但他一直找不到。

小月跟他們不一樣，不是騙子。她沒有說謊。全部人都說謊，除了她。

但她是小偷。

她偷了凱文隨身攜帶的刀子。

車子啟動的時刻，她從口袋拿出凱文的刀子。

她手指月亮，刀在月光下閃閃發亮。

月亮驅使刀子。BK臉上那些血盆大口張嘴對她尖叫。

所有人在車子裡尖叫。

傑克尖叫。海洋尖叫。島嶼尖叫。月亮笑了。

她拿刀刺穿右耳。

銳利的刀上下用力扭動，終於釋放右耳。血湧泉。不痛。割耳根本一點都不痛。血打在她的肩膀上，她看不到自己，但從傑克的驚恐眼神裡，她知道自己的耳朵一定噴出了熱帶最美的泉水。她覺得自己終於自由了。割下來的耳朵丟進海。熱帶海面上多了一小朵紅色的雲。

那個小小探照燈終於熄滅了。她大笑雙手合十，拜謝月亮，終於割掉了她怪異的耳朵。這畸形的右耳。這壞掉的青春。這該死的夏天。

佛羅里達變形記

作　　者：陳思宏
責任編輯：孫中文
責任企劃：劉凱瑛
整合行銷：張中宜
主　　編：劉　璞
副總編輯：鄭建宗
總 編 輯：董成瑜
發 行 人：裴　偉

美術設計：顏一立
內頁排版：宸遠彩藝有限公司

出　　版：鏡文學股份有限公司
114066 台北市內湖區堤頂大道一段 365 號 7 樓
電　　話：02-6633-3500
傳　　真：02-6633-3544
讀者服務信箱：MF.Publication@mirrorfiction.com

總 經 銷：大和書報圖書股份有限公司
242 新北市新莊區五工五路 2 號
電　　話：02-8990-2588
傳　　真：02-2299-7900

印　　刷：漾格科技股份有限公司
出版日期：2020 年 12 月 初版一刷
2024 年 01 月 初版五刷
I S B N：978-986-99502-5-1

定　　價：400 元

國家圖書館出版品預行編目 (CIP) 資料

佛羅里達變形記/陳思宏著. -- 初版. -- 臺北市：鏡文學股份有限公司, 2020.12
面；14.8×21 公分. -- (鏡小說；40)
ISBN 978-986-99502-5-1(平裝)

863.57　　109020111